亲爱的梦夕

孟红娟　胡梦漪 / 著

吉林人民出版社

图书在版编目（CIP）数据

亲爱的梦／孟红娟，胡梦漪著.--长春：吉林人民出版社，2023.11

ISBN 978-7-206-20723-5

Ⅰ.①亲… Ⅱ.①孟…②胡… Ⅲ.①书信集-中国-当代 Ⅳ.①I267.5

中国国家版本馆CIP数据核字（2023）第235083号

亲爱的梦

QINAI DE MENG

著　　者：孟红娟　胡梦漪
责任编辑：王胜利
出版发行：吉林人民出版社（长春市人民大街7548号　邮政编码：130022）
印　　刷：四川科德彩色数码科技有限公司
开　　本：880mm×1230mm　1/32
印　　张：12.375　　　　　　　字　　数：279千字
标准书号：ISBN 978-7-206-20723-5
版　　次：2024年3月第1版　　　印　　次：2024年3月第1次印刷
定　　价：66.00元

如发现印装质量问题，影响阅读，请与出版社联系调换

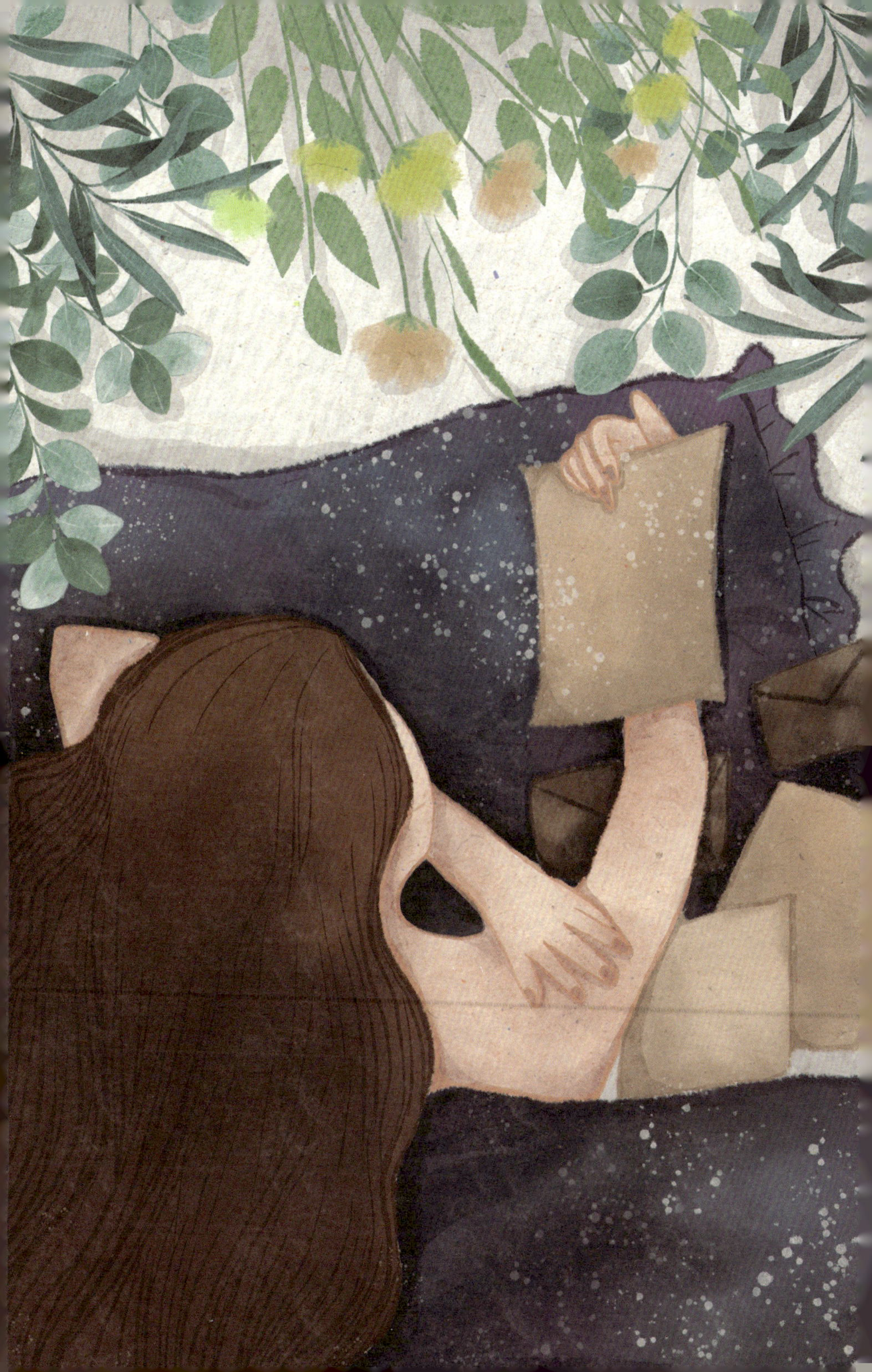

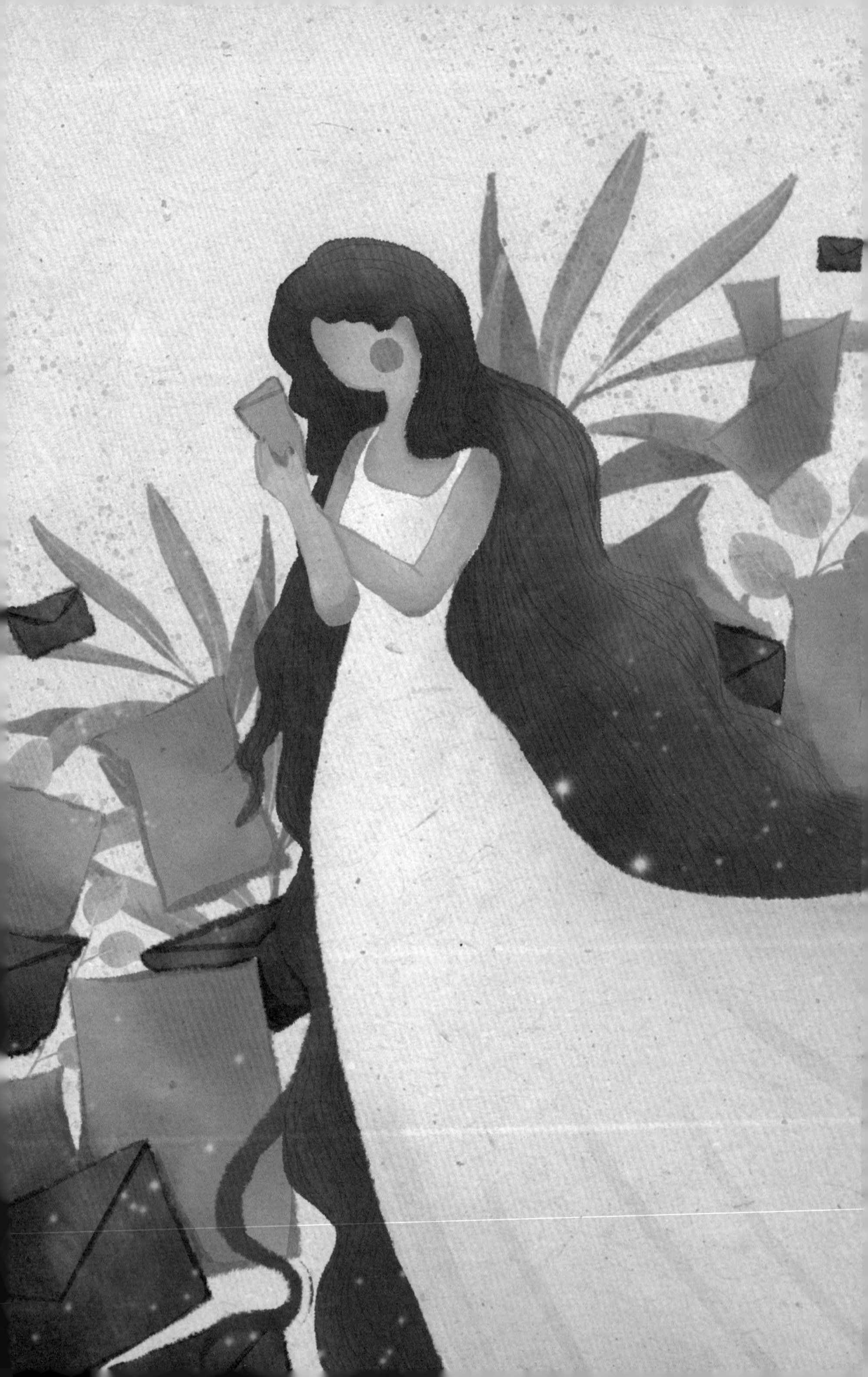

你是我的光

江水缓缓流,水莲花尽木莲开。

公元二〇〇〇年十月十八日,小鸟在薄雾中悠然翻飞,富春江上的放马洲又迎来了新一天的阳光,小城人的生活照旧。

这日,对妈妈来说是个不寻常的日子。"铛……铛……铛……"当富春江畔依江楼上的时钟敲响了九下,"哇啊、哇啊"一个清脆响亮的婴儿啼哭,宣告了一个小生命的降临。这个小生命是你。你那任性而有力的哭声,是世界上音色最动听、节奏最简洁、旋律最美妙的音乐。

向来认为,在中国所有汉字中,最美最有意境的一个字是梦,她预示着美好与希望,妈妈给你取名为梦漪,希望你的生命之河时时都能荡漾梦想的涟漪。

也许,在你来到我的生命里之前,作为老师,我关注更多的是我的学生。我与他们朝夕相处,尽可能用我生命的微光去照亮他们。而我自己,在繁忙工作之余,有时也会在生命的莽原中感到孤单和忧伤。

自从你来到我的生命,我的瞳眸中,我的文字间,我的言语里,时时、处处闪耀的无不是你的光。你的哭,是音乐;你的笑,是花开。即使蜗居陋室,我生命的溪流也因你有了雨露、小草、鲜花和彩虹。

亲爱的小梦,在我们共处的时光里,尤其在你的青春叛逆期,我们时而并肩走,时而反向行。于是,有了这些书信和妈妈的唠叨。

一位读者看了书信后,说:哇哇的哭声,带来了一个新生命!带来了一片新生活!带来了一片新感受!带来了绵绵情义!带来了千叮万嘱!带来了母爱撒满纸!

诚言斯哉。

妈妈

您是我的光

光是什么,是能量、色彩、温度。

光是惊蛰起、万物生,是盲人触不可及的空虚幻象,是晚春山脚下的花晨月夕。国人含蓄委婉,不喜欢将汹涌的感情溢于言表,便潜藏于心底,或化作诗词歌赋借物喻人,或埋入心扉不曾提及。孟郊笔下的"游子身上衣"、白居易笔下的"喃喃教言语",不言爱,却处处是爱。我笔下的您是什么呢?是光。

我的光比帐中纱更细腻、比雾中林更隐匿,您给世界带来一个生命,也给我带来一个世界,并教会我第一个词:妈妈。

您静坐在钢琴旁,慈爱地注视琴凳上扎着马尾辫的我;您伫立在屋门边,心疼地目送弱弱的我步步远离家乡;您执笔写信,不厌其烦地一次次开导青春期的我;您驾车到封闭的画室,及时为我送去食物和水果；还有，您总是耐心回复我深夜喋喋不休的手机讯息。我不问母爱自哪来，因为在您给我的近 60 封信中已无数次给出了答案。

文字本体是具象的，内涵则是意象的，读者如我，当见微知著，在老生常谈里感受您的关心，感觉您的担忧。

细数近十年的信件，十万余字的谆谆教诲，至今如雷贯耳、醍醐灌顶。不过在我的成长过程中，心境仍在不断变化，有的道理早已无师自通。然您的每一句问候、每一封信都像是一块砖，渐渐堆砌起一个足以供我遮风挡雨的堡垒。

母亲，您，是我的光。

胡梦漪

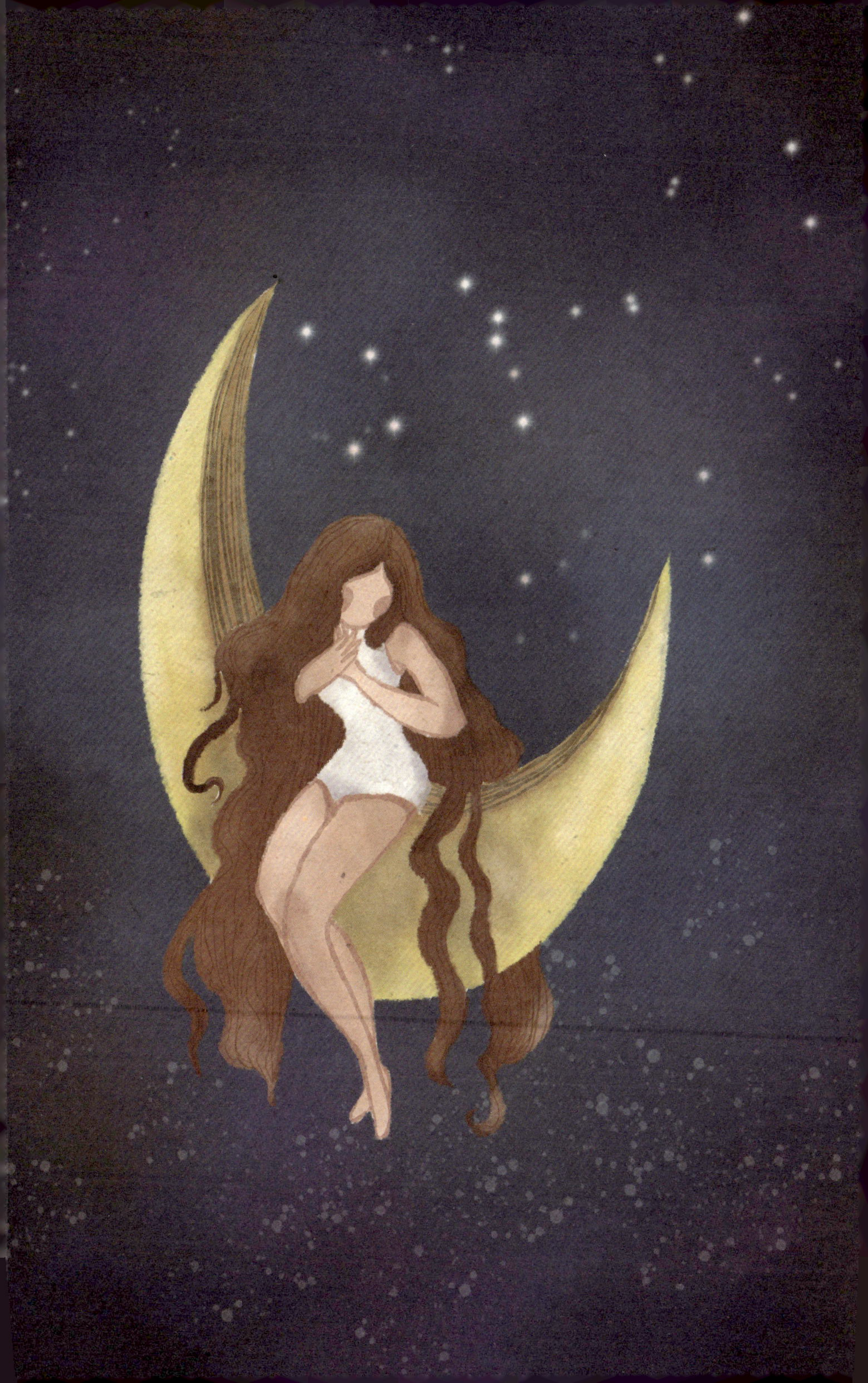

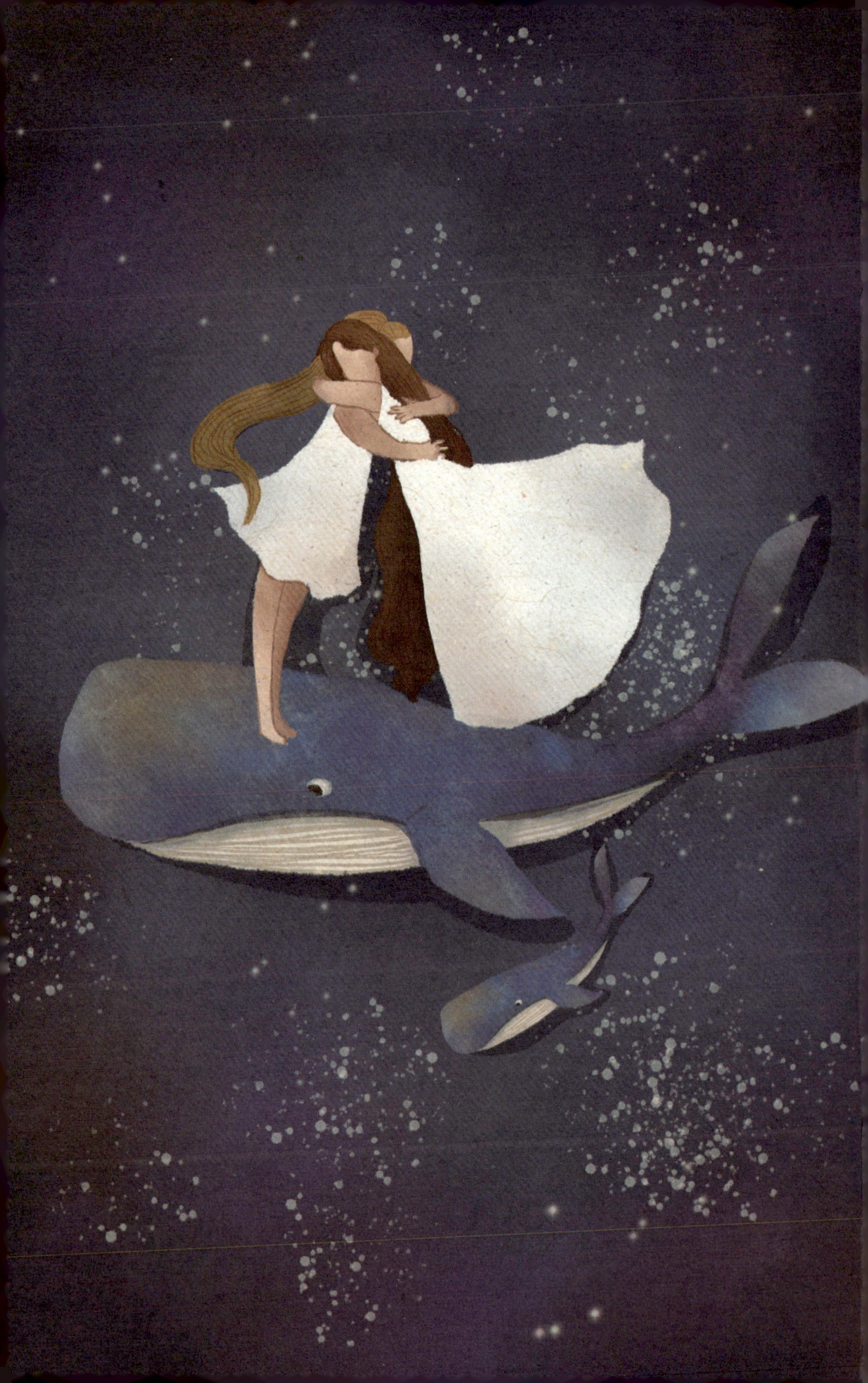

Contents
目 录

Chapter 01 壹 庚寅记

学琴的烦恼 / 002

Chapter 02 贰 癸巳记

乐趣与困扰共存 / 008
"老虎"与"小猫" / 012

Chapter 03

叁
甲午记

三把"双刃剑" / 018
中庸一下 / 023
行走中的烦恼 / 026
说说交友 / 031
14 岁的花季 / 034

夏令营的纠结 / 039
成绩究竟有多重要 / 044
不错过 / 046
夏令营前 / 051
种瓜得瓜 / 053
舍得·等待 / 057

蓝眼睛的老师 / 061
绿毛怪 / 064
一点点释怀 / 068
家长会 / 070
也谈中国式教育 / 073

Chapter 04 肆
乙未记

就喜欢这样看着你 / 078
让我们一起坚持 / 082
说兴趣和信念 / 088
成功的欢愉 / 093
收获甘泉 / 097

致小梦的 15 岁 / 100
生命形态 / 105
漫漫求学路 / 109
带着蒲公英的种子飞 / 113
山水有清音 / 119

我的暑假 / 125
Yes, I can / 127
尘封的双手 / 131
"谢谢妈妈" / 134
把握当下 / 139

Chapter 05 伍 丙申记

健康阳光地行走 / 142
闭　关 / 146
有一种爱叫疼 / 152
不要畏惧奔跑 / 156
"来自星星"的孩子 / 159

心往一处使，守口如瓶 / 163
"00后"的你们 / 167
心中的香格里拉 / 173
毕业计划 / 177
毕业冲刺 / 184

告　别 / 187
高中寄语 / 192
你是你，我是我 / 198
回首初中 / 203
化妆师　设计师 / 207
小径和大道 / 212
学会飞翔 / 215

Chapter 06 陆
丁酉记

善贤路 18 号 / 220
返璞归真的乐趣 / 224
看电影 / 227
斗　嘴 / 231
礼　物 / 235

生命轨道 / 239
考　试 / 243
立　冬 / 248
2017 这一年 / 252

Chapter 07

柒 戊戌记

悲欣交集的 2017 年 / 256

代沟？还是？ / 260

做一次先行者 / 263

开弓没有回头箭 / 266

新奇的体验 / 270

绘就青春画卷 / 274

月灰之美 / 278

学会爱自己 / 281

忙碌中的小插曲 / 284

策马扬鞭 / 287

一路雨花 / 291

"警察来了" / 295

重回校园 / 299

成人礼物 / 303

又一个冲刺 / 307

魔鬼训练 / 311

熬一下，很多惊喜在等你 / 318

Chapter 08 捌 己亥记

辛苦的代名词 / 322
走进另一片天地 / 325
重获新生 / 329
又一场赶考 / 334
背水一战 / 338

再出发 / 343
强大自己 / 346
嚼完最后一块蜡 / 350
品味高考 / 354

Chapter 09 玖 壬寅记

再回首 / 358

后记 - 时光印记 / 365

◇

在整个自然界中,
唯独人的生命有思维,
它是地球上最美丽的花朵。

◇

顺着雨水的伴奏声,
将思绪拉到了欧洲中世纪的文艺复兴、
南齐时期的谢赫六法。

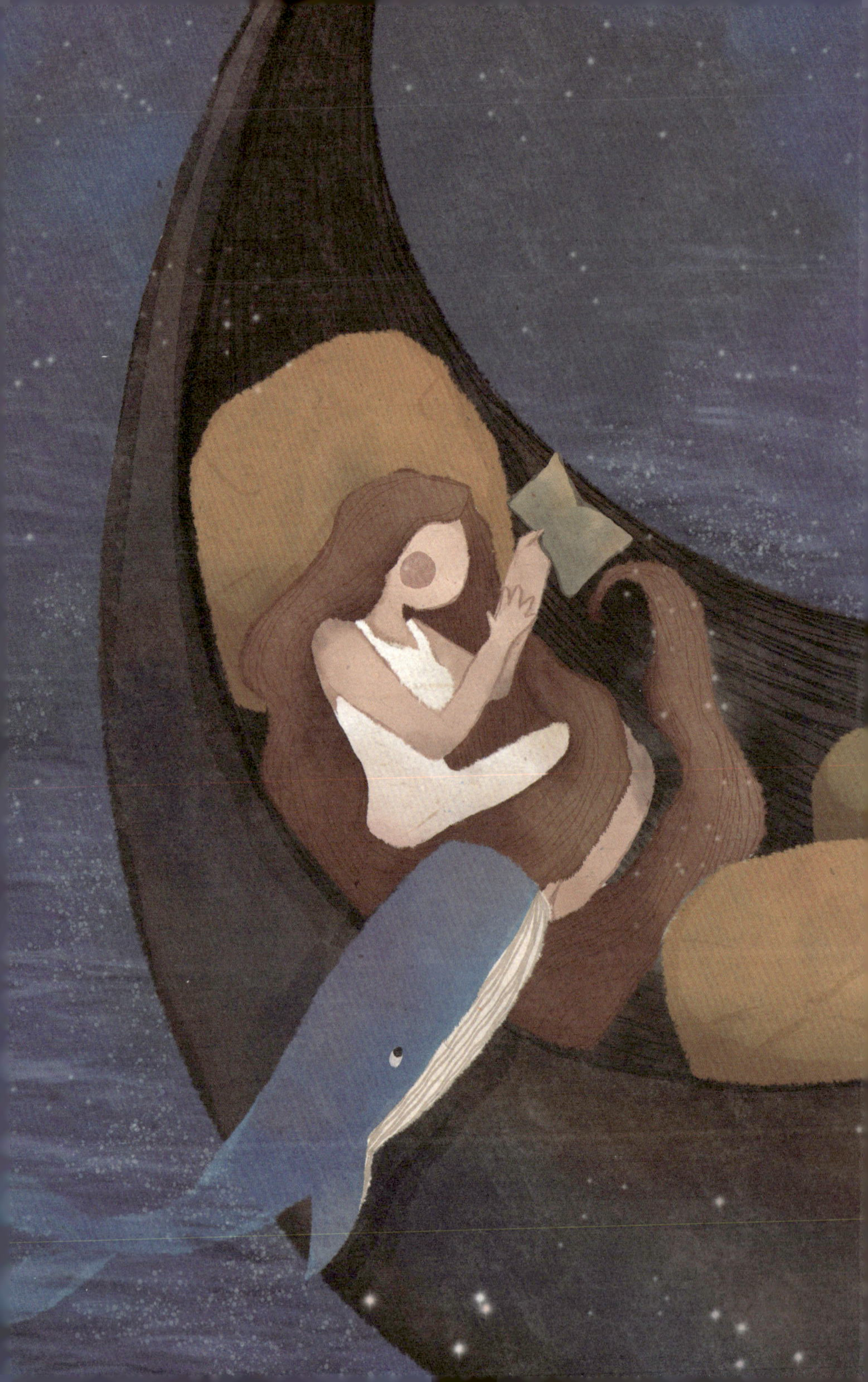

生命是条曲曲折折的河流，
在这条长河中，因为这些书信，
我和小梦成了照见彼此生命中的那道"光"。

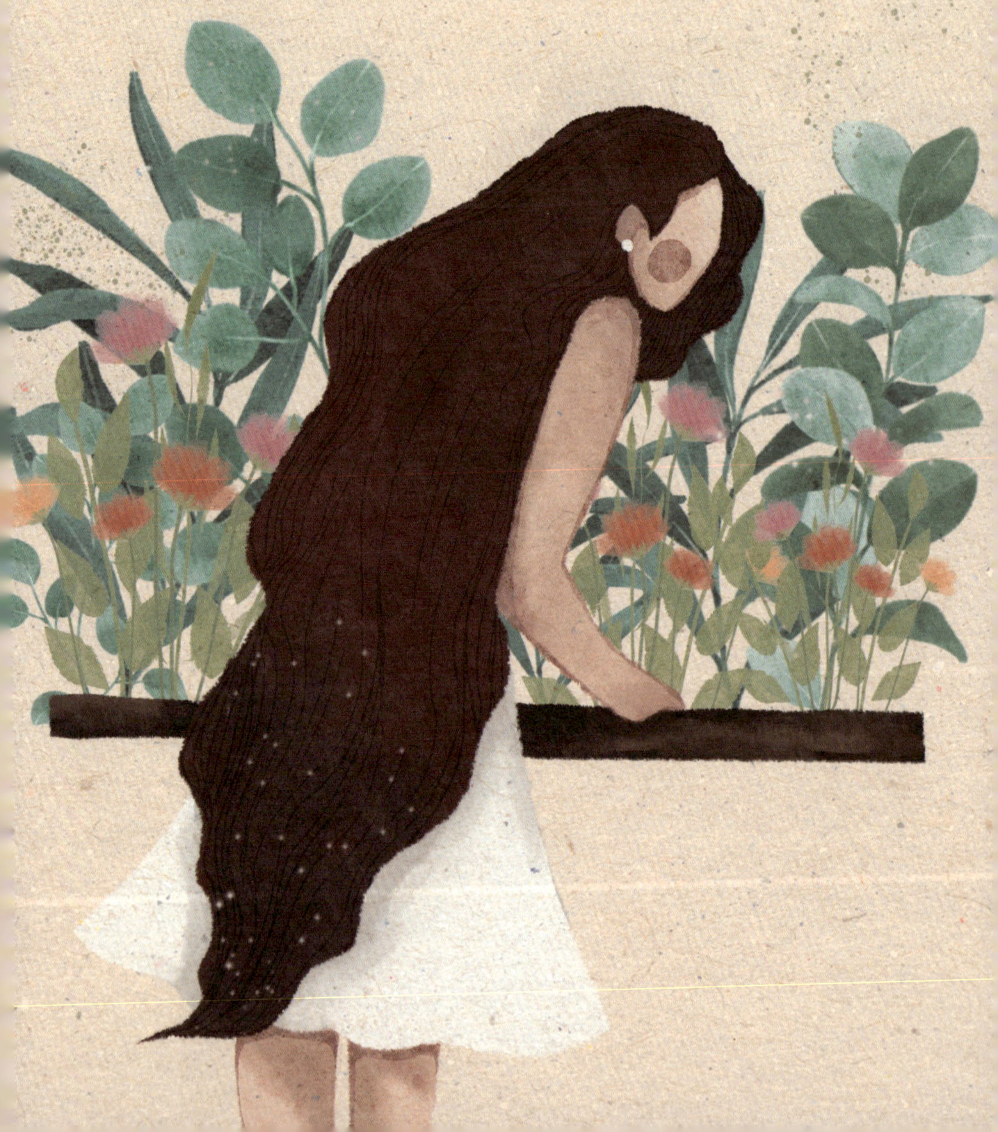

Chapter

01

壹

庚寅记
（2010年）

人有了烦恼不是靠消极的逃避，
而应积极地去迎战它，
这样你就会在解决困难中获得快乐。

学琴的烦恼

小梦：

　　我的宝贝，看了你的信，妈妈很感动也很欣慰，妈妈觉得你是位懂事和知道感恩的孩子。你知道这些年妈妈在你身上付出了很多，你也能体会妈妈为培育你的辛苦，你能用这些生动的词汇表达对妈妈的谢意，妈妈觉得即使付出再多也是幸福的，因为我有一个好女儿，一个值得妈妈用心去培育的女儿。

　　日子过得真快，在没有缝隙的时光里，一晃十年过去了，不知不觉你是一位十岁的懂事小女孩了，可是在我心里，总想着你牙牙学语和蹒跚学步的模样。你从小就口齿伶俐，尤其喜欢唱歌。你两岁时，跟外婆一起看电视连续剧《康熙微服私访记》，没看几回，便将电视连续剧主题曲的旋律哼出来了。乐得外婆直笑，说"这小孩聪明，大人看了那么久还不会唱，她才看几回就会哼歌了。"

　　小时候，你一哭闹，我就放电子琴里的曲子给你听，一首一首地听，尤其是那首《夏日里的最后一朵玫瑰》，听着听着，你就安静了。音乐真是一种神奇的声音，可以帮妈妈哄孩子，你常常在音乐声中入眠，这也体现了你对音乐的特殊感觉。还没上幼儿园，你已能将熟悉歌曲的旋律在电子琴上无师自通地弹出来。

上幼儿园后,你的班主任多次跟我说,你能将老师教的歌曲在钢琴上弹出来,还说你对音乐有很强的接受能力。在老师的建议下,于是我们决定买钢琴,送你去琴行进行专业学习。

小梦,你在信里表达了自己的烦恼,妈妈很理解你的心情。你从六岁开始练钢琴,至今已四年整,这意味着妈妈的"陪练"生涯也有四年了。四年来,我们母女日日在规定的时间里练琴、去琴行上课。在这一千五百多个日夜里,妈妈陪你从最基本的音符、手指和手形练习,到上加几线和下加几线的音符、跳音、复调练习;从简单的汤普森、初级的车尔尼曲,到有难度的莱蒙和巴赫的曲子。期间,你有委屈,你哭也闹,你说的最多的一句话是"我不要学钢琴!烦死了!要弹你自己弹好了!"尽管如此,我还是感觉你每天在成长,在进步。当你在今年暑假的全国钢琴大赛浙江赛区获得二等奖时,我们高兴得紧紧相拥,在原地打转。

没错,在你练习钢琴的过程中,我们确实因为钢琴而经常吵架、生气乃至发怒,你甚至认为钢琴敲碎了你的童心,使你失去了自由玩乐的时间,不能像同龄人那样去溜冰、放风筝、玩滑滑梯。但妈妈不完全赞同你的观点。其实,你每天练钢琴的时间只不过40分钟,也就是说,你可能比一般的同学少玩了40分钟,但与更勤奋的同学比,他们通常练习二到三小时,你的练琴时间是不算多的。

也许你会说,钢琴到后来已不是你的兴趣了,但我要说,做任何有兴趣的事都是需要坚持的,这是一种重要的意志品质。妈妈让你练琴,不单纯是让你练琴,而是想通过练琴这件事,培养你学会坚持、战胜挫折的良好品质,同时也是为了健全你的审美情趣。想想你在学校音乐课上的表现吧,当同学们听到你优美流畅的琴声时,他们是多么羡慕你啊。如果没有你正规的钢琴教育,你怎么可能表现出这样的自信和优势呢?再说,你弹钢琴有良好的先天条件,你的钢琴老师说你双手的机能非常好,是她所见过的条件最好的手,弹和弦有力度。老师还说你的听力好,并且老师上课的意图你总能很快领悟。如此优越的先天要素,我们怎么舍得让它放任自流呢?有时候你弹琴投入了,我看你的表情也是很陶醉的。

俗话说"心灵手巧"。妈妈认为,琴弹得好的孩子,她的心智一定不会差。也许长期的钢琴练习有时会让你觉得厌倦,妈妈认为这是很正常的现象,毕竟练新曲子会有难度和挑战,但做有挑战的事不正是你喜欢的吗?去年,我们去上海参加"帕拉天奴"杯第二届上海国际青少年钢琴大赛,遇到的那位盲童,还有印象吗?想想她吧,她双目失明连基本的生活自理都困难,却坚持练琴,并且取得了金奖的好成绩,她的艰辛和付出该是你的多少倍!

女儿,你每天在家练习钢琴,妈妈也在坚持啊。其实妈妈也可以像别的妈妈一样,下班后去跳舞、看电影,但妈妈没有这样做。妈妈每天在家陪着你,看书、写作,难道是妈妈不爱玩吗?不是的,妈妈也想放松自己,但妈妈让你坚持弹琴,自己也必须起到表率作用。更何况,我觉得我们这样的生活和学习方式很好,因为你的练琴,妈妈也学会了坚持,你还成了妈妈文字里的主人公,你不觉得这是很有意义的事吗?

小梦,每个人都会有自己的烦恼,你现在有烦恼,以后长大了也会有烦恼,就算你不练钢琴了,也会有别的烦恼来找你。你不练琴了，也无非看电视、玩电脑，时间也不一定被你利用好了。妈妈认为人有了烦恼不是靠消极的逃避，而应积极地去迎战它，这样你就会在解决困难中获得快乐。

孩子的幸福和快乐是妈妈的心愿，妈妈希望你开心每一天，但妈妈也希望自己的孩子是有主见、能克服困难的孩子。我爱你，但不会溺爱你。

永远爱你的：妈妈
2010 年 12 月 19 日

Chapter
02

贰

癸巳记
（2013年）

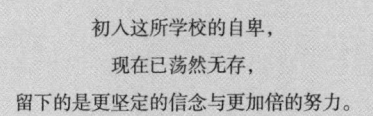

初入这所学校的自卑，
现在已荡然无存，
留下的是更坚定的信念与更加倍的努力。

乐趣与困扰共存

亲爱的妈妈：

这是我独自来到新城市上学的第三个月，和大部分同学熟识了，但要说熟识，又好像差了一点：那就是我被当成了异乡人。这个学校的同学大部分是本地人，他们从小学就认识，因此他们对我的到来保持一种警惕、排斥的态度，让我觉得是我入侵了他们的领地。

住校生活常常让人感到无助：第一次洗衣服时，不知道该加多少洗衣液，也不知道用什么方法把污渍洗干净，这时我想到了家；做作业碰到难题了，不会独自解答，不敢问同学和老师，这时我想到了家。

不过在这里学习，乐趣与困扰共存。衣服洗不干净，会有热心的同学教我怎么搓洗污渍；作业做不出来，善良的同桌看出我的困窘，会主动帮我答疑解惑；被男生"误会"，正义的女生们也会为我争辩。

回忆 7 月初，你告诉我要参加 Y 学校的入学考试，我觉得很离谱，因为我之前从未听说过这个学校。我从小在桐庐长大，小县城的生活悠然自得，走在路上总能碰到三五个认识的同学。而新学校则不会有这样的遇见，所以一开始我是抗拒的。但是你告诉我，来这儿有更多的机会，可以认识更多更优秀的同学。在你的劝说下，我才半信半疑地跟着你去考试。

考试前一天，你先带我去参观校园。放眼望去，仿佛看不到头！走进大门，左边是两栋高耸的教学楼，右边有篮球场、网球场、跑道、攀岩墙，还有很多漂亮的我叫不出名字的大树。再往里探索，就是食堂和寝室。虽然这个学校看起来比我本来要去的中学大很多，但我内心还是觉得在家门口读书好。

参观完学校，我们一起回宾馆。宾馆楼下有一家超市，我买了一大包大大小小的零食，在宾馆床上吃吃跳跳，时而看看电视，仿佛是来度假的。对于你的复习提醒，我左耳进，右耳出。至于第二天的考试嘛，早就抛掷脑后了。

考试那天，我抱着必输的心态去迎战。考前，老师让我们起立并做金鸡独立的动作，测试我们的身体平衡素质。我从小练过形体，这点挑战对我来说简直是小儿科。然后是笔试。笔试只考语文、数学、英语三科，语文卷子的最后一道题是美术题，我画了一朵蒲公英。题目都很难，我以为肯定考不上。不过我并不沮丧，反正我已经考取本县最好的初中了。考完后，我甚至祈祷，但愿被刷下来！

三天后成绩出来了，你在电话里激动地通知我考上了。我愣了一会，然后莫名其妙地也是一阵激动。不知道为什么，我的想法又彻底改变了，我想来这里上学……

现在回想，原来我是这样考上的啊。

记得那天你很开心，打电话告诉了舅舅和阿姨，他们也相继鼓励我，要我加油。看到你们的反应都如此激动，我才意识到这所学校似乎比我之前考上的中学好。

初次来到这里，我指望自己能好好学习，跟上节拍。但军训期间的英语课，我有些错愕：年轻漂亮的英语老师全英文授课，从小学部升上来的同学回答自如，甚至可以和老师对话，而我只能从一句话中抓到几个稀稀拉拉的关键词，勉强理解意思，想要回答时，答案就在嘴边，却怎么也说不出口。

为什么他们的英语都这么好？刚鼓起的勇气，泄得一丝不存。听完英语课后，我颓废地给你打了一通电话，你说没关系，大家都在原点，不比过去比现在，不比基础比勤奋。但那几天我只想着家的温暖。

半个学期过去了，虽然没有和以前一样出类拔萃，但是课至少我已能跟上。期中考试的名次让我觉得很难堪，甚至给我当头一棒。至少在小学里，我绝对不会考出连前20%都进不了的成绩。我又开始质疑了，难道我不适合待在这儿么，难道我变差生了？

期中考试结束后，我很纠结，表面上看我亲近了学校，其实我觉得我后退了好多，我和同学们之间又拉开了距离。

我记得第一次给你写信是在小学，是在老师的逼迫下，才不情愿动笔写的。这一次也是老师要求写，我也觉得是不情愿而为之，但是写完一篇觉得太过扯淡，老师那儿肯定过不了关，就动笔重新写了一篇。

我想真心地告诉妈妈：小学里，对学习我从未正眼看过，我总是在放学前就做完了所有的作业，然后轻松地踏上回家之路，甚至到了高年段后我都不用背书包回家。不仅如此，我总是老师眼前的小红人，我的成绩也总是排在班级的最前面。但是，初中与之前不一样了，我不可能轻轻松松就排到前面了。半个学期来，在潜移默化中，我学会了自主预习和复习；在追风逐影中，我学会了静心；在老师的苛刻要求中，我学会了自我约束。小学时的"侥幸"，现在再也不可能了，若中考能随便混成功，那么还会有好生和差生之别吗？

既然来到这里，就不能逃避学习，就要绷紧神经，一刻也不放松，努力去记，去听。我想我在这里，要是逃避学习，后果应该比在其他学校严重得多吧。

说实话吧，妈妈，我有点讨厌学习，也讨厌老师这个职业。但"老师"也是靠知识吃饭的，你不是告诉我，只有不断学习，才会有收获的道理吗？我坚信着，你这样千方百计让我来这里的原因，就是这里能熏陶出有所作为的人。

遵从老妈，遵从自己，来这里比别人学更多的知识，发挥自己的潜能，还是很值得的！现在觉得，你当初的劝说和唠叨，我也可以理解、释然了。初入这所学校的自卑，现在已荡然无存，留下的是更坚定的信念与更加倍的努力。

感谢你当初的鼓励，也谢谢你的"逼迫"，但愿我会因此进步更多！

小梦
2013 年 11 月 20 日

"老虎"与"小猫"

小梦：

  这是妈妈第二次给你写信。第一次是2010年12月，你读小学四年级，那时我们交流的话题是学钢琴。

  当时，你一直觉得是妈妈在"逼迫"你练琴，剥夺了你很多自由玩乐的时间，看到同龄人在广场玩，你的心里百般不平衡，感到很委屈。于是妈妈在信里鼓励你，学琴不只是让你学会弹曲子，更重要的是通过学琴这件事，培养和磨炼你的意志品质，学会坚持。终于，在我们的共同努力下，你坚持学了七年钢琴并顺利通过了上海音乐学院钢琴十级的考试。可以说，你的整个小学时光都是与琴相伴的，无论风雨再大，阳光再烈，气温再低，我们始终没有放弃。钢琴，成了我们之间交流的主要话题，那时，我们之间的口舌大战也主要因钢琴而起。现在回忆那些日子，可谓酸甜苦辣，百味俱全。

  如今你进入了初中阶段的学习，要学的功课明显增加，学习内容和强度都不像小学时的单一和宽松了，你的钢琴学习自然暂告一个段落。尽管这样，你还是主动提出了要学吉他，妈妈也同意和支持你。由于有相对扎实的乐理基础，你上一节吉他课可以抵初学者几节课的内容和节奏,老师给予你很高的评价。你从中尝到了甜头,学习兴致很高。那天学吉他回来,你搂着妈妈的腰,由衷地说了声:"谢谢妈妈!"你知道妈妈心里有多么欣慰吗?因为你终于明白了妈妈的初心。

从你成为中学生已有半个学期。在这短短的半个学期中,你经历了很多。其间,妈妈一直跟着你,你焦虑,我也焦虑;你开心,我也开心。也许这就是母女情吧。今天这封信,妈妈想跟你一起回顾我们这半个学期来走过的路,说不定这个回顾,可以让你更清晰地看清远行的方向和道路。

首先是择校的纠结。妈妈希望你能到更好的学习熔炉中去接受挑战,而你,因为对家和小学同学的留恋,有点像当初学钢琴一样,不太情愿地去参加Y学校的入学考试。结果事遂妈妈所愿,你考取了。考取这所学校这件事,最大的意义在于,它证明了你是有实力和潜力的,毕竟你没有花太多的心思去对付。

然后,是对新环境、新同学和新老师的适应。你13岁离家外出求学,第一次离开温暖和舒适的家,去过独立的集体生活,这对你是一个极大的人生考验。12人一间的集体宿舍,狭窄的上下铺,自己洗衣,自己买饭,养尊处优的生活没有了,取而代之的是独立和自主。说句心里话,妈妈也不舍得。每天晚上躺在床上,总在担心你吃得好吗,睡得好吗,同学关系能处理好吗。你每次一去就是一个星期,杳无音信,真让人牵挂啊。然而,在学校领导和班主任老师的关心下,通过紧张和高强度的军训,你不仅适应了新环境,还学会了自立。你适应新环境了,说明你的第一步迈成功了。

接着，是进行了第一次一定规模的期中考试。当然，你到学校去接受教育，不是去求学习成绩的高分，不过，学生的主要任务还是学习。通过这次考试，你发现，这儿的同学实在太厉害了。开始，你一直把自己当"老虎"，而把其他同学当"小猫"，哪知天外有天，人外有人，这次的考试给了你一记狠狠的闷棍。

小学阶段，你轻轻松松学习便在年级领先，可谓老师眼中的"红人"，可在初中，尤其在这个佼佼者云集的优质初中，你发现，不努力就要落后，你明显感到了竞争的压力，感到了学习方法和习惯的重要性。同时你还意识到初中跟小学是不同的，人与人之间是有差异的。我觉得这是一个喜人的发现。

这次期中考试不如愿，没关系，它只是给你敲了一个警钟，但我们不能因此而气馁，更不能自暴自弃，因为人的潜能是无穷的，你以后的路还很长很长，翻转机会有的是。

学习跟练琴一样，很多地方是相通的，它们都要求有明确的目标、科学的方法和坚定的意志。妈妈希望你能将弹琴中所得的经验，跟现在的学习结合起来，学会反思，融会贯通，扎扎实实地弹好每一个"音符"，按照要求，重视细节，反复练习，然后形成流畅的"旋律"，用心去体会文化学习跟练琴一样带给你的乐趣。

今天去参加你初中阶段的第一次家长会，妈妈感触良多。妈妈发现你的抽屉整理得有条不紊，说明你是整洁的女孩；发现你抽屉里给妈妈留的面包，说明你是细心和懂得关心妈妈的孩子；看到你写给妈妈的信，更感到你懂事了不少，你会思考有思想了，尤其看到你写的"既然来到这里，就不能逃避学习，就要绷紧神经，一刻也不放松，努力去记，去听……要有坚定的信念和加倍的志气，去争取更大进步"。说得好！我们不求出类拔萃，但求无愧我心。

小梦，也许妈妈很唠叨，但请你记住，妈妈这种中国式的唠叨是对出于对你的爱。不管你在学习和生活上遇到怎样的困难和挫折，妈妈永远在背后支撑你，给你力量，因为我们今生母女一场，实在是一种缘分。

妈妈
2013 年 11 月 23 日

Chapter
03

叁
甲午记
（2014年）

这些记忆的碎片像书一样，
在妈妈的脑海里一页一页地翻过去，
每一页都有别样的插图、符号和记录。

三把"双刃剑"

小梦：

　　每到星期五下午临下班的时候，妈妈便会在办公室想，小梦到家了吗？她一个人在家里会做什么呢？

　　然后我便开始想象，你肯定一个人坐在客厅靠阳台的沙发上，客厅里开着42寸的电视机，茶几上摆着ipad平板电脑，你的手上是那只粉红色的智能手机。电视机里的节目不是湖南卫视搞笑的娱乐片，就是清朝的宫廷古装片。你的ipad也开着。这只ipad在你手上，不是下载古今中外的流行歌曲，就是下载韩国的青春偶像系列片。我可以想象，此时的你正戴着耳机，一边看着韩剧，一边紧盯着手机上同学发来的QQ信息和微信。

　　小梦：我看你的双手和双眼实在太忙了，你既要在手机上飞快地回复同学的QQ信息，又不能落下韩剧里的剧情。7年的钢琴学习，把你的双手指练得极为灵巧，你回复短信的速度大大超过你练钢琴的速度。你坐在客厅里，这三件东西足以让老师布置的周末作业靠边去吧？

　　回到家，看到你那么专注地投入在它们身上的神情，我有些不高兴。我会说："小梦，你最近的学习怎么样？你该歇息了！

你的视力又要下降了！离开了这些东西你该怎么过日子啊？"而你总会这样回答我："妈妈，快了，看完最后五分钟就好了。"或者："我跟小学同学联系一下，商量晚上去哪里碰面。"

可是，据我的观察，那"最后五分钟"如果没有我的提醒，似乎永远不会到点；跟小学同学商量的碰面地点似乎总是定不下来。

电视机、ipad、手机，这些东西好不好呢？作为中学生应该远离它们还是亲近它们呢？

对这两个问题，我不想说大道理，只想表达一点比较客观的看法。

这些东西都是高科技产品，都是应人们的需求而发明出来的，而且一代比一代先进，它们的发展可谓神速。我觉得这些东西本身没有好坏之分，但是它们对我们的学习和生活有很大的影响，它们无疑是"双刃剑"。

先说电视机吧。它的发展真够快的。印象中，你外公外婆买的第一台电视机是在我读高一时，那是一台14寸的黑白电视机。谁知在短短三十年不到的时间里，我家的电视机从黑白到彩色、从模拟到数字、从球面到平面，其发展速度完全超出了我的想象。据说现在的电视机就是一台电脑，只要在手机上下载一个软件，就可将它与手机捆绑在一起，通过手机来点播频道了，真是厉害啊。不过在我们家，电视机只是在你周末回来，放连续剧或看娱乐性节目用。你小时候，在我家还没有给你配电脑前，你总是离不开电视，离不开《喜羊羊和美羊羊》《情深深，雨蒙蒙》《还珠格格》等动画片或连续剧。

看电视，有很多好处，比如从新闻联播中，可以接收很多国内外发生的重大最新信息；适当看看娱乐节目，可以调节和缓解紧张的学习和工作压力；看天气预报，可以知道很多地理知识。据说，韩国人最喜欢看的是中国中央电视台的天气预报节目，他们觉得中国太大了，同一天时间里，不同地区的天气竟如此悬殊。电视还可以打发许多无聊的时间。当然，电视还有很多其他的好处，不一一列举了。

但我想若你整天沉迷在电视里，尤其是韩剧里，就未必是好事了。记得有一天，你对我说："妈妈，我若出国的话，就要到韩国，去追那里的帅哥"。为此，你在暑假里悄悄地学韩文。你房间的书桌上、各种卡贴上全是韩国的人造小帅哥。你才上初一，眼睛就近视了，估计韩国的帅哥看到你，未必会欣赏。

至于我嘛，自从你练上钢琴后，就基本不看电视了。我的时间更多地消费在阅读和写作上，我是不舍得将时间消耗在电视机前的。

再说 ipad。这个 ipad 是三年前我搞文学创作得来的奖品。那天刚拿到家，就被你锁上密码，私吞了。我不得不佩服你的探究力，这只 ipad 到你手上没几天，它的功能就全被你摸透了。照相、下载软件、QQ 聊天……有了它，你基本上把电视机抛在一边了。起初，这只 ipad 发挥了很大的功效。老师让你演奏钢琴曲，你从中下载钢琴名曲，然后把 ipad 放在钢琴上，练习曲子。这使我很赞赏，有了电子曲谱，我就不需要另外给你下载电子谱子再打印出来了。可是自从你升入初中后，我家的钢琴就成了书房里的摆设，用 ipad 里的曲子功能也就自然停止。如今，这只 ipad 只供你周末回家看韩剧用。当我催你不要再看了时，你总是这样说："妈妈，最后五分钟，看完就好了"。可是那五分钟总是特别漫长，我若不反复催几次，那五分钟似乎是不会结束的。

最后说说你的智能手机。手机主要是方便人们联系用。我们读书时，跟家里和同学的联系主要通过书信或电话的方式进行，一封信往往要一个星期最快也要三四天才能收到，路途遥远的需要半个月。打电话也不方便，大都要通过传达室才能完成联系。后来有了传呼机，那时叫 BP 机的，别在腰里，对方呼你，然后你按照 BP 机里的来电显示，找有电话机的地方给对方回电话。再后来有了双方能通话用的手机。有了手机后，人们之间的联系就方便多了。妈妈用的第一部手机是在 20 世纪 90 年代末，那时工资低，一个月的手机话费占了工资的三分之一，用不起。

现在我们都用智能手机。智能手机的功能实在太多了，它除了能通话、发短信、聊 QQ 外，还像个人电脑一样，你可以自行装软件、玩游戏、发微信等。由于它的功能多，以至国人出现了一个怪现象，男男女女，老老小小，随处可见拿着手机的低头族，吃饭、睡觉、走路，盯着手机，手指在键盘上急速地游走。人与人之间，面对面的充满温情的沟通和交流不见了，取而代之的是虚拟世界里的对话和交流。

当初给你买这部手机，是作为你考上优质初中奖品用的，主要是为了联系你方便。你小小年纪就用上了跟成人一样的手机，我总觉得偏奢侈了。同时又在心里顾虑，这部手机有如此多的功能，你有足够的自律能力驾驭吗？事实证明，我的担忧是有道理的。尽管学校有规定，学校里禁用电子产品，可周末时间学校是无法遥控的。这就得靠自律了。可据我观察，你回家的第一件事都是先开手机，然后就机不离手了。手机和 ipad 一起，成了你形影不离的最亲密的"伙伴"，吃饭、走路、睡觉、做作业，甚至上卫生间，只要是醒着的时间，手机绝不会离开你的视线。妈妈真为你这样大把大把流逝的时间感到惋惜，难道你不觉得可惜？

　　小梦，什么时候才会自觉地放下 ipad、放下手机，关掉电视机呢？什么时候会像小时候那样，练完钢琴，拿起书本，坐在沙发上静静地看会书呢？什么时候会瞒着妈妈，在午睡时间，偷偷地写你的小说呢？小梦，别再把宝贵的时间消耗在与同学的 QQ 聊天里了，话多容易惹事。做个有坚强意志的孩子吧，不要做手机、ipad 和电视机的奴隶，不要让它们控制你的思想和行动；做个清高的人吧，不要被虚虚实实的网络世界和浮躁的青春世界俘虏。

　　最后，希望你能做个灵魂自由、思考独立的女孩！

妈妈
2014 年 6 月 7 日

立春

中庸一下

亲爱的老妈：

　　你对我的观察真是细致入微啊！确实，我总是会目不转睛地盯着你说的"三把双刃剑"看，有时候一看就是一整天。我也知道这些东西对眼睛伤害很大，但是我总是忍不住呀！哎……我的意志力还真是不坚定啊。

　　你说得对，这些电子产品都是双刃剑，有好的一面，也有不好的一面。而你们大人总是强调不好的一面，夸大它们的缺点，这个我不赞同。电子产品虽然也有不好的一面，但是没有电子产品，世界就是另一个模样了。没有电子产品，人们就不能更快地获取最新信息；没有电子产品，人们就不可能发明什么高科技的东西，宇宙飞船根本只是做梦；没有电子产品，人们的生活会受到许多限制和困扰，我们的生活就不会这么便利……有了电子产品之后，研发人员会不断地更新并发明出更多的新产品。所以我觉得电子产品的利大于弊。

　　妈妈，有时候我是太过了，我会尽自己的努力克制自己，约束自己，但是也希望你给我适当的时间来休闲和调节。我知道你是个开明的人，有些妈妈不给自己的小孩买手机，不让他们玩电脑，并且为他们的周末安排满满当当的学习课程。我真幸运，不用遭这种罪，我可以浏览我喜欢的小说，和我的好朋友们在QQ开心聊天。

只不过每当我无聊的时候，书看不进，作业也写不好，有什么办法呢，只能拿这些电子产品来消遣。你总是看到我捏着手机，其实我是在手机上看电子书。你让我端坐在书桌前看书，我根本没这个心情。但是在手机上，我反而愿意看这些文字，也许这就是我依赖手机的一个表现吧！现在的科技进步可快了，新颖的书籍排版、图文并茂的阅读模式，都比纸质书有趣，或许正因为这样，大家才更愿意看手机呢！

妈妈，也许你觉得我沉迷于网络世界是个不好的习惯，但是我也能在这里收获很多。你看啊，我可以通过网络了解新闻，知道很多国内外大事。网络还兼职当了我的小老师呢，我有不懂的题目，可以去网上搜索，会有老师在网上教学。网络不只是娱乐平台，也是学习平台。我可以看微博、博客上很多作家的散文，可以听很多好听的歌……

其实妈妈，我们大家都离不开电子产品。就拿你来说吧，你用电脑写东西、用手机处理工作上的事。如果没有电脑和手机，你只能用纸笔写作文，用座机打电话，那你一定会觉得不方便，手脚被束缚住了。

我觉得我们可以学习孔子的中庸之道。如果所有事情都一刀切了，那一定会产生很多负面影响，就像手机，如果你不允许我用,那我不能看电子书、不能和同学们聊天,我的娱乐方式只剩下看书弹琴了,这样的生活多枯燥啊。

我们可以中庸一下嘛!你同意我用这三把"双刃剑",我呢尽量少看手机,少用 ipad 看视频,好吗?

小梦

2014 年 7 月 2 日

行走中的烦恼

小梦：

　　今天中午在家，看你心情平静地整理着上学用的学习和生活用品时；送你去学校，看你和同学一起开心地去买零食，并催妈妈回家时，妈妈终于可以放心回家了。

　　回想起前天（周五）傍晚，你的情绪是多么地令人担忧！已是晚饭时间，妈妈因为工作还在外地。当妈妈给你电话，听到电话里你极不耐烦的语气时，妈妈感觉你情绪烦躁，心情不好。直觉告诉我，你一定遇到不顺心之事了。于是妈妈立即放下手头工作，急匆匆地赶回家。

　　到家，见你跟往常一样，坐在沙发上，双眼盯着 ipad 里的韩剧，但又跟往常不一样。以往妈妈回家，你都会主动站起来跟妈妈打招呼。可前天，你头也不抬，只顾自己看韩剧，对妈妈不理也不睬。妈妈问你话，你只说，怎么那么唠叨！然后又不理妈妈了。其实，妈妈没说几句话，妈妈只是问你，是不是遇到什么不开心的事了，是不是同学关系处理不好，还是考试不理想。可是无论妈妈怎么问，你总是阴沉着一张忧郁的脸，什么话也不说。

　　吃饭时，妈妈跟你说话，你还是默默地低着头，只顾自己吃。突然,你对妈妈说:"妈妈,你为什么要把我生得这么漂亮?"接着,你说了一句让人吓一跳的话:"妈妈,我不想在那个学校读书,我想转回来。"

好好的,为什么想转回来呢?你反复强调不想在那里读书的念头和你忧郁得可怕的表情,证实了妈妈的判断,你一定遇到麻烦了!

饭后,在你房间。妈妈问你,为什么不肯在那里读书,总得有个理由吧,不然的话,妈妈无法判断是否应该让你转回来。

有什么事不能跟妈妈说呢?在妈妈的反复追问下,你突然捂住脸,哭了。你说,你本来不想告诉妈妈这件事的。然后,你边哭边说了事情的始末。在你的哭诉中,妈妈知道了你连续几个晚上失眠,甚至流露出跳楼的想法。这念头,简直太可怕了。

小梦,这样的事情发生在你身上,别说你接受不了,换位思考,即使发生在成人身上,精神也会遭受沉重打击的。

让妈妈把这件事情记录下来吧。那是两个星期前,你班的一位男生托同学交给你一封"情书",你很诚实地把那封信交给妈妈保管,这说明你对那位男孩没有"爱"的念头。可是隔壁班的一位女生喜欢他,而他对那位女孩没有好感。由于感情方面的挫折,那位女生迁怒于你,在公共女生厕所写一些侮辱性的语言攻击你。那种低级肮脏的语言,妈妈不想在这里复述,因为想到那些句子,妈妈嫌它们弄脏了我的文字。

女儿,这位女生写这样的话、做这样的事,企图在公共场所毁坏你的名声,这种言行,不但不能达到她狭隘的目的,反而只会贬低她自己,贬低她自己的人格,这只会让人看不起她,从反面证明她是个缺乏教养和不懂得自尊的女生。她的这种言行是侵犯你名誉和人格尊严的侵权行为。聪明的人细想一下就知道，其实她既无知又可怜，她不懂得如何理智地处理和发泄自己的感情。可以断言，到目前为止，还没有人走进过她的内心世界，真诚地去关心她、疏导她，以至她面对青春期的烦恼，手足无措并做出让人不齿的行为。就算她有好朋友，估计她的好朋友志趣也不高雅。

小梦，你今年才 14 岁，就遭遇了男女生交往引起的烦恼和挫折。依我看，这样的烦恼和挫折，不是转学就可以解决的，它将会伴随你从初中到高中直至大学等今后很长的人生岁月。妈妈想表达的是，你现在遇到这种事，不是逃避可以解决的，你要学会正确地处理好这种矛盾，学会调节自己的情绪，千万不能让不良情绪左右你的学习，更不允许你有轻生的念头。

就目前来看，你是学生，不管人家怎么说你，你都要保持自己的立场，别去理睬她，一个巴掌拍不响。你要记得，你当前的首要任务是学习，感情的事不是你现在考虑的，秋天的果子只有等到秋天才可以采。所以，妈妈建议你努力将自己的注意力转移到学习上来，牢牢咬定我们开学初定下的学习目标，在学习的过程中去充实自己的精神世界，在学习中体验成功带给你的愉悦和自信。

你问妈妈为什么要给你生得这么漂亮。依妈妈看，漂不漂亮是天生的，漂亮本身没有错误。就像漂亮的花总能引得众人喜爱一样，你因为漂亮吸引了男生的关注，这对处于青春期的少男少女来说，是正常现象。不过妈妈觉得，你既不必因此沾沾自喜，也没有必要为此而烦恼。一个真正美丽的人应该情趣高雅，内涵丰富，聪明有智慧，这样，她的美才会永久。漂亮的人不一定会永远保持美丽的容颜，所以你不能太自喜。当然，漂亮的人容易吸引异性朋友，因而你一定要慎重交友，学会判断和选择，什么样的男孩值得你交往，什么样的男孩不值得你欣赏。妈妈认为，对你的学习和思想进步有帮助的同学值得交往。若是纯粹恭维你漂亮，而自己没有什么明显优点和特长的同学，我觉得你不必理他们。

接下来，妈妈想跟你聊聊生命这个话题。在你的哭诉中，你曾经流露出跳楼的念头，这说明是你个不懂得珍爱生命的傻瓜，你怎可如此轻视宝贵的生命呢？你知道生命是怎么来的吗？

人的生命是很神奇的。在整个自然界中，唯独人的生命有思维，它是地球上最美丽的花朵。在 15 年前，妈妈不知道你在哪里，你也不知道自己在宇宙中的哪个角落；在你生命的百年后，你又将不知道在哪里，去向了何方。唯有现在，你真真实实地存在着，在地球这个美丽的星球上行走，尤其在中国江南这块美丽富饶的土地上生活和学习，这是一件十分幸运的事。有的人出生在环境恶劣的沙漠，有的人出生在奇寒的北极，他们面临着环境的挑战，面临生存的考验，而你在优裕的环境下成长，这是值得庆幸的。

小梦，人来世上，就是一种艰难而快乐的行走。在你行走的旅途中，你会有各种不同的遇见，你会遇见迥然而异的风景，会遇见形形色色的人，还会遇见各种奇闻怪事。这个道理，你认真回顾一下，从幼儿园到小学，再到现在，一路走来，想想你的各种遇见吧,期间有开心和快乐,也有忧愁和烦恼,还有挫折,这你应该深有体会。这次你遭遇到的事,就是你行走途中遇到的比较大的挫折,说不定以后还会遇见,但妈妈相信你会坚强地跨过去。

夜已深,妈妈不知道你现在情绪如何?晚上睡眠可好?内心还在想这件事吗?

期末考试已进入倒计时阶段,妈妈希望你调节好情绪,放下包袱,牢记目标,精神饱满地投入到紧张的复习迎考中去,给自己,同时也给妈妈一个惊喜,好吗?

妈妈
2014 年 6 月 8 日

说说交友

妈妈：

这封信，我们讲点什么好呢……讲讲交友吧！

从小学起，就有男生喜欢我，并且会对我大胆表示。有时他们会偷偷地在我的抽屉里塞进一盒小小的巧克力；有时会送我整盒的棒棒糖和口香糖；有时则是大大的布偶玩具。

以前，我不会在乎这些，也不会被这些事情影响学习和心情。

但是现在，班里有三个男生明目张胆地向我表白，他们写情书，在QQ上表白，送巧克力和音乐盒。还有一个我的小学同学，常常因为我而心神不宁，有时还写一些很伤感的诗句。

对于这个问题，我想了很久，我是不是哪里做得很出格，还是有哪里和别的女生不一样。我反思自己的言行，发现我的异性朋友比较多，我喜欢和他们玩在一起；我与他们大大咧咧地讲话，有时还会拍拍他们的肩膀……

我的问题是不是出在这里呢？我开始控制自己了。在我初一的后半学期，我试着不和男生对话，试着不和男生有肢体接触，试着不交异性朋友。我发现，好多男生开始疏远我了，他们似乎忘记这个曾经淘气的我了。原来是这样。

但是，不久，发生了一场荒唐可笑的闹剧。一次课间，我正埋头做作业，一位女同学突然把我从座位上拽起来，我正纳闷是怎么回事，她已经把我带到了女生厕所。我看了看，厕所门上竟赫然写着我的名字以及一些侮辱性的话。

是谁这么过分！在公共场合，我的名字就这么赤裸裸地挂在墙上，名字旁边还有一大堆十分难听的话。我气愤地看完上面的话，用水擦掉了。

第二天，同学偷偷告诉我，厕所里又有字了。我半信半疑地去看，果然，又有了跟前一天一样的字！这次她用了圆珠笔！我使劲擦也擦不掉。在厕所里发泄一番后，我去找老师汇报了情况。于是老师开始帮我调节男女生矛盾，引导那些男生。经过两天的调查，原来那些脏话是一个女生写的。这位女生暗恋上了一位喜欢我的男生。为了泄愤，她联合她的同学一起去了我班级所在楼层的卫生间，写了那些辱骂我的话，竟然把气出在了我身上。

那天我靠在同学肩上哭了很久。经过这件事后，我很长时间没敢和男生讲话，总是拿一张扑克脸对着他们，生怕因为距离过近而被他们的"追求者"当成出气筒。现在事情过去一个月了，我还是能记得我第一次看见自己的名字被人写在厕所门上时，那忍不住颤抖的双手和止不住掉下的泪。尽管老师出面调解，我也选择了原谅她，但在我心底，我永远瞧不起这种人。

回到主题上，我们讲讲交友吧。妈妈，我觉得交朋友是要选择的，不能只看一个方面，如果单凭自己的兴趣、快乐来挑选朋友，那么我们很容易被牵入他人的"陷阱"。人不是透明的，所以要看透了才可以判断，他究竟是好还是坏。经过这些事情以后，我也知道了这些女生的可怕之处，以后我会离她们远远的不去招惹她们。

　　妈妈，通过我的事和看法，不知道您有什么补充呢？

小梦
2014年7月3日

14岁的花季

小梦：

　　那天晚自修下课后，你从学校给妈妈电话，妈妈心里一阵窃喜，这丫头终于给妈妈来电话了。可电话刚接通，那边的你就以极不耐烦的语气，可以说是以吼的语气催问："到底有什么事啊？快点！快点！我要去洗头了，要来不及了！"

　　"你一切都好吗？"接到你如此不情愿的电话后，妈妈只能小心翼翼地问你好不好。

　　"什么好不好？我没时间跟你说！"

　　"啪！嘟嘟嘟……"

　　电话挂了，妈妈失落地拿着手机，听着电话里的忙音，心想这就是我的小梦吗？愣在那儿，妈妈开始想象你当时的情景。在熙熙攘攘的下课人群中，在微明的星光下，你冒着汗，前刘海湿漉漉地贴在额头上，从教室快速地冲到电话亭，匆匆忙忙拨通妈妈的电话后又快速地挂断，然后三步并两步朝宿舍奔去。你在忙乱的人群中，在紧张有限的时间里，以最快的速度洗头发、吹头发、洗脸、刷牙，然后爬上床，等待黎明的光线将你叫醒。

你是一个性子很急又很爱干净的女孩，想到你的住校生活，想到你这一系列快速完成的动作，妈妈不忍心跟你较真，也不会介意你的不耐烦。

可是，静静地回顾你成长的轨迹，小梦，孩提时的你不是这样的。

妈妈因工作需要，经常出差，于是我们便常常有电话里的对话。

"妈妈，你什么时候回来啊？"

"妈妈，我想你！"

"妈妈，唔，亲几个……"

那时，你在电话里的声音总是甜甜的柔柔的，讲话的尾音拖得很长很嗲，你总要给妈妈很多飞吻才舍得挂断电话，妈妈自然也是。相聚、离别、拥抱、牵挂，我们总是依依不舍。想起这些，妈妈觉得心里好温暖好甜蜜。

你来到世间第一声响亮的啼哭，你没长牙的嘴巴里发出的第一个无邪的笑声，你粉嘟嘟的小嘴里长出的第一颗乳牙和新换的第一颗门牙，你咿咿呀呀第一次叫出的"妈妈"，你第一次开步时的小心和第一次摔跤时所受的惊吓，你刚上幼儿园时表现出的厌恶和你刚上小学时的害怕，你第一次来例假的惊慌和你第一次去陌生之地考试的忐忑……每个第一次，妈妈都非常清晰地记着。这些记忆的碎片像书一样，在妈妈的脑海里一页一页地翻过去，每一页都有别样的插图、符号和记录。这些记忆又像一条小溪，在溪流的每一处，都有不同的温度、色彩和风景。这些记录和风景，是我俩一步一个脚印一起经过的，也是妈妈实实在在见证的，它们都是你成长中的浪花和痕迹。

不知不觉地，你变了。首先是你的个子长高了，可以跟妈妈比肩了，你开始穿小背心戴胸罩了；你由原先不起眼的黄毛小丫头变成了一位亭亭玉立的美少女。随之，你的心也变了，你突然有了自己粉色的小秘密，你变得不愿接妈妈的电话，不愿跟妈妈多说话，也不会主动给妈妈打电话。你更多地在 QQ 上跟同学对话，更多地接到同学的电话并与他们交流。同时，你跟妈妈说话的态度也变了，那甜甜的嗲嗲的声音没有了，取而代之的是生硬的应付"好，好，好……"或是一声声不耐烦的吼叫"干吗？真唠叨！"我知道，这些变化都是你青春期到来的反应，这些反应是那么强烈，强烈得让妈妈措手不及。

妈妈记得这些变化的发生，是在近一年的时间内，也就是你上初中开始，进入 14 岁的花季时。14 岁，花样的年华。你仔细观察过含苞待放的花吗？欲放未放的花苞，青涩、含蓄、优雅，带着晨露的清芬，闪耀着迷人的光芒，它们是多么美好啊。《红楼梦》里女孩们，都是你这样的年龄。她们富有才情，在大观园里结社吟诗、喝酒填词，展露自己的才华；她们都有自己的个性与情感，也会为自己喜爱的男孩争风吃醋并烦恼，有的甚至走火入魔。

小梦，你现在就处在这样的花季，身体发育得像待放的花儿一样动人美丽，心理像《红楼梦》里女孩们一样，时烦时恼，时喜时愁。开心时，你会在床上踢腿打滚，并与妈妈分享你的小秘密；烦恼时，你就在凳上沉默不语，并将妈妈关心的问候当成唠叨。尤其最近一段时间，妈妈看你总是沉默，妈妈发现你的烦恼好像超过了开心,这是妈妈不愿看到的。

再回首,看看妈妈的14岁,是怎样的呢?14岁的我,应该也是处在花季吧。那时的我,还生活在一个僻静落后的小山村,村里一条狭窄的黄泥路通向一公里外的小学校。家里没有自行车,上学放学都得走路。每天一放学就得回家干家务,因为父母还在田里忙活。我没有零食吃,也没有想要的书本看,我必须在柴灶上帮奶奶一起点火、烧饭、喂猪。夏天,我顶着烈日,带着弟弟妹妹去田里割稻拔秧,还要一大早去山上摘黄花菜;冬天,我呵着冷气,带着弟弟妹妹去山上耙松针,去田里割青草;春秋季节,跟父母去地里摘桑叶,一担一担的桑叶被我们从树上撂下来,撂得手指头都肿了。14岁的我,家里没有电视机,更别说手机和电脑了,放学后没有什么娱乐和休闲,唯一的娱乐就是到山上摘野果子吃。14岁的我,总是要为父母分担太多的家务。14岁的我,最大的烦恼就是干永远也干不完的农活和家务。14岁的我,总是望着顶着大山的蓝天,向往有一天可以不像农民一样在田里干活。我想做个穿皮鞋的城里人,放学了有书看,偶尔也有零食吃。于是我发奋地学习,期望通过读书改变自己的命运。14岁的我,很简单,很纯粹吧。

相比之下,14岁的你呢?你生活在黄公望的"富春山居"图里,如诗如画的城市,高速公路、江滨大道、超市银行、公园广场,生活设施既方便又舒适。你有自己的私房钱,可以买自己喜欢的零食吃;你有自己的书架,妈妈也有那么多的书,想看书就可看。而且家里也什么都有,手机、电脑、ipad、电视机、轿车……你条件优裕,养尊处优,放学回来从来不用干家务,连自己的衣服都被妈妈包洗了。可是你的烦恼似乎比妈妈多。这是为什么呢？我想，可能是你的信念或者理想目标不像妈妈那么明确而坚定吧。

当然，有烦恼不见得是坏事。有烦恼，你肯定会思考烦恼产生的原因，会想尽一切办法去摆脱和解决烦恼。一个没有任何烦恼的人，就像没吃过苦而不知道甜是什么味道的人一样，生活是无趣而无味的。其实，我们正是在解决一个又一个烦恼的过程中，增长了各方面的知识和智慧，形成了自己对人对事更全面的看法和主见，学会了处世和交友，并在烦恼中慢慢地成长和成熟起来。妈妈是这样长大的，你也一样。

小梦，我的花季女孩，天热了，夏季已来临，别总是急急躁躁地跑得满头大汗，偶尔放慢脚步，仰望一下辽阔的星空，静静地听一听自己内心的声音，问一问自己："我到底需要什么？我要做个怎样的人？我应该怎么做？"

小梦，趁美丽的花季，给自己一个信念、一个梦想吧，做个有信念的追梦女孩，或许你的烦恼就不会那么多了。

妈妈

2014 年 6 月 18 日

雨水

夏令营的纠结

小梦：

　　周日午饭后，妈妈匆匆送你上车去学校，因为过几天就要期末考试了，老师要求你们早到学校进行复习。妈妈知道这个星期会是很煎熬的一周，但妈妈相信你能坚强地挺过来。

　　天下着雨，现在正是江南的梅雨季节，到处湿漉漉的，小区里的水塘满满的，脚踩在草地上，鞋子都陷进去了。花径两旁的人行道上，一树树粉柔柔的合欢花被雨水淋了一地，它们晴天开在树上是那么灿烂，一旦零落却是如此不堪。也许这就是花的命运，无论盛开如霞，还是零落成泥，都牢牢地掌控在大自然的手心里，无法抗拒改变。比之于花的遭遇，我觉得我们人的命运好多了，面对风雨，至少我们可以撑伞遮拦或乘车躲避。

　　在这样的梅雨天里，你背着书包，拖着那只粉色的行李箱，多少次，你都是这样，心事重重地行走在求学的道路上。这次我们各撑一把伞，默默不语地一起走过被车子碾得很不堪的合欢花上，朝候车处走去。

　　妈妈知道你此去的情绪很烦躁很低落，主要原因是暑假里学校组织夏令营之事，咱俩意见不统一。上周末回来时，你告诉妈妈学校要在校内组织为期十六天的夏令营，活动内容有学科基础知识巩固和拓展性活动项目锻炼。由于听信初二同学的话，加上平时在校学习和生活节奏的高度紧张，使你在一定程度上对校园的学习和生活产生了厌倦，于是你坚决不同意暑假里还待在条件简陋的学校，去受那份你不愿承受之"罪"。妈妈知道你需要换个宽松的环境，需要呼吸新鲜自由的空气来调节压抑和紧张的情绪。妈妈也理解你的想法，一个地方待久了，往往会产生审美疲劳，有时甚至麻木和厌恶。其实这是人的"围城"心理在作怪，没进去时，总是千方百计想挤进去；一旦进去了，又想方设法地逃出来。这种心理在很多人身上、很多情况下存在，不足为奇。

而妈妈对这次夏令营活动有自己的看法。我觉得两个月的假期时间这么长，抽一小部分时间去体验一下，说不定可以培养你跟同学们的团队精神和集体意识，说不定到时会有别样的收获，因为我觉得只有体验了，你才有发言权评论这次夏令营是否有益。

妈妈当时坚持要你去参加夏令营活动，还受了一组图片的影响，某种角度说也是一种从众心理在作怪。周日中午，一位家长通过微信发给我一组图片和文字，图片中的孩子，生活在极其贫困落后的地区，他们的童年是在垃圾堆里找饭吃，他们的作业本是一块块废弃的红砖，他们的教室是光线昏暗的黄泥窑洞。他们吃顿饱饭是奢侈，他们寄封信要徒步几公里的山路，他们整年见不着自己的爹娘，因为他们都常年外出打工，他们鲜少喝到甘甜的水，他们不知道城市里的高楼大厦，他们不知晓外面世界的灯红酒绿和纸醉金迷，他们渴求读书却买不起一支铅笔，他们没有小刀或卷笔刀，用牙咬掉木头写字，他们拖着小小的身躯劈柴，他们仰望远方想念他们的爹娘。我们偷懒晒太阳，我们周末疯狂购物，我们糟蹋米饭，而他们吃的是黄色的玉米面。当时，为了动员自己的孩子参加夏令营，一位家长还送给妈妈一句话：萝卜+大棒。

看到这些图文和公式，妈妈当时就想，比之那些孩子，你该为一个夏令营感到痛苦吗？你该抱怨上天的不公平吗？因此，妈妈竭力动员你报名参加。由于咱俩意见的分歧和看问题角度的不同，你认为妈妈不能理解你，你为此感到委屈和难过，甚至在心里恨妈妈。

小梦，你外出求学即将一年，这一年来，你努力去适应简单艰苦的住校生活，12人一间的宿舍，你学会了自己洗衣，自己买饭，在最短的时间里学会了生活的自立和自理；你努力去适应周围都是学霸的学习氛围。58人的大班中，成绩佼佼者比比皆是，你没有成为领跑的那个人，你失去了小学时的那份洒脱和自信，但你还是像长跑运动员一样，咬着牙关跟着队伍坚持了下来。你努力去适应青春叛逆期复杂的同学关系，少男少女青春期的萌动，既让你欢喜兴奋又让你忧愁烦恼，在磕磕碰碰的男女生交往中，你逐渐从原来对爱情懵懂的向往和期待转向冷静和理性。这一年来，你或许看不到自己的这些变化和进步，但在妈妈眼里，你每个星期都在成长，每个星期都有进步。

该上车了。你急急忙忙上车后又跑下来，再次问妈妈到底要不要参加夏令营，妈妈当时说参加吧，虽然你内心极不愿意，可我看你还是接受了。看来，妈妈的话你还是听了。可看你那么勉强和委屈的模样，看眼泪在你眼圈里打滚又忍着不让它们掉下来的神情，妈妈的心仿佛被针刺了一样痛。我想我是不是太残忍了，一定要让你接受我的想法。

小梦，我们是两代人，中间隔了整整30年。你一出生就置身在这个网络纵横、信息庞杂、科技发达的社会，虚虚实实的网络空间、瞬息万变的信息高速公路，带给你的是眼花缭乱和丰富多彩。你从小就要练就一双慧眼，去识别虚拟网络和现实生活中的真真假假。你的想法绝不像妈妈小时候那么简单和纯粹了，或许在很多领域你已比妈妈知道得更多。你从小就学钢琴、学美术；从小就知道色彩的搭配，知道车尔尼和巴赫；从小就会上网、会做幻灯片、发微信。而妈妈直到现在才知道这些东西。这些艺术细胞和科技元素在我身上是如此贫乏，而你轻轻松松地信手拈来。这样一比较，我想我们之间肯定是有代沟的，你有自己的思想和主见，对学校有自己的想法和感受，而妈妈可能确实不能也无法体会你内心真正的想法。

事实上，人与人之间没有绝对的可比性，你的眼睛和我的眼睛看到的世界是不一样的。你要做的是在大海里畅游的鱼儿和蓝天上高翔的飞鸟。妈妈不能用世俗的钥匙来锁住你自由飞翔的心，"戴着镣铐跳舞"是很难舞出舞者的风采和神韵的。所以，对这次夏令营活动，妈妈在你走后又进行了反复的权衡和思考。小梦，若你真的不愿意去，那就放弃吧，妈妈会尊重你的决定，不再勉强。同时也说声对不起，妈妈不应该用自己的主观意志来代替你的真实感受。当然若你经过一周的考虑，真心决定参加夏令营,妈妈也会支持你。总之,这件事情的主动权在你手里。

车子在梅雨中启动了,它载着我的女儿慢慢地淡出了我的视线。我的女儿又要独自去面对摆在她面前的一个个困难和挑战了,而妈妈只能在异乡在心里默默地为她加油,为她助跑,为她鼓掌。

淅淅沥沥的雨丝在飘落,江南雨,在妈妈眼里一直充满了诗意,可今天的雨在妈妈眼里是那么忧郁。望着雨中纷纷飘零得不成样的合欢花,望着它们凄美的惨境,我又庆幸我们身为人类是多么幸运,我们可以主宰自己,可以改变自己的想法和决定。想到这里,我的心境又豁然开朗了。

小梦,马上要期末考试了,祝你考试顺利!加油啊!

妈妈
2014 年 6 月 24 日

惊蛰

成绩究竟有多重要

亲爱的妈妈：

谢谢你对我情绪、情感上无微不至的关怀，也谢谢你对我学习不厌其烦的鼓励。借着信的期望，我咬咬牙，向着我们预定的目标冲刺。

来到 Y 学校一年了，我已习惯了这里的一切。我知道早上起床要快速，不然会被关在寝室里；我知道上午出操要快速，不然会被老师批评；我知道下午课外活动要复习，不然会比别人少学习 30 分钟……这些规则，显然已融入我的日常。

我现在还是个初一的小女孩。起初我自以为是地以小学学习的轻松感来定位初中，现在才发现，小学和初中，是两个完全不同的阶段。

就拿前几天的一件事来说吧：我觉得我的长发太累赘，于是剪了一个披肩短发，戴了一个头箍。当我走进教室时，后排的男生莫名其妙对着我起哄、吹口哨，结果起哄声被老师听到了。当老师得知是因为我剪了头发才被男生"特别关照"的，就将我叫到办公室谈话，让我不要花这么多的心思在打扮上。可是我没有打扮，我只是剪了头发而已。错的也不是我，而是那些不尊重女生的男同学。

  这件事让我备感挫折，我不知道老师这是怎么了……

  你说，这是男生、女生青春期的正常反应，站在老师的立场，你也会对女孩说这样的话。你跟老师一样，平时总是劝我把精力放在学习上。

  当初你给了我至多的鼓励，我只是不以为然；现在你给了我推心的告诫，我会时时刻刻放在心里。我学会了听你的话，这就是成长的第一步吧。我长大了，自己要学会做许多事情，要学许多本领，所以我要逼迫自己做必须做的事。我不能随着我的心意选择我喜欢的、不喜欢的事，我要效仿学霸们逼迫自己学习，让自己充实起来。

  但是妈妈，如果我们可以按照自己的心意做事，还有多少学生会如此认真呢？竞争还会如此激烈吗？我想不会。你们在不断地鞭策我们、教育我们的同时，也强硬地阻止了我们的大脑和思维。我们变得麻木，一心想要超过他人。没有阳光和朝气的性格，那样的我们是你们想要的吗？这些人就是你们眼里所谓的栋梁吗？

  我不这么觉得。他们活在人工打造的躯壳下，找不到自己，看不到自己的心。我喜欢自由自在，我不想被"读书"束缚，我想按照我的意愿和优势决定我的人生。这不是不可以吧！如果我们可以根据自己的兴趣爱好来决定努力的方向，我们的主动性就会得到更充分的发挥，潜能也能随即爆发。我想这比死读书有意思多了！

小梦
2014 年 6 月 30 日

不错过

小梦：

　　今天一早送你去学校回来的路上，妈妈一直在思考你上一封信里提出的想法，你说你不想被"读书"所束缚，你想随心做自己喜欢的事。你问妈妈："没有阳光和朝气的性格，那样的我们是你们想要的吗？这些人就是你们眼里所谓的栋梁吗？成绩，究竟有多重要，它比人性还要重要吗？"

　　你的问题很犀利。妈妈的回答当然不要是这样的。一个没有阳光和朝气的人，怎会是我们想要的呢？成绩怎么可能比人性更重要呢？

　　只是目前你正面临着一个非常严酷的成长现实：那就是家长们都在竭力鼓励自己的孩子勤奋学习；同学们都在暗地里竞争较量，比谁的成绩更优秀；还有贴在班级墙上的成绩排名总压得让人喘不过气来。由于这样的成长环境，你觉得你们身上的活泼和个性正在一点一点地被蚕食，你们身上的阳光和朝气也遭遇着一丝一缕的扼杀。面对这样的现实，于是你质问和思考，人活着的价值到底是为了什么。

　　看了你的质疑，妈妈首先感到心酸和心疼，同时也感到悲哀和无奈。说心里话，妈妈真不愿你小小年纪就过早地接受激烈竞争的挑战，其实妈妈也是非常希望你能在自由玩乐的宽松氛围里，健康快乐地成长。

可是，我们总是要转折一下，表达另一层意思，"物竞天择，适者生存"，如果你现在不加油，不努力，等到将来有一天，你就很有可能因没有一技之长或明显的竞争优势而被淘汰。于是就出现了你说的现象，即使像妈妈这样通情达理的人，也会给你订学习目标，要求你跟上学霸们的长跑队伍。小梦，妈妈很抱歉给你压力，很抱歉要求你像其他同学一样，强迫自己去竞争，去学习。

除了上述残酷的客观原因外，借此机会，妈妈也想对小梦说，你现在正处于学习的最佳年龄，妈妈不希望你错过了学习的时间和机会。每一个人在成长的每一个阶段，都有那个阶段该做的事，一旦错过，就很难弥补和挽回了。孔子说："吾，十有五，而志于学，三十而立，四十而不惑，五十而知天命，六十而耳顺，七十而从心所欲，不逾矩。"这告诉我们，人在十几岁的时候，就要专心求学。

还记得那个少年洗头工吗？他自言比你大一岁，因不爱学习，过早地走进了社会。由于他没有一项专业技能，但为了生存，他只好去理发店给人洗头。妈妈注意到很多年轻的洗头工，男孩、女孩都有，十七八岁左右，由于他们的双手长期浸泡在水里，他们的双手又红又肿，小小年纪就承受了生存的磨难。有个长得很漂亮的清秀女孩，我问她为什么来洗头，她说在职高不想读书，而家里经济负担重，就来店里打工了。妈妈觉得这个男孩和女孩都属于比较正派和懂事的人，他们通过自己的劳动获取工资。

后来我去洗头，那个少年洗头工不在了，听说他跑快递去了。你知道跑快递的辛劳吗？做快递员的首要条件是吃得起苦。我发现大街上很多快递员，骑着四轮车或摩托车，一年四季风里来雨里去，餐风饮露，生活作息无规律，还必须忍受冬天的严寒和夏天的酷暑，若不小心丢失了客户的东西，还要赔偿。俗话说：三百六十行，行行出状元。而各行各业中的状元，若没有艰辛的付出，岂是轻松可得？

现在是暑天，正是我们江南的高温期。在今天回来的路上，妈妈看到国道两旁有很多民工在烈日下挥汗干活，他们有的给绿化带浇水，有的拔杂草，有的补路，有的在田里施肥。所有这些活，妈妈估计你是吃不消也不愿做的。

小梦，我们生存的社会很大，各行各业都需要有人做，农民工、洗脚工、洗头工、建筑工、小商贩需要有人做，教师、医生、律师、记者、作家、音乐家、航天员需要有人做。每行每业都有它的职业性质和特点，它们都为社会所需要，它们无所谓高低和贵贱。现在，你也可以像那位少年一样，只要你甘心，无论去做洗头工、环卫工，哪怕给动物园里的大象洗澡，给河马刷牙，还是去菜市场卖菜，去餐馆做服务生，妈妈都会尊重你的选择，前提是你喜欢和乐意。

但是你知道吗，洗头工、小商贩、环卫工、快递员等的工作，都有很多你不能体会的辛酸，时间久了也容易让人生厌。而你是个追求自由和个性的女孩，妈妈知道你没有足够的耐心和兴趣去做这些活。你有很多创造性的想法，你需要更广阔的舞台和更开阔的空间去实现你的梦想。

想起有一天你对我说，现在的数学这么难，因式分解学了有何用？妈妈对你说，不学因式分解，你照样可以去菜场卖菜；但学了因式分解，你可以不去卖菜。道理就是这么简单。

我们来到这个世上，要经历很多，会面临各种选择。有的是你喜欢和愿意的，如睡懒觉、玩游戏、聊QQ；有的是你不喜欢和不愿意的，如起早跑步、读英语、做作业、搞卫生、各种考试，但你必须做。在你喜欢和不喜欢的事里，有的你可以选择，有的你不能选择，于是你就产生了烦恼和痛苦，而这就是生活。

怎么办？勇敢去面对！如果你不愿做洗头工，不愿给大象洗澡，不愿给河马刷牙，不愿在烈日下送快递，那你就只有不错过，珍惜现在的学习机会，放弃睡懒觉，放弃男生的追求，选择读书，选择竞争，在学习中掌握本领，在竞争中锻炼和培养自己的抗挫力，在选择中找到适合自己的最爱。妈妈觉得，只要你掌握正确的学习方法，不死读书，将学习当作快乐的行为，读书和竞争也可以培养出有个性和朝气的阳光少年。

记得妈妈跟你说过的一位理科高考生吗？今年高考，他用文言文写了一篇切合主题的高考作文，结果被专家打满分，并被破格录取。据说这位同学的父母都是农民，家境不好，但他非常好学，平时酷爱甚至痴迷古书古文。高考时，他大胆地尝试了古文写作，结果获得了古文专家高度的赞誉。

追求自由、快乐和美好是人的天性。你说要按照自己的意愿和优势决定你的人生，你要根据自己的兴趣爱好来决定你的努力方向。说得好!那么从现在开始打造你的优势吧,像这位理科生一样,培养你的兴趣爱好吧。从现在开始积累,到时,你就可以按自己的意愿决定自己的人生了。但如果不读书,你就没有资格和条件选择和决定你想要的人生。

　　小梦,夏令营正式开始了,妈妈给你带去的生活用品都放在床上。同学们都去教室了,寝室里乱糟糟的,但妈妈没有帮你们整理,妈妈知道你们自己会整理得很好。

　　妈妈知道你内心有点抵触这次夏令营,但若待在家里,你也会闷得慌。不是吗,放暑假才一个星期,你就感到无聊了,于是妈妈放你去杭州玩几天回来。既去之,则安之。

　　小梦,任何事都是一分为二的,妈妈希望你能找到它积极的一面,微笑去面对。相信我的小梦会有出色的表现。

妈妈

2014年7月9日

夏令营前

亲爱的妈妈：

  前天早上一醒来，我就问你，同不同意我去杭州阿姨家找表姐玩。没想到你竟非常爽快地答应了！这是我意想不到的事。毕竟马上就是学校的夏令营时间，我本以为你会严令我在家好好复习，等到日期就背上书包去学校上课。

  我连夜收拾行李，第二天一早就独自坐车去了杭州。车从桐庐出发，先到汽车南站，然后我摸索着找到了汽车站附近的地铁站。这里人真多呀，地铁售票处人山人海，我只能边玩手机边排队。这是我第一次坐地铁，我紧张地跟着排队买票的队列，仔细观察买票流程，直到轮到我买票时，我还紧张得有些不知所措，我生疏地点按屏幕上的按钮，总算在后面一众人期待的眼神中离开了漫长的队列。

  挤上地铁后，我找了一个角落坐下来。地铁车厢空荡荡的，一节一节像巨大的毛毛虫在地底下穿行，15分钟后就到站了。我打电话给表姐，表姐已经在地铁站出口等我了。我们一路聊天走到家，家里没人，阿姨在外面旅游，晚饭要自己解决！

  晚饭吃什么呢？我纠结了好久，最终和表姐选择了麻辣烫。阿姨是个十分注重食品安全的人，有她在的时候我们是没有机会吃这些外面的美食的。商量定后，我们激动地跑下楼，来到就近的麻辣烫店点餐。老板递给我们一个透明的大盆子，我们三下五除二就把盆子填满了。两人拿了沉甸甸的一个大盆，共57元的麻辣烫，我和姐姐打包回家吃。二人在凉飕飕的空调房里吃着冒着热气的麻辣烫，真过瘾啊。只是室内的空气香喷喷的，可能接下来的几天都要伴着麻辣烫香睡觉了。

　　第二天，我们到百货商场和小饰品店逛了一整天。我买了一件背心，姐姐则东挑西挑，好不容易看中一条牛仔裙，但是看到价格后，姐姐就不想买了。

　　晚上，我们逛沿街小地摊。地摊上有卖帽子、毛衣、小饰品、小仓鼠的，大人都喜欢在卖衣服的地摊上挑挑选选，而我瞬间被关在笼子里跑圈的小仓鼠迷住了。周边的建筑物墙上，广告灯全亮起来了，有些刺眼，又很耀眼。好久没看到这么亮的广告灯了！学校、家里都是素色，大街的繁华好像一下子触动了我，心情也跟着好了不少，我和表姐一蹦一跳地逛回家。

　　在杭州的这几天，我没怎么做作业，只是顾着玩。想起明天的夏令营，既紧张又激动。尽管很不想去，但是又怕会落下太多功课，权当这几天的休闲时间就是我的假期了。

　　写到这里，我的心情不知不觉又沉重了起来，我知道去了学校以后，就又会面临繁重的学业压力了。但是不管怎么样，仍旧谢谢妈妈能包容我去杭州玩！

小梦
2014年7月10日

种瓜得瓜

小梦：

  跟你说件很有意思的事。最近，妈妈给小学生做了一个讲座，话题是《读书写作：生命中最美丽的举止》。两节课的交流，妈妈从"培养兴趣、咬定目标、学会坚持和广泛阅读"四个角度，结合自己的亲身经历，给孩子们分享了妈妈的两个个人梦，一个是大学梦，一个是文学梦。课堂上，小学生们眨巴着好奇的眼睛，听得很专注。他们大胆发言，还跟妈妈积极互动，我的课也上得很带劲。

  下课后，你猜发生了什么？小学生们将妈妈围成圈，有的给妈妈拍照，有的要妈妈签名，有的留妈妈的电话号和QQ号。我看他们的瞳眸晶亮晶亮的，表情和举止都那么纯真与可爱，身为老教师的我深受感动和鼓舞。

  第二天，一位叫晓洁的女孩给妈妈发了QQ留言，说她梦想长大以后也要像我一样当老师，当作家，还说她非常想看我写的《淡墨人生》和《追梦》两本书，问我需要多少钱。我告诉她，虽然我手上的书不多了，但对爱读书的孩子，我愿意把书送给她。那一刻，我能感到她发自内心流淌的开心。过了一会儿，她把自己写的作文小集子发过来,请我看。今天,当我把签了名的书送给她时,我看她激动得话都说不出来了。

你知道的,妈妈不是大学中文专业毕业,我是中学政治老师和政治教研员。我的工作对象是高中生和政治老师。妈妈从来没有上过文学课,也没有给小学生上课的经历。文学是妈妈于工作时间外在自留地里耕耘出来的。这次讲座虽然讲给小学生听,虽然才短短两节课,但妈妈花了几天时间备课,因为我希望自己的课能给孩子们带去正能量。

上课时,妈妈在举例中说到了你,说你读小学时也很爱看书,有时会偷偷利用午睡时间写小说;还说你坚持学了7年钢琴,并去上海参加了全国性的钢琴比赛。他们听了都很佩服。其中一个小女孩说,希望你能像妈妈一样坚持写下去,到时也出书。妈妈表示一定把她的话带给你。

小梦,听了妈妈的叙述,不知你有何感想?

经历这次上课,妈妈很自然想到了一个成语:种瓜得瓜,种豆得豆。你是最了解妈妈的,除了工作时间,妈妈几乎将所有时间都消耗在文学这片土壤里了。为了做自己喜爱的事,我没有周末,也没有节假日,近乎放弃了所有的休息和娱乐,只是很抱歉没有对你尽到更多母亲的责任,不能像其他妈妈那样变花样地做美食给你吃。

放暑假了,是妈妈最陶醉的时光,妈妈想多看书,多给你写信,同时希望你能给我多回信。一定别忘了我们之间的约定哦,我们说好的,要把我们母女之间的书信交流进行下去的。妈妈希望通过书信这座小桥,跟上你的思想和变化节奏,不至于跟你交流时显得太落伍；同时也希望通过它，记录你中学阶段的成长痕迹。在你花样年华的绽放过程中，你肯定会惊喜地收到来自同学的鲜花和掌声，也会遭遇某些意外的惊涛和乌云。小梦，把你中学阶段的学习、生活和思想以书信的形式跟妈妈交流，把它们像钱一样一笔一笔地存在你的成长银行里，不也是一件"种瓜得瓜，种豆得豆"的好事吗？

今天上午，去了一趟老家。外公外婆都不在家，房前的院子里长满了外公种的瓜果蔬菜，一片生机，简直是个绿色的植物王国。扇子般大的南瓜藤叶铺了一地，藤蔓上开满了喇叭状的黄花，一个个鲜嫩的小南瓜滚在地上，那模样真可爱，我把它们一个个摘了回来。玉米秆上结满了长着褐色胡须的玉米，这是外公种给你们小孩吃的，他说等放暑假刚好吃，让他算准了，我也把它们掰回来，装了满满一购物袋。花生也长得很好，有的已开了小黄花。有趣的是种在路边围墙内的四季豆、长豇豆和黄瓜，全成了种子菜，因长久没人料理和采摘，它们无声无息地生，然后无声无息地老去，悠然地在风中唱着生命之歌。靠围墙的地上，外公种了几株辣椒。我过去一看，一地的红辣椒铺满地面。墙角的水井旁是一丛蓬蓬然的马兰花，马兰花开着白色的小碎花，它们在阳光下挤眉弄眼的，煞是可爱。院子里那些高大的桂花、红枫和石榴，矮小的月季、海棠和栀子花，就不说了，它们和地里枝枝蔓蔓的花藤、蔬菜们彼此和睦地相处着，俨然一个大家庭。

我猜想在夜深人静的时候，朦胧的月光下，这些绿植们会从菜地里袅袅升起，然后变成一个个绿头发、红嘴唇、花草裙的小花精,叽叽喳喳,在院子里笑出声来。于是藏在井里的青蛙王子熬不住了,它嘣的一声跃出水井,佩着绿剑,跟它们玩游戏。这时,月亮和星星会咧开嘴俯瞰它们作乐。写到这儿,我不禁笑出声来,我想你外公真是个童话王国的园艺师,他种了一院子的瓜果蔬菜,结果让你妈妈写这些富有童心的文字。我想这也是"种瓜得瓜,种豆得豆"这个成语的演绎吧。

今天回去时,邻居西梅阿婆也来帮我摘菜了。我看她身体不好,连讲话的力气都没有,可她还帮我把东西拎到车上,真是淳朴又善良的好人哪。等你回来时,我们一起去看看她。

再过两天,你就可以回来了,真想你啊。

妈妈
2014 年 7 月 11 日

春分

舍得·等待

小梦：

　　最近我在读一本书，书名叫《谛听教育的春天》，作者是华南师大郭思乐教授。这是一本生本教育的思想随笔。我一气呵成看完，颇多感触和启发。我很欣赏书里的一个观点：舍得，等待。他打了一个比方，说我们要让果树生长而不总开花给人看，要一直等到它真的可以开花了才开花；我们要有耐心让馒头有时间在不开盖的锅中得以蒸熟。他的这个观点就是要我们学会等待，要学会遵循生命的自然成长过程，而不是拔苗助长；要学会舍得，要舍得用分数换素质。

　　郭教授的教育思想站在孩子们的角度和立场，尊重生命的自然成长过程。他的博客吸引了很多教育者的关注，得到了众多专家和老师的支持和赞赏。他的关于"等待"的话题，也吸引了很多人的评论和回复。其中有一位老师对等待的立场是"紧烧火，慢揭锅"，他认为只要方向对，就要坚持下去。另一位老师也觉得孩子们的学习潜能不能过早地挖掘，不然就会像淘尽了大塘里的水一样，其智力迟早会干涸的。只有让孩子们自然地成长，他才会长成根深叶茂的大树。这些观点说得多好啊。当然，这些老师说的等待不是消极等待，而是要做仔细的分析和观察，采取积极的措施。他们在实践中总结了十个策略，这十个策略主要供教育者和家长参考。借此机会，我想把这些策略分享给你，供你思考：

给孩子一个时间，让他自己去安排；给孩子一个条件，让他自己去体验；给孩子一个问题，让他自己去找答案；给孩子一个困难，让他自己去解决；给孩子一个交往，让他自己学合作；给孩子一个对手，让他自己去竞争；给孩子一个权力，让他自己去选择；给孩子一个机遇，让他自己去抓住；给孩子一个激发，让他自己去创造。

你痛恨强制性的学习，你常说要做自己想做和喜欢做的事，你说要凭自己的主动性取得好成绩。妈妈非常同意和支持你的观点，古今中外大量的事实证明，任何事，只有想做和有兴趣，做起来才会有劲有成效。现在我们不妨做个假设，假如给你上述这十个机会，你会有怎样的思考呢？你也可以选择其中几个你感兴趣的话题跟妈妈探讨与分享。

前几天，应朋友之邀我们去美丽乡村环溪赏荷。环溪，是北宋著名哲学家周敦颐后裔的聚居地，距今有620多年的历史。周敦颐写的散文《爱莲说》描写了莲的形象和品质，歌颂了莲花坚贞的品格，也表现了作者洁身自爱的高洁人格和洒脱的胸襟。环溪村，就是一个莲文化的承载地。这里的村民在当地干部的带领下，抓住新农村建设的大好机遇，将环溪村打造成了中国美丽乡村建设的典范，如今每天有来自全国各地的朋友到环溪村参观考察和游玩，感受莲文化的精神，体验美丽乡村的品质生活。环溪村能取得今天这样的业绩,既是他们抓住了机遇的结果,也是环溪人多年来兢兢业业艰辛创业的结果。

我们去环溪这天,正好遇上村里举办荷花大会。环溪是杭州—诸暨—桐庐荷花展的分会场。我们将7岁的刘子翰也带去了,他一路上蹦蹦跳跳,很兴奋。这个季节是我们江南的伏天时节,天气最热的时候。小家伙在烈日高照的室外会场玩不住,吵着要回家。我们便带他去荷田连连的地里看荷。此时,田里的荷花已长成一人多高,连片碧绿的百亩荷叶忖着亭亭玉立的荷花,不禁让人喜爱、让人感动。田里的荷花有的正含苞,等待开放;有的已开花,婷婷袅袅地绽放着或洁白或粉色的花瓣;有的花已谢,结成了一个个绿色的莲蓬。这片清新动人的荷田在蓝天白云的映衬下,令人思绪绵绵。

莲花,花中仙子、花中精品。当我们走进佛教寺庙时,到处可看到莲花的形象。大雄宝殿中的佛祖释迦牟尼,端坐在莲花宝座之上,慈眉善目,莲眼低垂;称为"西方三圣"之首的阿弥陀佛和大慈大悲观世音菩萨,也都是坐在莲花之上。其余的菩萨,有的手执莲花,有的脚踏莲花,或作莲花手势,或向人间抛洒莲花。在佛教里,佛教与莲花的关系是非常密切的,因为莲是美好圣洁的事物。在这样的炎炎夏日,能看到如此美丽又圣洁的花,我们的心都变得纯净而美好。可你知道吗,莲子能长出如此娇俏的花朵,能绽放出这般美丽的神韵,必须在寂寞的泥土里忍受几个月黑暗的煎熬,必须经受漫长的等待,才能见到天日。

从荷田出来,我们打赤脚到安澜桥下戏水。安澜桥上的木莲藤郁郁葱葱的,风吹藤飘,欣欣然地洒下一片绿荫。淌在清澈清凉的溪水里，闻着木莲藤散发的清香，刘子翰再也不提回家的事了。溪里还有几个别的小孩。孩子们像游鱼一样，一会儿趴在水里，一会儿浸在水里，全身湿漉漉的，到后来，刘子翰索性想裸泳了。如此尽情地玩乐，孩子们没一个愿意上岸。之所以这样，我想，正是因为这样的环境，是他们喜欢的；而这样的事，也是他们乐意做的。

所有这一切，都让我联想到郭思乐教授的教育思想。美丽乡村建设离不开适时的机遇和努力，荷花的生长需要寂寞的等待和忍耐，孩子们的游戏需要宜人的空间和情境……同样的你，也需要等待，需要空间，需要机遇。

期待你对文中十个问题的思考和答复。

妈妈
2014 年 7 月 23 日

清明

蓝眼睛的老师

亲爱的妈妈：

今天学校上课回来了。在这 15 天时间里，每天都是语文、数学、英语、科学四门课。唯一有点乐趣的就是外教课了。

外教老师叫 Martynas，今年 19 岁，个子很高，全身上下最漂亮的应该是他的眼睛。他的眼睛是淡淡的蓝灰色，班里女生无不为他着迷。在和同学们的闲聊中，我了解到他也是学生，是跟同行的十几位外教来中国游学的。机缘巧合，校长将他们请到我们学校，成了我们的小老师。

Martynas 第一次来到讲台前，用彩笔在 A4 纸上写了大大的"MARTYNAS"，并把他的姓名牌立在桌上。他用标准的英语向我们介绍自己，说他是一个来自德国的学生，英语并不是他的母语，但是他的英语流利得让我们纷纷觉得他就是个英国人。做完自我介绍后，Martynas 让我们也制作姓名牌立在桌上，这样他就可以点名请同学回答问题了。事实上我英语不是很好，我的基础不如其他同学，所以每当他提问或布置作业时，我总是要偷偷询问同桌，向她确认一遍我听到的话。下课后，他没有带走支在讲台上的姓名条，我把它偷偷拿了下来，放进抽屉里收藏。

上周三下午，老师把我们带出教室，我们排着队来到高高的攀岩墙边。一进校门就可以看到那面墙，我入学时就注意到它了，但我不知道它的作用究竟是什么。几位夏令营的外聘教官腰间系着安全绳，问我们谁愿意自告奋勇去攀岩。我们女生看着十多米高的攀岩墙，望而却步，倒是有不少男生主动提出要试着攀爬。

没过多久，那些年轻有活力的外教们也来到了这里，他们纷纷自告奋勇要攀岩，于是同学们和外教们展开了激烈的比赛。看着年轻的女外教们自信奋发的模样，我有些疑惑：她们在面对这些小众运动是如此自信大方，而我们却连尝试的勇气都没有，这是为什么呢？难道是她们在我们这个年纪甚至比我们还小的时候，就已经接触了这些运动吗？其实也未必，或许这就是中西学生之间的性格差异吧。我不会攀岩，更别说滑雪、蹦极、跳伞了，我有些自卑，我只会跟着大部队在红色操场上一圈又一圈地跑步，试图让自己达到体育中考的水准。

攀岩活动结束后，我们又回到了四四方方的教室上起了文化课。

又是一节外教课。这次 Martynas 带来了电脑和音响，他选择了一首朗朗上口的英文歌曲，试图在一节课的时间里教会我们。这首歌名叫 *a little love*，Martynas 带我们一起念歌词、学韵律。这首歌没有什么难度，我跟着读了几遍歌词就学会了，大家纷纷表示可以打开伴奏一起跟唱。在下午不那么炽热的阳光下，我们端坐在教室里，看着台上开朗有趣的外教唱着动听的英文歌，他的眼睛在阳光的照射下像一颗半透明的蓝灰色水晶。

听着同学们一起跟着节奏点头敲桌,此时我多希望时间可以停在这一刻呀。

只是夏令营马上要结束了,外教们也要回到自己的游学生活中去。周五晚上,外教们来到教室和我们作最后的告别。Martynas叽里呱啦说了一些我听不懂的话,然后随他的朋友们一起离开了教学楼。

晚上回到寝室,我们纷纷讨论外教们在学校的欢乐时光,可是不一会儿便熄灯了。突然宿管老师闯了进来,焦急地询问我们有没有看到一个女同学。原来熄灯后,老师查寝发现一个女生没有回到寝室,问了室友都说晚上没有看到她。宿管老师连忙联系班主任,老师们手忙脚乱地在学校找了一通,才发现她跑到了外教办公室,正哭着挽留外教们不要走。听到这个消息,大家都忍不住笑了出来。

相信我在写这封信的时候 Martynas 已经和他的伙伴们去了下一个城市。这是我第一次见到蓝灰色眼睛的人,不知道德国是不是满大街都是这样的人?

妈妈,我一定要好好学英语,等我长大了,我要去德国,去欧洲旅游,说不定还能在那儿碰到 Martynas 呢!只不过出国一定很贵,但是妈妈,你会支持我的,对吧?

胡梦漪
2014 年 7 月 26 日

绿毛怪

小梦：

　　静静的秋夜，我正伏在台灯下备课。桌上的手机响了，是你们班主任的来电，我心里咯噔一下，若无特别之事，班主任不会夜晚来电的。不知你在学校发生了什么事，来不及细想和猜测，惶恐又紧张地接通了电话。

　　"小梦妈，最近很忙，周末也加班吧？"班主任的开场白很含蓄。莫非是你在周末做了什么出格之事，而妈妈竟然顾不上关注。

　　立马回忆上周末在忙什么。想起来了，秋渐凉，你住校的薄垫被和空调被都得更换。整个周末都在整理你的生活用品。秋被和棉花垫都该拿出来晒一晒，还得去裁缝店做棉花垫的套子。我抱着按尺寸弹好的棉花胎，到处找裁缝店。多方打听，才在一个偏僻的小弄堂里找到一家。事后去书店买语文老师规定的学生阅读书籍。买完书，取回垫套，赶紧回家将垫套洗净晒出。至于你白天在忙什么，确实没怎么关注，只知道你作业已完成，跟一位可靠的同班女生出去了。

　　"我也是听隔壁班主任说的，你家小梦将一缕长发和前刘海染成了绿色，班里的同学发现后，告诉了别班同学，然后就听到了隔壁班主任的议论。不仔细的话，看不出来。找她问话，只简单地说学习压力大，想叛逆一下。孩子正处于青春叛逆期，希望妈妈多多关心小梦，找她多谈心。"班主任叙述了事情的始末。

看上去绵羊般温顺的你，做事有分寸的你，从小到大不惹事的你，竟然染头发，而且是绝对另类的绿头发！悲摧的是，自以为做事细心的妈妈，竟然没发现你的"创举"。不知你这个"绿毛怪"的脑袋瓜子是怎么想的？你到底想干什么？听了班主任的来电，唯一的念头就是赶快看到你的绿头发和被老师发现违了规的你的精神状态。

终于等到了周末。下班回家，你一如往常坐在客厅有WIFI信号的地方，神情专注地低着头，双手指快速地在手机键上游走，唤你也不理。

放下东西，我满怀好奇地走近你，两下拆开你的马尾辫。丫头啊，真的染色了！不过不是绿毛怪的绿色，而是金黄色，灯光下，那缕染了色的头发金光闪闪，耀眼又刺目。

"老师告诉你了？"见妈妈一回来就研究你的头发，你不屑地抬起头，眼里露出一丝不快的忧伤。

"是的。妈妈很想知道你的想法。"

"你什么都替我安排好了，读重点中学，将来上重点大学，然后找份好工作。我什么都得按你设计好的路走下去。我不愿什么都听你的，我要过自由自在的生活，我要走自己的路！你总是自以为是，我要叛逆你！"

坐在沙发上安静地玩手机的你，突然从沙发上蹦起来，双目狠狠地瞪着我，小嘴巴一张一合，愤怒地控诉着我，语速比快板演员还快。

"可是这跟染发有什么关系呢?"我还是不明白你的哭诉。

"我查过校规,只要学生有早恋、打群架、顶撞老师或烫染头发等不道德行为,就可以被学校劝退。我要回来读书,可你不同意,我只好染头发,变成一只绿毛怪,这样学校就可以把我退回来了。"原来如此!为了想回到妈妈身边,你明知故犯,主动违规。

"你染发,同学怎么看?"

"他们叫我绿毛怪。"

"那你自己感觉怎样?"

"无所谓。我只是想回来!"

小梦,你真的想回来?读书就跟登山一样的,往上攀登的确累,但无限风光在险峰,你可以在高处看到平地看不到的风景。下山确实很轻松很容易,但你下来以后,还需重新攀登,那样你会更累,会消耗更多的精力。

"可是,我真的很累!妈妈,那里的学习压力太大了,我总是失眠,我担心赶不上!"你的语速慢慢地降下来了,脸上挂满了委屈的泪水。

小梦,你在自加压力,我知道你的心是要强的。我一把揽过你,让你的头紧靠在我胸前。

"小梦,这所学校是你自己考进去的,不是妈妈开后门的。你知道,很多同学想去那里读书,可就是跨不进那道门槛。妈妈不会刻意强求你该达到怎样的目标,但你应该珍惜这个学习机会,你要相信自己的实力。也许你不能成为领跑者,不过没关系,你只要不落后,保持现有的实力和状态,跟上长跑队伍的节奏和步伐就行了。我们先不去考虑以后的事,你只尽心尽力做好当下,好吗?"我极力安慰你。

"那你能不能打电话给班主任,说我的头发今天来不及染回了,要等国庆放假去做。"

"这没问题。"

为了逃避和对抗沉重的学习压力,14岁的你宁愿做只绿毛怪!这是做妈妈的根本想不到的事。小时候,你不肯练钢琴,就嗯嗯啊啊地坐在琴凳上磨蹭,一会儿要喝水,一会儿要小便,一会儿喊瞌睡,却从不曾通过改变和糟蹋自己的形象来叛逆妈妈的坚持。

曾有位朋友发给我一则中学生"初二现象"的微信。心理学上将孩子的初二阶段定位为事故多发的危险阶段、思想道德的分水岭,是"一道坎儿"。在这个阶段,有的孩子适应环境就能脱颖而出,有的不适应就会遭遇诸多麻烦。这时的孩子,对很多事有自己的观点、认识和体会,不容易沟通,不轻易服从师长尤其是家长的批评和指导;喜欢出人头地,在"应试教育"下常有紧张的感觉,在分数的压力下常有自卑的心理;有不同性质和程度的叛逆、对抗情绪以及说谎、寻衅闹事行为等。他们生理早熟,心理不成熟,青春期躁动明显。

对照上述"初二现象",我发现你有很多方面是符合的,显然,你进入青春叛逆期了。

初二开学才两周,你便以染发变"绿毛怪"来对抗和逃避压力了。真不知你今后还会做出什么让人惊讶的事来?

妈妈
2014年10月3日

一点点释怀

敬爱的妈妈：

  在 Y 学校学习已经一年有余。回忆一年前，我背着挂满毛绒玩具的书包一蹦一跳跨入学习大门，教学楼二楼的第一间教室承载着我学习和生活的一点一滴……我的心里五味杂陈，说不出是辛或苦，是辣或甘。这一年来，我一点儿也不安分，这样那样的零碎小事一大堆。尽管如此，你总会在我感到无助的时候安慰我。有几次我一回到家便一言不发，拨弄着电视机遥控器或手机，表情黯然地坐着。每每这时，你便会蹲在我身边耐心地开导我，为我解心结。而我就像迷途的小羊羔，在山洞口急得团团转甚至想放弃希望时瞥见了远处的一束光亮。

  因同学关系的难堪和学习压力等诸多因素，我沮丧、懊恼。那时候，经过别班教室，总能感到几双充满恶意的眼睛在"扫描"我；有时成绩排名出来了，看到自己被挤出了优秀线，我就对自己丧失信心。在狼狈地坚持了一年多后，我跟你提出要转回家上学。那是因为，我一位十分要好的同学，也是因为受不了学校里的同学矛盾和学业压力，转回自己的户籍地上学了。看到她回到老家上学后重新变得阳光开朗，说不羡慕是假的。然而，我知道或许对我来说，转学并不是最好的解决办法，在新的学校我或许同样要面临类似的矛盾和问题。思绪挣扎几番过后，我想与其再去面对一次，不如老老实实待在这里改变自己。

就在不久前，我还将头发染成绿色，以为这样就能够被学校老师勒令退学，我的"小心思"也能得以实现。但是在做这个决定之前，我辗转反侧了好几个晚上。如果被班主任发现后在全体同学面前痛骂我一顿怎么办？又或者没有被任何人发现怎么办？如此种种，看来染头发真是一种错误的抵抗方式。我不能承受被当众批评的窘迫，也害怕染发无效，早知如此，我就不做这幼稚的行为了。

想起小学，与初中相比，真是轻松多了。谁在意谁讨厌谁，又有谁在意谁成绩好差。每每提起这些，你就会不留情面地打断我："胡小梦，现在是初中，不是小学，你该把你的野心给我收回来了！"的确如此，老是回忆以前有什么用呢？

去年暑假你的报名和我的入学录取通知书改变了一切。与其说改变了我的地域视野，不如说是改变了我的认知。我接触了全新的知识，不仅仅是教科书上的，还有人情世故、男女性别上的，在适应并跟随这种认知的路途中，我吃了不少亏，流了不少泪。

妈妈，感谢你对我不厌其烦的教诲，感谢你在我失意时的呐喊助威，感谢你把我推到这个平台上。一切挫折都是磨砺，我总是能够从中学到东西的，尽管它们的到来并不是那么温柔。我想，得改变自己。首先要改变自己的认知，我学会了接受各种竞争的存在，有的是正能量的，有的是负能量的。我想，主动的接受总比被动的接受好。今天的啰唆就到这里吧，我要去写作业啦！

胡梦漪
2014 年 11 月 25 日

家长会

小梦：

外面正下着中雨，窗外的风飕飕地吹，已有明显的寒意。上周11月22日，是小雪节气，天气似乎并不冷，但这几天连续的阴雨天，让人感到江南的冬天已正式来临。最近我家露台上的石榴树、樱桃树、蜡梅树都忙着掉叶子。

今天早上起来，跟往常一样，我先清扫露台上的落叶，两只不知名的黑色小鸟栖落在枝头，羽毛湿湿的，见我上去，都机警地扑棱一声，展翅飞走了。望着它们张着湿漉漉的翅膀在雨中飞翔觅食，觉得小鸟们挺不容易的。见小鸟们消失在白茫茫的雨雾中，我才开始清洗你从学校带回给妈妈的"礼物"——一大包你换下来的脏校服和被单，然后抓紧时间将这些校服烘干。

现在好了，我可以安心地坐到书桌旁，一边看着烘衣机上的校服，一边听着窗外滴滴答答的雨声，给你写这封回信。

今年暑假，我们约定，在你的中学阶段，我们要以书信形式进行沟通和交流的。开学以来，由于你忙于功课，妈妈的工作也忙，于是我们的书信不由自主地中断了一段时间。

昨天一早，妈妈去你们学校参加八年级第一学期期中考试后的家长会，在你整洁的书桌上放着一封你写给妈妈的书信。由于家长会的内容很丰富，妈妈当时没急于打开，而是先听班主任和任课老师们关于学科教学和班级工作的介绍。

小梦，听完老师们对自己学科和班级情况的介绍，我觉得你应该感到幸运，你非常幸运地成长在一个充满朝气和正能量的班集体中。我看得出你们八年级的老师个个教学经验丰富，他们敬业负责，为人和善，每个人都有自己独特的教学风格，简直称得上是一支豪华阵营。班主任赵老师，为人精明能干，做事雷厉风行，对班级工作可谓呕心沥血；英语金老师，踏实严谨；科学汤老师，风趣幽默；语文颜老师，聪慧多才；数学吴老师和蔼善导……有这样的老师引领你，教导你，妈妈为你感到由衷的高兴。还有，你身边有一群友善的充满了青春朝气的同学，他们积极上进，热情阳光，他们认可你，欣赏你，你完全可以把自己融进这个集体中去。作为母亲，我放心你在这样的环境下成长。

家长会结束后，我又静静地环顾了你们校园。我觉得你们学校是个大气、人文的校园，单看那宽阔绿色的草坪、高大挺拔的柳树和飞鸿驻足的荷塘，这样幽静优美的校园，在初中学校是不多见的。

回家路上，我不时地将目光转向滔滔东逝的富春江。这条江，从黄山脚下，一路奔来，经建德、穿桐庐、过富阳，哪怕路再险，弯再多，它始终平静而义无反顾地载着一江秀水向东海奔去，因为它有自己的方向和目标。小梦，你看了会有什么启示呢？

到家了，我开始读你的信。小梦，看了这封信，我感到你的思想比原来成熟和理性多了。与其转学重新面对新的无可逃避的压力和麻烦，还真不如老老实实静下心来适应这里的一切。既然你不是生活在真空里，那么无论你走到哪里，都会有你无法预见的麻烦等在那里挑战你。人生，就是不断地接受挑战并战胜挑战的过程。这，不也是件很有意义的事吗？

　　中学生活一年多来，妈妈和你一起，一路同行，期间，我见证了你同学关系的尴尬、考试成绩的难堪、被人误会的委屈和身体不好的煎熬，个中滋味，真是酸甜苦辣，五味杂陈。但，不经历风雨，怎么见彩虹？或许正因为这些，你的成长之路比同龄人显得更精彩，更丰富，更可贵，你也因此变得懂事和成熟起来，这或许就是生活的辩证法。

　　小梦，在我们的成长路上，都会不可避免地面临很多选择，比如择校、交友，将来还要择业。不管做怎样的选择，我们的原则是要找到适合自己的。我觉得现在的这所学校，是适合你的，因为你聪明有灵气，你有这个实力到这个熔炉里去接受挑战和磨炼。不同的舞台、不同的同伴可以塑造不同的人。舞台越大，你的天地会越宽；同伴越强，你也会变得更强。妈妈相信，在你现在的这个舞台上，你会舞出属于你的精彩，开出一片属于你的天。而妈妈永远会做你最忠诚的粉丝，为你加油，为你助跑！

　　冬天正式来了，天冷了，妈妈想在此唠叨一句，一定要添加衣服，不要让自己感冒了，头痛鼻塞的滋味不好受，只有低情商者会无视身体的不良反应。小梦啊，"儿行千里母担忧"，不要说"有一种冷，叫做妈妈觉得你冷"，爱护好身体，就是为学习加分。

　　念你，牵挂你。

妈妈

2014年11月30日

也谈中国式教育

小梦：

　　这些天，天气忽然转冷了，冷得真快，但天气不错。蓝蓝的天，和煦的阳光给人温暖的感觉。今天忙完手头的工作就想给你写封信，上午冬日的阳光穿过阳台和铝合金玻璃门直射到办公室，心情格外地灿烂，爸爸办公室对面不远处是一片绿化得很好的树林，有樟树、雪松和高大的法国梧桐等等，还有许多不知名的灌木，高低起伏，美不胜收，给南方冬日里的气候增添了不少生气，真的要感谢大自然给予的恩赐，在这样的环境下工作，让人心旷神怡。

　　这情景让我想起你现在就读的学校。我和妈妈陪你去过几次，那里的校园环境精致大气，校园绿化也做得非常好，还有你们一批批朝气蓬勃的学生，更显得学校的朝气。学校虽然建校时间不长，但今后一定是个人才辈出的学校，当然我想也包括你。现在你们在冬日明媚的阳光下学习、生活，我很羡慕，明天一定会在更高、更大的舞台展现自我。触景生情，这使我想起一位伟人说过的话，你们是早晨八九点钟的太阳。小梦，我为你感到自豪。

　　小梦，这是我第一次给你写信，其实多少次我在心里默默地给你写信，多少次憧憬你美好的未来，多少次为你祝福，希望你成绩优异，但更希望你是个阳光懂事的女孩。记得在你上小学时，爸爸只要在家，总是早早到学校来接你。时间过得真快，不知不觉中，你现在已上初中了，而且当时你同时考上了两所名校。爸爸认为你小学的六年是成功的，轻轻松松地拿到了钢琴十级，周围的亲戚朋友都夸你聪明伶俐。当然妈妈的功劳最大，也最辛苦。

在现在这所学校上学，你不能每天回家了，爸爸总在想着周末能早点看见你。前些日子，在妈妈的提醒下，我看了你以前发在QQ空间的文章，觉得你有些观点有点偏激。西式教育和中式教育是有区别的，我们生活在中国的大环境里，就必须适应它，但我估计你现在已经想明白了吧。中国是个有5000多年历史的文明古国，在这个世界上，原来有许多的古老文明，其中有最为著名和让人乐道的玛雅文明，最后都消亡了，最终只是留给考古学家研究的课题。而我们中华民族在历史的长河中虽历经磨难，特别是东汉末年，由于连年征战，只剩下90万人口，当时可谓十室九空，一片荒凉和凄凉，这是中华民族面临文明消亡的最危险时刻，但最后我们中华民族通过包容、吸收，不断壮大自己，形成了不朽的中华文明，成为历史悠久的世界文明古国，成为人类发展史上的奇迹。这里最为关键的是教育文化，尤其是懂得传承和教育的中华文化，所以中式教育是成功的，虽然还存在某些缺点和不足。再看看现在许多西方国家有我们中国的孔子学院，那都是中式教育的精髓。其实现在许多外国人在学习我们中国。

健康快乐和好成绩有时看似乎是一对矛盾，爸爸也知道学习的辛苦，古人说过"少壮不努力，老大徒伤悲"，我和妈妈也希望你像幼儿园的小孩一样自由自在地生活，但社会是个竞争的社会，没有竞争，社会就不会进步了，也就是说，你不努力，而别人努力，你就要被淘汰。爸爸告诉你的只是目标，我相信凭你的聪明，目标是一定能实现的。

你现在就读的学校是个精英荟萃的地方，一时的成绩不理想并没有多大的关系，也没什么大不了的。过去就让它过去吧，最重要的是要相信自己，对自己有信心，千万不要有畏难情绪，有时和你说起×××同学成绩好，你就说超越不了，关键是信心，信心问题解决了，凭女儿你的智商，一切问题就迎刃而解了。再接下来就是学习方法的问题，做到不懂就多问，学习要有一股拼劲，这点妈妈就做得很好，我觉得你是否缺少刻苦的精神？静下心来，刻苦的精神就来了，所以对你来说另一个关键是"静心"。

妈妈告诉我，你的思想比原来成熟和理性多了，与其转学再去面对新的无可逃避的压力和麻烦，还真不如老老实实静下心来适应这里的一切，这很对，爸爸感到很欣慰，也相信你能处理好成长中的烦恼。妈妈说你们八年级的老师个个教学经验丰富，他们敬业负责，为人和善，每个人都有自己独特的教学风格，简直称得上是一支豪华阵营。相信你在剩下的一年半中会成功的。

爸爸前段时间到北京出差，尽管工作很忙，但还是抽出时间去北大和清华大学看看。北大的睿智，清华的严谨，给我留下了深刻的影响。这两所大学校园都是风景秀丽的景区，到过这两个地方仿佛自己增加了许多学问。

附两张爸爸精心拍摄于北大最美的而且最有人文底蕴的照片以示鼓励。

爸爸
2014 年 12 月 9 日

北大未名湖

北大博雅塔

Chapter

04

肆

乙未记
（2015 年）

钢琴上盖着一层米白色的防尘罩，
我熟练地掀开它，打开琴盖，
生涩地用手按下了第一个音符。

就喜欢这样看着你

小梦：

　　这个周末你终于愿意跟妈妈一起睡了。我们相对而卧，温暖柔和的灯光照着咱俩，妈妈环着你的手臂，静静地看着你。小梦，你长大了，长成一位美丽的姑娘了。黑色的长发披泄在你瓜子型的脸上，褐色的瞳眸深邃又明亮，白皙的皮肤结实而有弹性，凹凸有致的身材散发着雨后春草般的芬芳。小梦，看你蜷着身子，将大腿搁在被子上，露出一份孩童般的不安分和淘气，妈妈禁不住替你盖被子，而你又任性地将被子踢开了。

　　妈妈看着你，看着你熟睡，静静地感受这春天的夜晚。墙角的野草在绵绵的细雨中疯长，花园里的紫杜鹃在大树下幽幽地含笑，泥土里的蚯蚓在深黑的夜里安睡，篱笆上的蔷薇散发着满园的幽芳。这样的夜晚，安宁平和，没有硝烟与战火，没有饥饿与流离。在这安静的夜晚，听着雨，拥着你，看着你，身为母亲，我感到知足。

　　小梦，从你出生起，妈妈就喜欢痴痴地看着你。你睡在妈妈怀里，小猫般，柔软又娇小，妈妈看着你，看你的眼睛，那么幽深；看你的鼻子，那么挺拔；看你的嘴巴，那么小巧；看你的皮肤，那么白嫩。妈妈欣喜她的生命中有你。一有空，妈妈便抱你亲你逗你，可总是看不够亲不够。

妈妈喜欢看你哭的样子。没奶吃，你就闭着眼睛哭，那眼泪也不知从哪来的，汩汩不绝，哭得音都没了，硬是不肯吃米糊。

妈妈喜欢看你玩头发的样子。你一个人在客厅里，将妈妈的绿纱巾披在头上当长发，不停地甩啊甩，你说那是你的绿头发！

妈妈喜欢看你背着书包上学去的样子。一蹦一跳的，像只欢快的百灵鸟，真可爱。

妈妈喜欢看你笑的样子。说起班里男生的淘气事，你就肆无忌惮地大笑，没有一丝的夸张和做作，露出一口没有门牙的牙齿。

妈妈喜欢看你弹琴的样子。端坐在琴凳上，你双手十指在琴键上时而舒缓、时而快速地行走，投入又陶醉。

妈妈喜欢看你读书的样子。你坐在书桌边，埋头阅读，同时做着读书笔记和点评。

妈妈喜欢看你试穿衣服的样子。衣橱里的衣服被你一件件拿出，又一件件试穿，最后又一件件地挂回，真臭美呀。

小梦，你的喜怒哭闹，妈妈都一一看在眼里，看着你从不谙世事的黄毛丫头，慢慢地长成青春靓丽的少女。

很多时候，妈妈就这么默默地看着你、关注你，而你是不知道的。每次我们开车出门，你坐在后面，总是一刻不停地玩手机，妈妈从后视镜里看你，见你宁愿错失窗外的风景，也不愿让手机离开视线一步。有时你在房间里，见你一边戴着耳麦听音乐，一边做作业，妈妈就怀疑你这样的一心二用，学习会有效率吗？每回天气预报有冷空气南下，你宁愿挨冻甚至感冒也不愿意多穿衣服，还说"有种冷，叫妈妈觉得你冷"。妈妈看你拖着行李箱，瑟瑟发抖的身影消失在上学的路上，你能体会妈妈心里的难过吗？有时看你做着数学难题，愁眉不展，却不肯主动去请教老师，你知道妈妈心里有多焦急吗？

小梦，妈妈就这么默默地看着你，看你有时走路偏离方向了，就想把你拉回来，你能理解妈妈的用心吗？

从小到大，你一直跟妈妈睡，我们彼此信任，无话不谈。可自你上初中后，每周只能回家一次。渐渐地妈妈发现咱们之间开始疏远了，无论如何你也不愿跟妈妈睡了。妈妈希望你能跟她睡一个晚上，就像当初你上小学时，跟妈妈说说班里的同学和老师，聊聊你的青春和想法。然而，你说你有自己的秘密了，你开始小心地关起自己青春的门扉，坚持要自己独自就寝，并拒绝妈妈到你的青春世界去串门。

这次很意外，你竟答应跟妈妈一起睡了，这种母女相对的感觉让我仿佛回到了你小时候，静静地看着你，拥着你，并甜蜜地叫你一声"宝贝"，然后哼起经常哄你入睡的勃拉姆斯的《摇篮曲》："安睡吧，小宝贝，丁香红玫瑰，在静静，爬上床，陪你入梦乡……"

现在流行一句话："世界那么大，我想去看看"。外面的世界很大很精彩，你有你的世界，有你的方向。

随着年龄的增长，终有一天，你会像蒲公英那样，轻轻地飘离妈妈的怀抱，带着自己的梦想，去远足，去高飞。但不管你走得有多远有多高，风筝线的一端始终握在妈妈手里，妈妈的怀抱始终为你敞开，妈妈的目光始终会尾随你，就像你小时候学走路那样，跟着你，护着你，看着你。

妈妈

2015 年 4 月 20 日

让我们一起坚持

小梦：

　　离妈妈上次（4月20日）给你写信一个月过去了，可妈妈至今还没有收到你的回信。距你上次给妈妈的信（2014年11月25日），你已半年多没写信了。不知为什么你不给妈妈写信了，是不愿意写呢还是觉得没东西可写或者没时间写？

　　如果说你不愿意写，妈妈可要刮你的鼻子了，因为你违反了我们之间的"约定"，那就是不讲诚信的行为。如果说没东西可写，我觉得这是不可能的，因为你在学校里，至少可以跟妈妈谈谈你每周在校园里的生活和学习，比如写写自己的同学，说说他们上课是怎样表现的，不同的老师是怎样跟同学们对话的；比如晚上就寝时，发生在寝室里的趣事，室友们是怎样交谈、怎样吃零食的；早上起床时，每个人是怎样表现的；再如出操时，同学们又是怎样表现静齐快的。此外，你也可以写你周末在家的学习和生活，你不是每周回来都阅读和点评吗？你可以跟妈妈谈谈你的读书心得，或谈谈你阅读、思想上的困惑等。总之，可写的东西应该很多，可能是你没好好去挖掘和整理吧。如果你说没时间写，那妈妈想说一个很通俗的道理，时间就像海绵里的水，要挤总是挤得出来的,关键是看你愿不愿意挤。

　　妈妈之所以又提起写信这件事,是因为妈妈觉得写信有很多益处。首先,我觉得这可以锻炼你的写作能力。什么样的人和事,你用什么样的语言去描写和表达,可以达到怎样的效果,取决于你的语言积累和谋篇布局。好的文章是练出来、改出来的。写信相比于命题作文要宽松得多,但信也需要主题,这可以促使你更好地思考、提炼素材,并对文字进行加工,久而久之,你的写作水平就会不断提升。其次,我觉得可以很好地记录你的思想与感情。你只要坚持不懈地写下去,积少成多,就可以反映你在某一个阶段的思想和感情,这其实就是记录你的成长痕迹。将自己中学时代的学习、生活、情绪、情感有意识地记录下来,不是很有意义吗?等以后回首自己的学生年代,看看这些书信,不禁会感叹,啊,原来我是这样长大的!那种味道可是花钱也买不来的。再次,我觉得书信可以增进我们母女间的感情和交流。你小时候,我们每天在一起,妈妈可以经常与你沟通。现在不一样了,我们每周见一面,很多时候,你忙于做作业和看书,我们间的交流越来越少。说心里话,妈妈都不知道你心里在想什么了。妈妈希望跟你多交流,才不会让你觉得老妈"背时"和"落伍"吧。总之,妈妈希望能恢复我们之间的书信沟通。

　　今天给你写这封信,之所以会萌生这个话题,主要得益于《傅雷家书》的启发。这本书是你上周六网购来的。与这本书同时寄来的还有《格列佛游记》《培根随笔集》和《汪国真诗集》。这些书是你们语文老师要求你们阅读并点评的。凡你们语文老师要求你们阅读的书目,妈妈也尽可能跟你一起阅读并写下随想。

说到书，妈妈认为你是幸运的。以我们现在的家庭条件，只要你想看，没有不能满足的。从小学到现在，你买回来的书也不下百本了，而且都是成套成套地买。哪像我们小时候，想看书却没书看，顶多只能翻翻连环画。说句惭愧的话，我真正的阅读，其实是从大学才开始的，觉得很悲哀吧？所以妈妈现在非常珍惜时间，一有空，就如饥似渴地阅读，但总是感觉书看得太少，肚里的"货"太有限。

由于很想了解人家的家书是怎么写的，故拿到这四本书后，我首先翻开了《傅雷家书》。知道傅雷吗？他是我国现当代著名的文学翻译家和文艺评论家。他一生译著宏富，所译作品以传神为特色，更兼行文流畅，用字丰富，并工于色彩变化。罗曼·罗兰获诺贝尔文学奖的长篇巨著《约翰·克里斯朵夫》，传记《贝多芬传》《米开朗基罗传》《托尔斯泰传》，巴尔扎克的《高老头》《欧也妮·葛朗台》等名著就是他所翻译。我国著名的钢琴艺术家傅聪是他的第二子。为指导傅聪在国外的钢琴学习，密切他们父子间的情感交流和艺术探讨，他给傅聪写了12年家书。家书里充满了父亲对儿子身体上的关心、情感上的思念、精神上的支撑和艺术上的点拨。

最近几天，我只要拿起这本书，就爱不释手，总想多抽点时间多看几篇。我总是早上起来上班前看几篇，下班回来做饭前看几篇，晚饭后更是坐在书桌前，动也不想动地看。每看一篇，就会不自觉地想到你，想到你的学习、身体和心理，觉得有很多话要跟你说，也很想把傅雷关于艺术和人生的道理告诉你，他说："先做人，其次做艺术家，再次做音乐家，最后做钢琴家。"在艺术和人生的关系上，他把做人摆在第一。妈妈觉得诚信和坚强的意志是做人的重要品质，妈妈希望你能慢慢领悟这句话。在《傅雷家书》里面，他的这种人生教诲和教育智慧随处可见，等你阅后，就会明白了。

坦诚地说，因为看了《傅雷家书》，更加坚定了我要将我们之间的书信交流坚持下去的信念。我建议你本周回来，先阅读这部书。我觉得这本书尤其适合你，因为你有7年弹钢琴的经历，书里的很多观点，你绝对比没学过琴的人更容易理解，且容易产生共鸣。我建议你先读这本书，还有一个非常重要的原因，那就是从书里，你可以更强烈地感受到一个人想要成功，必须有坚强的意志力和坚韧不拔的恒心。我非常欣赏书信里的一段话："你能坚强，只要你能坚强，我就一辈子放了心！成就的大小、高低，是不在我们掌握之内的，一半靠人力，一半靠天赋，但只要坚强，就不怕失败，不怕挫折，不怕打击——不管是人事上的，生活上的，技术上的，学习上的——打击；从此以后你可以孤军奋斗了。"傅聪的成功，除了父亲的严厉教导外，就跟他本人的勤奋、刻苦、毅力和艰辛密不可分。你知道吗，为了使自己的琴艺日益成熟，傅聪每天要坚持7—8个小时的练习，即使在开音乐会的日子里也不例外。

我觉得上面这段话对你也是有意义的，希望你在阅读的过程中，能用心去体会这些谆谆教导。我们青少年学习不要害怕吃苦，也不要害怕失败，反过来，要让"苦"看到你怕，让"失败"看到你落荒而逃。想想你当初学琴的经历，能每天坚持1小时就不错了。很多时候，若不是妈妈的竭力坚持，也许你早就放弃了。但我相信，总有一天，你会感谢妈妈让你学了钢琴，说不定有一天还会说"妈妈，你当初怎么不逼我多学点呢？"小梦，你觉得妈妈的话有道理吗？

在《傅雷家书》里，傅雷也是严格要求傅聪要多写信，因为，他说多写信不但可以训练文笔，更重要的是可以训练一个人的思想、理智和才智，同时还可以把自己的感想、心得等传达给别人。有一次，傅聪写的一封长长的家信不幸被邮局遗失了，傅雷就要求他补写一封长信。于是傅聪就开了通宵的"夜车"来补写，因为他白天的时间总是排得满满的。想想傅聪，再观照一下自己，人与人之间是不是有很大的差距呢？

为了熏陶傅聪的人文和艺术素养，傅雷还要求傅聪多阅读中华民族的传统经典，给他寄一些经典的古典文学作品，如《古诗源选》《唐五代宋词选》《元明散曲选》等，并鼓励他要仔细看，且要多看。真巧，你前段时间买来的《阅读大中华》系列丛书刚好都有这些书目。妈妈希望你静下心来，认真地品读它们，能从中吸取中华文化的优秀元素，变成自己的营养，而不是为了完成老师布置的作业囫囵吞枣、敷衍了事。

有人说世界上有三样东西是别人拿不走的，那就是吃进胃里的食物、藏在心中的梦想和读进大脑里的书。世间的很多东西是浮云，但你心里的梦想和从书中吸取的思想是永恒的，任何人也抢不走。

小梦，这封信是妈妈今天下班回来所写，不知不觉写了这么多。心里还想写，但怕你嫌长，会不耐烦。等你回来，我们再聊。

今天是 5 月 20 日，妈妈收到一则朋友的微信："520 快乐！我爱我生命中遇到的亲人朋友，祝你健康、平安、快乐。感恩你的朋友圈有我，感恩相识、相知、相信我，祝你工作顺利，心想事成。"

借朋友的微信和今天的好日子，妈妈也说一句："520，我爱你！祝我的小梦天天进步！"

但愿这次能收到你的回信！我期待着！

妈妈
2015 年 5 月 20 日

说兴趣和信念

小梦:

本周四(5月21日)上午桐庐县诗词楹联学会开年会,作为会员,妈妈也参加了。如果你看到这些诗词楹联的写作爱好者,你一定会吃惊的,起码我被他们深深感动了。你知道他们是怎样年龄段的人吗?来参加会议的很多是白发苍苍、步履蹒跚的老人,有几位已80多岁高龄了,但他们自始至终坚守自己的爱好,抱着对生活和诗词的热爱来开会。

诚然,岁月可以增添头上的白发,时光可以黯淡一个人的容颜,然而文学只会弥补生活中的缺陷,它可以让人永葆心灵的青春。在会议室里,我不停地观察这些老人,在他们布满皱纹的脸上,我看不到悲哀和愁苦,他们有的是坦然和自信。他们可真是活到老,学到老,写到老,我坚信他们并不认为自己是老人,至少他们的心理是年轻的。诗友们一年多没见面了,彼此相见分外亲热,大家都热情地互打招呼,这份浓浓的情谊绝不亚于亲情。会议结束时,我看每个人的脸上荡漾着浓浓的笑意,这份笑意里透着晚霞般的光晕,真令人感动。

小梦,妈妈之所以将这些老人的精神状态写给你看,是想让你明白一个道理，一个人有爱好，心里有信念，是多么重要。即使将来老了，无法像朝气蓬勃的年轻人那样走天涯了，但心中的天地依然宽广，依然可以在明月星光下的竹篱笆旁吟诗写文，在荷塘青草的芳香里活出生活的色彩。

这又使我想起上周四（5月14日）在江南镇环溪村开展的"杭州古村名镇"创作笔会。这次笔会由杭州出版集团发起。为积极响应国家"文化输出"理念，杭州出版集团组织了杭州地区的优秀写作者，对各地区（杭州城区除外）的古村名镇进行文学创作，以宣传、推广各地富有特色的美丽乡村建设和优秀文化，到时以中文和英文两个版本同时出版发行。妈妈也是其中的创作者之一。

为完成这次创作任务，你是知道的，去年除夕，妈妈还宅在书房里不停地赶稿子，因为一开学，妈妈就不可能有时间静下心来写作了。还记得那时你是怎样抱怨妈妈的吗？你说妈妈不买年货，不允许你发出声响，家里冷冷清清的，没有过年的氛围。可能这就是妈妈做事的风格吧，喜欢追求理想和完美，既然做一件事就要将之做好。其实妈妈这样做也不对，忽略了对你生活上的关心，没有尽到慈母的责任，这是妈妈需要检讨的。但这样的性格也有好处，可以充盈内心，不会给自己留下太多遗憾。不是吗，稿子完成后，妈妈就可以安心和你过春节了。

这里，妈妈想给你介绍参加这次活动的作者，他们分别来自杭州、余杭、萧山、富阳、临安、建德等地。这些作者，有的是管理者，有的是农民企业家，有的是商人，有的是教师，有的是报刊编辑，唯独没有专业作家。参加活动的每个人都有自己独当一面的本职工作，换言之，写作是他们的业余爱好，是他们放弃休息时间，在自己的精神小院进行耕耘的额外之举。

俗话说，物以类聚，人以群分。我们这些人正是因为有着共同的爱好，有自己的信念，才从各地赶来，相聚于环溪，而且大家基本上是初次见面，但这并不妨碍彼此间的沟通。人在世上，会认识很多人，有的人你跟他相识几十年了，也仅仅是认识而已，彼此碰面打个招呼，然后擦肩而过；而有的人，无须太多的交往，仅凭几次心灵的沟通，就可以引为知己。这就是志趣的效应吧。志趣相投的人，举手投足，做什么都有默契；志趣不投的人，随便怎么做，你看着就是别扭。所以，择友不能马虎和随便。

通过不到一天的接触，妈妈发现这些作者才是真正的写作高手。妈妈陪他们在环溪匆匆游览了一遍，待坐下喝茶时，谁知一首首即兴诗就从他们口里流泻出来了。另有一位朱姓作者，人没来，第二天竟然寄来了两首和诗，真令人佩服。

由于这次笔会得到了县诗联会会长、爱莲书社社长周先生的大力支持，大家对周会长尤为感恩，纷纷以诗词致谢。周会长在他的雅居里，沐手燃香，一气呵成，挥毫写下了他们的即兴作品，真可谓诗与书的完美联谊。妈妈见他们诗书相和，觉得人有特长就是不一样。

通过这次笔会，妈妈发现这些作者不仅散文写得好，且诗词也相当了得。相比他们，妈妈感觉很惭愧，妈妈的写作基本局限在散文领域，对诗词的研究太少了，以后要在诗词方面多下功夫。他们这种出口成诗的功夫，应该得益于他们平时对诗词的爱好与研究吧。小梦,妈妈希望你也能抽时间读读古典诗词,我们一起进步,怎样?

笔会结束后,妈妈看时间还不太晚,就去地里挖土豆。菜地在城郊,是外公在荒地上整出来的。你外公是个勤劳的人,走到哪里,地就开到哪里。我们常劝他身体不好少种菜,多保重身体,他硬是不听。每到不同的季节,他总会适时地种上各种不同的蔬菜,蚕豆、大蒜、豌豆、土豆、番薯、萝卜等等,平时还不辞辛劳地赶到老家去种菜。其实,外公种的菜我们根本吃不完,可他总是乐此不疲地去做。

到地里,因刚下过雨,妈妈很轻松就将土豆藤拔了起来,一个个鸡蛋黄般的土豆从地里跟了上来,用小锄头一挖,又是好几个,心里一时乐开了花。小时候经常跟你外公去地里挖土豆,那时好像没什么感觉。现在偶尔劳动,发现原来收获竟是如此幸福。本想随便挖几个的,没想到越挖越带劲,不知不觉就将一垄土豆挖完了。当时妈妈就想,等你周末回来,一定要带你去体验挖土豆的乐趣。果然,你也跟妈妈一样,看土豆一个个从地里冒出来,开心得汗也顾不上擦了。

现在妈妈终于明白了,你外公为什么那么爱种菜。他做了一辈子的农民,对土地有着深厚的感情,这感情从何而来?道理很简单,"种瓜得瓜,种豆得豆"。他在土地上播下种子和汗水,土地就回报他相应的果实。他和土地打了一辈子的交道,他太熟悉土地的性情了,他知道什么时候种什么,然后会收获什么。这就是一个老农民的乐趣,也是他的信念,这份信念已经根深蒂固地流淌在他的血液里。

小梦，今天妈妈跟你讲了三件事，其实道理只有一个，我们不论做事还是学习，都要培养兴趣，坚定信念，它们好比人生中的箫和剑。有了兴趣，你就有动力，就会主动去做、去学，信念就会在你的心里扎根、发芽、开花、结果，你就会跟农民伯伯一样，快乐地收获你想要的果实，就像你小时候喜欢画画、做手工一样，没人要求你做，但你会主动专注在那件事上。

小梦，不知你看了此信，心里是否有所触动呢？

哎！你上学去才第一天，妈妈就开始想你了。愿你安心学习，多思所问。

妈妈
2015 年 5 月 24 日

成功的欢愉

小梦：

那是一个激动人心的时刻。当得知你的期末成绩达到了预期的目标，妈妈见你挥舞双臂，在客厅里又蹦又跳，嘴里还不停地欢呼："我终于成啦！我终于成啦！"那突然爆发的狂喜，哪像一个文静女孩所为。这是成功的喜悦，是发自内心的欢愉，是你这学期勤奋努力的结果。妈妈由衷地为你高兴，我们紧紧相拥，眼里闪着激动的泪花，感受着好消息带来的美好。小梦，你体验了成功带来的愉悦！这种精神的畅快，比吃任何美味、穿任何名牌都有味吧，这可是万金也买不到的。

你曾问妈妈，成绩究竟有多重要。我们现在不谈成绩有多重要，妈妈只反问你，成绩好了，感觉如何？你说扬眉吐气。这其实就是理想的成绩带给你的自信和动力。从某种意义上，成绩反映了你一学期来的学习情况，是对你阶段性学业的测评，它可以帮助你查漏补缺，因而成绩是你学习上的天秤，哪头掉下来了，你就得想办法将之抬高，不然天秤就站不稳。

自你进入初中两年来，因数学和科学两门课的相对薄弱，学习成绩一直起起落落，随之你的情绪也一直起伏不定。当成绩不理想时，你就叛逆学校，叛逆老师，甚至做出一些幼稚之举，想逃避这所学校激烈的竞争氛围。事实上，世上根本就不存在陶渊明笔下的桃花源，无论你逃到哪里，都会有来自方方面面的竞争和压力。所以，妈妈劝你与其逃避不如正视。

过完2015年的春节，妈妈发现你突然就长大了、懂事了，最明显的变化是你安静了。以往每次周末回家，你都要跟小学同学出去疯玩半天才罢休，不是玩游乐场，就是逛街乱买东西吃。回到家总是满头大汗，情绪浮躁，有时还要妈妈电话反复催促才肯回。

八年级下这个学期来，你完全变了，妈妈总见你安静地待在家里，不是做作业，就是看书，想赶你出门玩也徒劳。平时在校，你开始有重点地强化数学和科学学习，果然，一学期下来，这两门功课你都取得了优秀的成绩。还有，一部部老师推荐的经典作品，《威尼斯商人》《简·爱》《傲慢与偏见》《林清玄散文精选》《琦君散文》《呼兰河传》《活着》等等，你都能耐心看完并写下随笔和点评。妈妈知道你进入学习状态了，能投入做事了，这是你最令人欣慰的变化。当然，还有别的变化，比如你不再对妈妈的话唱反调，能理性地接受妈妈的想法和观点。

以妈妈的生活经验，心静是一种非常好的精神状态。内心平静，外在就不会有风波。民谚说得好："心专才能绣得花，心静才能织得麻。"春秋战国时名医扁鹊说过："心乱则百病生，心静则万病患。"德国大文豪歌德认为："才能是在寂静中造就，而品格则是在世间汹涌波涛中形成。"可见心静对一个人的成才是多么重要。我始终认为，一个人只要心安静下来，他（她）就能进入一个静气的场中，就能投入地工作、学习、思考和阅读，就能潇洒地穿越时空，与历史上不同的人物对话，也能与自己面对面地对话。这种精神状态可谓妙不可言。你看妈妈周末在家，总是在书房里看书或写东西，尽管有时候会觉得疲惫，但我的精神是愉悦的。这种心静的感觉，想必这学期来你也有体会了。

小梦，学习好比登山，每向前进一步，都会负累，腿酸，流汗，然而一步一步往上攀，你的视野会越来越开阔，你眼前的景象也会越来越精彩，千山万壑，雾涛云海，明月霞光，非高处不可得；高山之俊秀，江河之奔腾，原野之辽阔，苍穹之高远，非高处不可感。世间万象，你站得越高，就看得越透彻。同学之间学习上的竞争，有时也像登山，你若停下来休息，别的同学就会赶超于你。而你若按正常的节奏，不舍不弃地往上攀登，总有一天，会达到一个理想的高度。

不过，妈妈还得提醒你，这次期末考试虽达到了预期的目标，但并不代表你可以松懈了，相反，你仍要一鼓作气，要从多角度反思和总结学习进步的原因，只有这样，你才会更清醒，取得更大的进步。

暑假开始了，考验人的时候也到了。在学校，有纪律约束，有老师管理，有同学参照，你会在许多外部条件的制约下学习。放假了，锁住你的镣铐没了，怎么办？靠自觉，用自己内心的力量去战胜怠惰。古人说得好："古之立大事者，不惟有超世之才，亦必有坚忍不拔之志。"你看那些登山爱好者，为了心中的梦想和圣地，甚至不惜冒着生命的危险，也要克服种种险恶的环境和恶劣的天气，去追寻大自然的脚步，体验走到顶点的欢愉。

我向来认为，假期最能反映一个人的学习品质（包括学习态度和学习习惯）。以往的暑假，你大多在家学钢琴和吉他，妈妈也没有给你太多的约束。现在进入初中毕业班了，妈妈希望你能合理安排假期时间，为明年这个时候的欢愉尽早绸缪。不是吗？不经历风雨，怎么见彩虹呢？

　　愿我的小梦每天都能进步一点点。

妈妈
2015年7月4日

收获甘泉

亲爱的妈妈：

  其实我很想给你写信，却又不知从何写起。看完了你给我写的所有信后，我感觉到有些窘迫，我又欠你许多信了！放暑假了，那就谈谈我的期末成绩吧。可以说出乎我的意料，这次考试达到了我们预期的目标！

  仍记得，初一第二学期时，我的成绩刚好卡在优秀分数线上，那时很激动，而这次超过了优秀分数线，这对我来说是多么欣喜。由于这学期的期中考试不是很理想，所以我后半个学期的情绪是颓废的。我不相信自己，不相信老师的教学，不相信学校，甚至质疑教育，抵触学校。但望望周围的同学，他们下课时依旧埋头苦学，笔尖沙沙地划过纸面，静下心来似乎可以听到某种韵律，这种韵律汇成的曲子叫奋斗。于是打算放弃的我又打起精神握起笔，随着大家一起做作业。

  我们的课间时间不多，只有短短 10 分钟，可一整天的课间加起来少说也有一小时。有些人下课了在走廊上玩，而有些人尤其是初三的同学，则放弃休息，头也不抬地复习功课。当我们有条不紊地整理学习资料、复习和预习时，当晚自习课间我们可以小憩一会儿时，他们仍旧在马不停蹄地赶作业。看到他们这样，我觉得我没理由偷懒。

中考前两周，我作为值周生去初三同学所在的综合楼检查。两节晚自习间有一节电视课。我走在连接教学楼与综合楼的天桥上，心想初三的同学是如何复习的呢？抬头一看，所有的教室灯都亮着，每个班教室前都摆着桌椅，走廊上全是复习的学生。我找到值周的班级，教室里座位上大部分是空的，仅有五六人在看电视，我不由惊呆了。我像个异乡人，在一大堆埋头读书的人中昂着头，看着教室里播放的电视。自那天的检查后，接下来的几天里，我总会拿着作业和资料去综合楼值周，和学长们一起在走廊上看书。

中考完后，开始紧张的是我们初二学生了。期末考试前两周，课外活动时间取消了，所有同学在教室里背课文。然而在琅琅的书声中还是能听到一些不和谐之音。

"老师走了没？"

"到隔壁班去了……"

"唉，待会儿别吃晚饭了，我寝室有泡面！"

"什么味儿的？"

……

或许是受到初三同学认真学习画面的影响，我有些不愿听这些闲聊，于是捧着一叠资料和几本书走出门外，去走廊上背书。

期末考试一步步临近，考前两天是周末。星期天中午我们便上学去了。校车上出奇的安静，没有以往的喧嚣，偶尔可以听到翻书声。我看着窗外的风景，静静地回想着你教我的道理和告诉我的经验，心里一点儿也不紧张。因为我相信自己经过这半个学期的努力，应该会有回报的。

回想以前，每到周末我总会和同学一起出去大玩一通，电话不接，短信不回，直到夕阳下山，广场上悠扬的钟声响起，才想到回家。也许是周末时间没有好好利用，那时候，我的成绩总是差人一截。现在的周末，我已让自己过得很充实：白天看书，做作业，晚上补习，偶尔看电视。

期末考试时，我什么杂念都没有。顺利地答完题目后，我感觉很轻松。不知为什么这一次我可以这么自信地悠游在考场上，也许是因为胸有成竹吧。

两天焦急的等待后，班主任发来了成绩。我永远不会忘记，刚看到成绩时内心的感觉。那一瞬间仿佛时间静止了。惊讶过后，我失控般地跳了起来，久久不能平静。你看着我开心也陪着我一起跳。当你问我，成功的感觉如何，我体会到了，那是一种说不出来的激动，是一种无法言喻的心情，像春暖花开般温暖，像夏日海风般凉爽，像秋日硕果般甜蜜，像冬日飘雪般美好……

妈妈，谢谢你的鼓励，也谢谢自己的坚持，在初二年级的分水岭，我终于补齐了学习上的短板，收获了一盆属于我的甘泉。

女儿：胡梦漪

2015 年 7 月 5 日

致小梦的 15 岁

亲爱的小梦：

  再过几个月，你就满 15 岁了。15 岁，是个怎样的年龄呢？妈妈查了相关资料，从心理学上说，15 岁，女孩开始向女生迈进，开始真正向女性化迈出第一步，这时候的女生在行为举止、谈吐上都会收敛，开朗却又不失豪放。我发现，这个特点跟你近半年来的表现是吻合的。

  近半年来，妈妈发现你不单在学习上安静、投入了，在其他言行举止上也有了明显的变化。你不像以前那么"疯"了，不再肆无忌惮地露出门牙大笑了，也不背上那只可爱的绿色小"刺猬包"，跟小男生去看电影、吃麻辣烫，然后满头大汗地回来，鞋子也不脱就往卫生间冲了。在妈妈眼里，你似乎有了"淑女"味，妈妈更喜欢这样的小梦。女孩嘛，总是矜持、优雅点的好，大大咧咧的，哪像女生啊。

  15 岁的你，除了上述变化外，妈妈还发现你变得非常爱照镜子。每次回来，总见你书桌上放着一面镜子，你对着镜子看书，也对着镜子照自己的容貌，照着照着，你就说："妈妈，我越看越觉得自己长得漂亮。你看我的皮肤，我的瓜子脸，我是不是很自恋啊?"说着说着,你就用双手捧住脸,歪着头,笑不露齿地对着我眨眼睛。"嗯,好看是好看,可长得漂亮并不是你的功劳啊。"于是你"哼"的一声不理我了。

小梦,一个人的长相是天生的,长得美,那是你的造化;若长得不美呢?那你也不能怪爹妈。世上长得美的人太多了,可这不能成为一个人自我炫耀的资本。有的人,容貌艳丽,可心肠歹毒,你会觉得她美吗?《白雪公主》里的皇后很漂亮,可你不喜欢她。有的人虽长得不美,可她心地善良,与人为善,你就不会觉得她丑恶。你已看过《简·爱》,书中的男主人公罗切斯特,一个高傲的贵族,为什么会爱上一个身材瘦小、相貌平平、没钱也没地位的家庭女教师简·爱?因为简·爱有颗高贵的心灵,她独立有主见,有不凡的气质和丰富的情感世界。还有美国著名女作家、社会活动家海伦·凯勒,她既聋又盲且哑,可她成了十九世纪与拿破仑齐名的伟大女人,因为她身上有着常人难以想象的坚强的意志品质,她的传奇人生,照亮了人类精神的殿堂,向世人昭示着残疾人的尊严,她用自己的行动谱写了一曲人类文明史上辉煌的生命赞歌。再说,一个人纵有美丽的容颜,但随着岁月的销蚀,也会像美丽的花儿一样无情地走向凋零。若我们只在乎容颜,很自恋,那等人老珠黄,该怎么办呢?

妈妈跟你说这番话的意思很明白,希望你不要过多地关注自己的容貌,要趁美好的青春年华,磨炼自己,多阅读,不断丰富和充实自己的内涵,成为一个优雅的、有修养有品位的女孩,这才是永恒的东西。同时妈妈希望你能平安、顺利地度过心理激荡的青春期,不要被小男生的情书迷惑。

放暑假了,妈妈看你整理自己的房间。不消一刻钟,大大小小、新旧不一的七只肩包被你毫不留情地扔出了房间。

"小梦,这些肩包都好好的,怎么扔了?"

"它们旧了,才几十块钱买来的。"

当初这些包可都是你背着妈妈,按自己的心意买的,怎么说扔就扔了?它们虽值几十块钱,难道几十块就不是钱了?而且妈妈发现这些背包款式新颖,只是个别包旧了点,但并不影响你的形象,也不妨碍你购物。俗话说"学问勤中得,富裕俭中来",像我们这样的家庭,虽不贫,但也没达到可以任性消费的条件。妈妈希望你仍旧把它们挂回屋子去。

在我们身边,有很多美丽的"明星",他们分别来自科技、教育、体育、影视、歌坛等领域,在你眼里,似乎影视、歌坛明星是最光鲜、最璀璨的,殊不知,他们都是经过精心包装才这样光亮的,没了那些经纪人,他们跟常人也没太悬殊的差别。"台上一刻钟,台下十年功",事实上,这些舞台上光华四射的明星,你可知他们在台下流了多少汗水?小梦,追星不是羡慕人家舞台上得到的鲜花和掌声,而应学习他们背后艰辛的付出。若你懂得这个道理,日后你也可以成为他人仰慕和追求的"明星"。

15岁,美好的花季!你生活在网络畅通、通讯便捷、交通发达的21世纪,你轻轻触摸手机,就在网上办了支付宝;你轻轻点击鼠标,衣服、鞋子、书籍、小物件等就从遥远的陌生地寄到了手中;你轻轻打开网络,就跟同学QQ对话、视频聊天。你在网络世界里纵情逍遥,在ipad上看青春偶像片,在私密小屋里打发着青春年华,殊不知你离大自然越来越远了?自从有了这些高科技产品后,你可认真聆听过窗外的雨声,雨打芭蕉、绿肥红瘦可柔软你的情怀?你可仔细仰望头上的星空,浩瀚的星海、飘悠的白云可激发你的诗情?你可关注脚下宽广的大地,厚实的土壤里可种下你对未来的希冀?小梦,科技产品可娱乐一时,却不能充实你一世。

把目光从它们身上离开吧,去仰望天空,感受星空的浩瀚和落日的凄美;去亲吻小草,感受大地的厚实和青草的芬芳;去了解历史,感受历史的悠远和文明的博大;去阅读经典,感受唐诗的壮美和宋词的意境。神奇的大自然里有无尽的宝藏等你去开采,历史的星空里有无穷的智慧之果等你去采撷。

也许,你会说:"妈妈,我还小,有的是时间,可以任意挥霍。"你错了,小梦,青春在人的一生中,其实并不长,你只有趁现在厚积,才能在将来的某一天薄发。还记得80工作室的两位少年洗头工吗?听说他们忍受不了每天洗头的无聊,离职不干了,但他们又找不到合适的工作,正为生计而万般苦恼。

听过鲁迅先生少年时代的故事吗?少年鲁迅,在江南水师学堂读书,第一学期成绩优异,学校奖给他一枚金质奖章。他立即拿到南京鼓楼街头卖掉,然后买了几本书,又买了一串红辣椒。每当晚上寒冷时,夜读难耐,他便摘下一颗辣椒,放在嘴里嚼着,直辣得额头冒汗。他就用这种办法驱寒坚持读书。由于苦读书,后来成为我国著名的文学家。希望你能从两位少年洗头工和少年鲁迅身上悟出一点道理。

也许你会问妈妈的15岁在做什么。妈妈的15岁刚初中毕业。家里还没有自行车,也没有电视机,只有一辆外公拉货的独轮车。初三那年，妈妈每星期要自己背一周的米和菜，步行约 10 公里路去上学。一日三餐自己到食堂去蒸饭。我们写作文，畅想 2000 年的世界会怎样，却写不出智能手机、平板电脑和高速公路，我们只会抽象地说实现了工业、农业、国防和科技"四个"现代化。我们会写物质文明和精神文明，却不知道什么是政治文明和生态文明。我们用钢笔写信，装到信封里贴上邮票，然后拿到邮局去寄，根本不知道什么叫电子邮件。我们也看作文通讯等课外读物，但我们更多地在大自然里学习。放暑假，我和你阿姨、舅舅一大早跟外公、外婆去田里割稻、拔秧，烈日下，我们没冷饮喝，只有家里的大碗茶，奢侈点就是 3 分钱一块的红糖棒冰或 5 分钱一块的奶油棒冰。夏夜里，我们没电视看，就抬着竹床到星空下，看月亮、数星星、编故事。天热，我们没空调，就自己编麦草扇或用井水冲凉。可是我们一点不觉得无聊，我们在农村的天地里无拘无束地成长，我们不是温室里的花朵，我们整天被太阳晒得黑漱漱，但健康，哪像你，整天做"宅女"。

　　小梦，你 15 岁了，妈妈不想跟你说教，只想告诉你一些现象和事实。还有，15 岁的我们从来不熬夜，我们顺应大自然的时间作息，我们跟星星一起睡觉，不会黑白颠倒。妈妈希望小梦不要手机玩累了才知道睡觉哦。

妈妈
2015 年 7 月 6 日

生命形态

小梦：

　　前段时间，翰哥的爷爷生病住院了，妈妈去医院看他。其实你知道，妈妈最不爱去医院，因为医院似乎是疾病和死亡的代名词，当然产科除外。可以说世上没人愿意和喜欢去医院。可当你必须去医院时，会发现，所有的医院人满为患。拥挤的病房里，痛苦的病人在呻吟，他们被各种医疗器械束缚着，无助又无奈。他们的行动失去了自由，就像刚出生的婴儿，连吃饭、穿衣、解手等起码的自理行为也要他人帮助，他们变得没有个人隐私，也丧失了人最基本的尊严。病房里，毫无关系的人们，不分性别，挤在狭小的空间里，呼吸着充满药水味的污浊空气，这是我很难接受的现象。

　　然而，无论医院多么令人讨厌和恐怖，但没人敢说他一辈子都会与医院无缘。纵使我们可以像鸵鸟一样无视面前的事实，也不管你喜欢或不喜欢，病人和亡者却是人体生命的真实存在。小梦，我们通常接受的是健康和健全的生命，我们喜欢音乐、诗歌、月光、鲜花、彩虹以及一切美好的东西，可事实上我们还必须接受和面对不健康和不健全的生命，因为这个世界除了美好的生命和事物外，还有另一种存在，那就是残缺和不完美。

在我们周围，有的人天生残疾，有的人因意外而残缺。不论他们天生不幸还是意外致残，他们都是生命中的一员。对这些不完美的存在，我们该怎么看呢？我觉得我们首先要珍惜自己的健康和健全，真心感谢造物主对我们的厚爱，让我们可以积极阳光地面对生活，拥抱生活；同时，我们要以平等的眼光善待那些残疾者和病人，他们生活在病痛的折磨和心灵的阴霾中，他们更需要关爱和温暖。

可是，现实中，个别健康者并不珍惜自己的生命，他们为了某种需求，漠视人的尊严，不惜出卖灵魂和肉体，过度消耗生命；相反，有的人身残志不残。在中国历史上，有因宫刑奋而著书的伟大史学家司马迁；现代的，有以《二泉映月》成为二胡绝唱的阿炳，有以文学思考人生的史铁生，有即便"是颗流星，也要把光留给人间"的张海迪，还有《隐形的翅膀》的扮演者雷庆瑶等，他们不但正视自己的残缺，还取得了正常人也无法企及的成就。我非常欣赏雷庆瑶说的一句话，一个真正美丽的女人，不在于她有美丽的容颜和优雅的气质，而在于她有面对不健全的勇气。说得真好！一个人的容貌是天生的，气质可以通过后天熏陶，而面对身体的不健全，却需要强大的心理勇气。雷庆瑶失去了双臂，但她并没有失去对美好生活的追求，她像正常人一样，学会骑自行车、游泳、化妆，她还留长发、穿裙子，她尤其爱好穿中国的旗袍，以至导演说她是中国的维纳斯。"雷庆瑶"们用超强的意志敲响了生命的最强音，他们是开在人间的奇葩，他们的生活态度令身体健全者脸红、羞惭。

小梦，纵观正常人的一生，从出生来到这个世界直到离开，会经历很多生命形态，稚嫩可爱的婴幼儿，天真烂漫的青少年，成熟稳重的壮年，衰败退化的老年，最后离世，没有一个人能够逃过这个自然生长规律。我们可以平静地面对生，却很难面对亡，一个生命在世上消失了，我们通常会留恋、害怕、恐惧。所以，有时妈妈会带你去参加亲人的葬礼，让你面对和接受亲人的离去，因为这是一个我们必须面对的人生课题，这个课题值得我们用一生去探究。

你知道，在我们生存的空间里，除了人体生命外，还有其他的动植物等生命形态。所有的动植物和人类共同构成了地球上的生命。可是，我们人类总是以王者自居，残忍地剥夺其他生命体的生存权利。最近我在网络上看到一则新闻，说安徽六安近来流行一种美食：蝉也就是"知了"的幼虫，大排档将蝉幼虫油炸后放上佐料，成为餐桌上的美味佳肴。这种蝉蛹的价格不菲，很多村民为了赚钱，在数千棵杨树上裹上胶纸，甚至晚上也打着手电筒去捉。据说，这种蝉卵变成幼虫，需要在黑暗的地底下度过漫漫7年岁月，才能见天日。谁知可怜的幼虫，刚见天日，就被贪婪的人类捉去，油炸为美食了。有人统计，蝉蛹以这样的速度抓下去，最多三年就灭绝了。殊不知，蝉蛹也是生命啊，而我们就这样剥夺了知了的声音。"池塘边的榕树上，知了在声声叫着夏天"，这样下去，或许有一天，孩子们连知了是什么也不知道，池塘里的知了也只能在歌声里了。类似蝉蛹这样的生命悲剧，在全球的很多角落，有的在光天化日之下上演，有的在地下悄悄地进行着。作为一个写作者，我深知我的力量太渺小，但我会做个坚定的素食者，用我的行动去尊重其他的生命体。

昨天是7月7日，农历节气是小暑。按理，小暑以后，天气开始炎热，可今年夏天，受厄尔尼诺天气影响，大家都在打趣"刚熬过冬天，却差点冻死在夏天"。全球的气候越来越反常，天灾也越来越多，该热不热，该下雪不下雪，原因就在于地球的生态遭到了严重破坏，而破坏的罪魁祸首就是贪婪的人类。地球环境如此恶化下去，农作物的生命形态就会遭遇破坏，遭受厄运，到头来，受惩罚的还是人类自己。

觉得跟你说生命形态这个话题有点沉重，可既然我们在生活中遇见了这些现象，妈妈也没必要绕开它们。小梦，你正在慢慢成长中，你的世界观和价值观还未定型，对现在的你来说，或许青春偶像剧和韩国明星更吸引你，梳怎样的发型，穿什么风格的服装更使你有兴趣，但假如你能将注意力适当转移到对生命的思考上，你或许会比同龄人更深刻，看问题的角度会更全面辩证。

窗外的雨一直下个不停，不知楼下的那只小野猫怎样了。昨天晚上我们超市回来的时候，一直听见它在某个角落喵喵叫，那声音听去凄凉又孤单，然而我们对它却是那么无助。你看，这就是我们生存的世界。

明天一大早要去学校夏令营了，你都准备好了吗？我亲爱的小梦。

妈妈
2015年7月8日

漫漫求学路

小梦：

　　昨天一大早起来送你去学校夏令营。一路上，雨雾茫茫，能见度低，视线不好，轰轰作响的重型卡车从我们车边沉沉驶过，让人胆战心惊。雨天驾车不是一般的累，我的雨刮器不巧又坏了，吱嘎吱嘎的声音听得人心烦。不过，为了小梦，妈妈愿意坚持。

　　我们的车行驶在国道上，这条路，如今妈妈再熟悉不过了。虽说妈妈的驾龄不短，可你知道的，妈妈是路盲，一直没勇气开出县外。不过，自你外出求学两年多来，妈妈由不敢出远门，到敢自驾出县，直至能独自在雨雪纷飞的夜晚开车来回。在一次次的迷路和惊慌摸索中，已能熟练地接送你上学放学。看来，世上的很多事不是我们做不到，而是有没有勇气去克服心理障碍，敢不敢迈出那一步。这好比你的学习，数学和科学是你的短板，一想到这两门功课，你就无端地害怕，甚至怨怪因为妈妈数学没学好，遗传了你。幸好你不是轻易服输的女孩，自八年级下这个学期来，你开始静心地反思自己，并将更多的时间和精力投入到这两门课的学习上。结果证明，你的发奋和付出没有白费，你"种瓜得瓜"了。

事实上，在一次又一次送你求学的旅程中，在拥堵的车流中学会跟车、超车、倒车等，妈妈不仅锻炼了自己的胆量，提高了驾技，还收获的富春江两岸美好的自然风光。

富春江，是我们桐庐人的母亲河。"天下佳山水，古今推富春"，说的就是我们富春江。南朝·梁文学家吴均《与朱元思书》这样描绘富春江的风景"自富阳至桐庐一百许里，奇山异水，天下独绝"，看了很自豪吧。元朝大画家黄公望的《富春山居图》，就是以富春江为背景所作，这是画家与富春江山水情景交融的结晶。可以说，富春江是造就黄公望成为一代大师的摇篮，当然画家也为美丽的富春江增添了夺目的光彩。《富春山居图》描绘的是富春江一带初秋的景色，人们这样描绘图中画意："丘陵起伏，峰回路转，江流沃土，沙町平畴。云烟掩映村舍，水波出没渔舟。近树苍苍，疏密有致，溪山深远，飞泉倒挂。亭台小桥，各得其所，人物飞禽，生动适度。"真是如诗如画。如今，这幅图的前段《剩山图》收藏于浙江省博物馆，后段《无用师卷》则藏于台北故宫博物院。我觉得我们非常幸运地生活在富春山居图里。等你将来上大学了，可以骄傲地跟来自五湖四海的同学介绍说，你来自黄公望《富春山居图》的实景地。

小梦，每次从学校回桐庐的返程路上，我都会情不自禁地减慢车速，陶醉地欣赏身边这条缓缓而流的河流。傍晚的富春江面上，落日熔金，闪闪发光；滔滔江水，宽阔迷蒙，沙鸥高翔；两岸芦苇，随风摇曳。这一江秀水，简直让人如痴如醉，它养育了多少子民，培育了多少名人。严子陵、孙权、罗隐、黄公望、董邦达、董诰、郁达夫……这些名人，有的你知道，有的你不知道，但以后你会慢慢了解的。若不是送你上学，说不定我就错过了富春江沿岸的这些美丽景致。

其实，小梦，妈妈觉得你的求学也是一种旅程。在你求学的过程中，除了接触自然山水外，还会接触各种人文和科学的山水。随着你各种科学文化知识的积累，你的文人山水和科学山水也会像富春江一样，起初可能是涓涓细流，慢慢地就汇成了江河大海，越来越开阔，它们带给你的美感就像妈妈看到富春山居图里的美景一样。终有一天，当你徜徉在丰富多彩的人文和科学的佳山秀水里时，会痴迷地不愿走出来。

还记得去年这个时候，学校组织的夏令营活动吗？起初你百般不愿意参加，觉得活动剥夺了你自由玩乐的时间，可后来你上了德国外教老师的课后，发誓长大后一定要去德国留学，要到遥远的欧洲，去寻找那位帅气的老师。你看，人的思想就是这样，随着见识面的逐步打开，原先不成熟的想法也会随之变化。假如去年暑假没有接触外籍老师，你会萌生出国学习的念头吗？也许不会。希望，今年的夏令营活动，你会有别样的收获。

小梦，在去学校的路上，妈妈从反光镜里，发现你一直在梳理前刘海。前天，你说洗长发麻烦。为方便你在紧张的时间里可以快速洗头，于是我们决定将它剪短了。不过，一天中，妈妈发现你一直在关注修剪后的头发，一会儿用水晶夹子，一会儿用布艺头箍，照着镜子打理刘海，还不停地问妈妈，这样漂亮吗？小梦，爱美，是人的天性，妈妈见你爱美了，会打扮自己了，看了心里自然高兴。但妈妈又担心，若你一味将心思停留在打扮上，会不会本末倒置呢？因为我们剪发的目的不单是为了美丽，主要是为了能高效地学习。

俗话说，学海无涯。一个人，在他（她）的学生时代，学习自然是摆在第一位的大事，人生的每一阶段都离不开学习。漫漫人生，求学之路永无止境。近年，妈妈认识了几位大作家和诗人，每次与他们交流，看他们的诗词歌赋和杂文，妈妈就感到自身的肤浅与无知，总觉得自己未知的领域太大，要学的东西太多太多。妈妈的古文底子弱，需要补；诗词韵律未入门，要学习；很多创作领域至今一片空白。因此，总感到时间不够用，恨不得将所有的时间都用到学习上，但又苦于精力有限，不能件件事都尽心。

小梦，夏令营已两天，不知你现在情况怎样？既去之，则安之吧，千万不要被身边负能量的事情牵绊，要多向传递正能量的同学看齐。同时，你要将你身上的正能量主动地传递给身边的同学，使大家能在积极向上的集体大熔炉中共同修炼提高。

新闻报道，今晚将有 17 级台风"灿鸿"在浙江沿海登陆，在外学习，千万要注意安全。记得有空时，给妈妈写信，说说你的夏令营、你的同学和你们的想法，好吗？

牵挂你。

妈妈
2015 年 7 月 10 日

带着蒲公英的种子飞

小梦：

　　声势浩大、威力吓人的台风"灿鸿"转向北去了，持续了半个多月的阴雨天也随之结束。最近一段时间的天空，被台风雨彻彻底底地清洗了一遍，这两天的天气变得格外清新，天蓝，云白，山青，树绿，水碧，按理人的心情也格外舒畅，可妈妈开心不起来。此时，妈妈正抱着难过的心情给你写这封信。

　　妈妈的难过是因为你的难过。前一天晚上，班主任来电话，说你晚读下课后在寝室玩手机，被老师逮住，手机已由老师拿去保管。今天，妈妈又接到老师短信，说班里有两位同学违纪警告了，我猜想其中之一会不会是你呢，心里万分不安，坐行不宁。妈妈想，若其中有你的话，你的心里一定后悔又懊恼。

　　记得夏令营前一天，妈妈提醒过你，学校有规定，学生不得带电子产品去学校。第二天去学校的路上，妈妈还问你，手机放家里没，你说放在床头柜的抽屉里。我相信你了，以为你不会骗妈妈的。小梦，妈妈想不通，你为什么要明知故犯呢？为什么要辜负妈妈的信任呢？难道离了手机，就如此难耐吗？

　　还记得去年差不多这个时候，妈妈给你写过一封《三把双刃剑》的信吗？若忘了，请你拿出来再温习一遍。妈妈一直希望你能做个灵魂自由、思想独立和行为负责的女孩，做个有坚强意志的人，而不是做手机、ipad和电视机的俘虏，不要让自己的思想和行动被物的东西控制和左右。

　　一年过去了，妈妈发现你对手机的依赖始终没有减弱，甚至于寒假期间，瞒着妈妈，用压岁钱去杭州更新了一部手机。在当代这样的信息社会，完全禁止你用手机，让你彻底与外界隔绝，显然是不现实的，但我们对手机的使用总该有个度吧。没想到，这次你竟然不顾校纪，偷偷将手机带到学校，不管这手机是你本人玩还是被同学借去玩，你的行为都是令人失望的，说明你的自律能力还很不够。你总说你有自己的青春梦想，可妈妈发现梦想的魅力远远不及手机等电子产品对你的诱惑大。

　　小梦，自进入初中阶段至今，你所经历的大大小小的波折也不少了。善意帮助她人，结果反被人利用的"泼水事件"；因男女生交往引起她人误会，遭人侮辱的"厕所事件"；因处理不好青春期矛盾，试图逃避学校的"染发事件"；加上这次因控制不了外在诱惑的"手机事件"。这一桩桩事件中，有的你是受害者，有的非你主观所为，有的是你有意而为之，无论哪种情形，都触及了校纪这根红线。

　　当接到你从学校打来的慌乱的电话时，妈妈的心总会咯噔一下，真担心你是非不分，会在外面闯祸。俗话说"近朱者赤，近墨者黑"，交什么样的朋友直接反映了你的价值取向和个人品位。让人奇怪的是，以上这些事件的发生都与你们班里同一位女生有关。而据妈妈所知，这位女生的某些行为很不让人赞赏。小梦，你一定要擦亮自己的眼睛，学会用慧眼去辨别是非，学会交益友。同时妈妈也希望你加强自律，学会抵制各种不良的诱惑。

也许你会说，寝室里带手机的同学不止你一个，若大家都这么想的话，那校规不是没人遵守了吗？你唯有管好了自己，才有资格去议论别人。在我们生存的世界里，有着各种各样的规则，自然有法则，国家有法律，学校有校规，交通有规则，正因为有了这些规则，这个世界才能正常有序地运转，不然，就会陷入乱套和无序。试回忆，自人类进入工业文明以来，由于人性的贪婪，无休止地向大自然索取各种资源，人为地破坏地球的自然环境，以致洪灾、地震、海啸、泥石流等灾害接连发生，这其实是大自然对人类破坏自然法则的无情报复。在社会上，有的人贪污盗窃、走私贩毒，甚至为了个人私利消灭他人的生命，最终也"法网恢恢，疏而不漏"。

小梦，古人云："勿以善小而不为，勿以恶小而为之。"不要以为带了手机进校园是小事，有时小事不小心会演变成大事的。关于这方面的教训，你在小学五年级的时候已经领教过了。那件事情，你完全是受害者，但假如你不带手机去学校，人家就没有机会拿你的手机，要你为她的Q币充值了。但愿你能从中吸取教训，切记切记！

正写到这儿，你放学回来了。妈妈在书房里，只听得一声重重的摔书包的声音，随之是行李箱倒地的声音。

"哼！又不是我玩手机，是某某同学一定要借我手机打电话给她妈妈的！"还没见人，已听到你的牢骚了。

妈妈站起来看你，只见你满脸怒气，鞋子也不脱，噔噔噔地走进自己的房间。小梦,你的这些表现,全在妈妈的意料之中。当我问你手机怎么办时,你只说"放在老师那里算了,不要拉倒!"你真的可以做到"手机不要"?怕是气话吧。

"那违纪警告的两人中,有你吗?"

"我没有受警告,只是手机被老师拿去了。"

没警告,妈妈的心略微舒了一口气。但夏令营才开始第一个阶段,你就因一件小事给自己闹了不愉快,妈妈也真为你难过。

曾经你问妈妈"成绩究竟有多重要",妈妈的回答是成绩当然重要,但怎么可能比人性更重要呢?作为一名学生,学好文化知识是你的天职,然而一个人学会做人比成绩更重要。今天妈妈看了一则微信,非常赞同里面的观点。下面这段文字转自微信,希望对你有启发。微信的标题是:《把财富留给孩子,还不如把孩子变成财富!》

1. 孩子,你一定要学会做饭。这与伺候人无关。在爱你的人都不在身边的时候,使你能善待自己。——(能独立生存)

2. 孩子,你一定要学会开车。这与身份地位无关。这样在任何时候,你都可以拔腿去往任何你想去的地方,不求任何人。——(自由)

3. 孩子,你一定要上大学,正规的大学。这与学历无关。人生中需要经历这几年,无拘无束又能染上书香的生活。——(一旦走进社会,就进入了市场)

4. 孩子,你知道吗?足迹有多远,心就有多宽。心宽,你才会快乐。万一走不远,让书籍带你走。——(拓宽自己的视野,借助知识的视野)

5. 孩子，如果世界上仅剩两碗水，一碗用来喝，一碗要用来洗干净你的脸和内衣裤。——（自尊与贫富无关）

6. 孩子，天塌下来都不要哭，也不要抱怨。那样只能让爱你的人更心痛，恨你的人更得意。——（平静地承受命运，爱你的人自会关心）

7. 孩子，就算吃酱油拌饭，也要铺上干净的餐巾，优雅地坐着。把简陋的生活过得很讲究。——（风度与境遇无关）

8. 孩子，去远方的时候，除了相机，记得带上纸笔。风景是相同的，看风景的心情永不重复。——（徐霞客之所以是徐霞客，不是因为走的路最多）

9. 孩子，一定要有属于自己的空间，哪怕只有5平方米。它可以让你在和爱人吵架赌气出走的时候，不至于流落街头，遇到坏人。更重要的是，在你浮躁的时候，有个地方让你静下来，给自己的心一个安放的角落。——（独立人格）

10. 孩子，小时候要有见识，长大的时候要有经历，你才会有个精致的人生！——（读别人的经历，找自己的经历）

11. 孩子，无论什么时候，都要做一个善良的人。请记住，拥有善良，会让你成为最受上天眷顾的人。——（这种眷顾未必是财富与权势。善有善报，所报者，爱也）

12. 孩子，笑容、优雅、自信，是最大的精神财富。拥有了他们，你就拥有了全部。——（这就是"贵族"精神）

小梦，妈妈认为除了以上这些观点外，一个人学会自律，学会对自己负责也是很重要的。若每个人都能对自己的行为负责，那我们这个社会就会少很多不和谐之音。

道理已说了很多，再说下去，你肯定要嫌妈妈唠叨了。此时，妈妈静静地看着你的照片出神。照片上的你，留着齐肩长的头发，浓密的刘海盖着额头，娇美的瓜子脸上戴着一副眼镜，鼻梁挺拔，精巧的小嘴巴微微笑着，露出雪白的上门牙。更让妈妈欣赏的是你的坐姿端正优雅，气质娴静可人，不了解的人还以为是内秀的大学生呢。照片上温文尔雅的小梦跟现实中生气的小梦，真不像是同一个人哦。

有人说，青春期的孩子，就像迷茫的蒲公英，不知道飞啊飞，会飘到哪里。妈妈觉得你有时候真的很像蒲公英，脑海里有很多青春的梦想，带着一身的小伞兵，却不知将根扎根在何方。

小梦，坚守自己的梦想，把心安下来，给蒲公英的种子找一个肥沃的土壤吧。终有一天，你会像美丽的蒲公英一样，到更宽广的天空下自由自在地飞翔。

妈妈
2015 年 7 月 13 日

谷雨

山水有清音

小梦：

放暑假半个月了，盘点妈妈这半个月的假期生活，可以说忙并充实着。这些日子里，妈妈给你写了5封长信，完成了3份教师考试卷，给外地老师做了一个培训讲座，还编了一期教育视点刊物。可以说，这些工作都是高强度的脑力劳动。

兴许妈妈工作太投入了，加上没有得到很好的休息，最近几天牙床疼得厉害，以前可从来没有出现过这种状况的，不由感叹，人到中年，精力体力都不如年轻时旺盛了。回想妈妈学生年代和教书时，经常起早、熬夜的，那时经常阅读到凌晨，第二天起来，依然精力充沛地投入工作。小梦，你现在无论记忆力还是精力，都是最佳的年龄段，可不要辜负了好韶华哦。

在这学期的工作间隙，妈妈一直在看傅雷写给傅聪的家书。你知道，傅聪的练琴是非常投入的，他每天要弹6至8小时的钢琴，这对体能和精神的损耗可想而知。所以傅雷总是在信里劝说傅聪，要他经常到大自然和博物馆去走走。走进山巅水涯，倾听大自然里的各种天籁，放松心情，净化大脑；到博物馆，去吸取人类几千年文明积累下来的艺术精华。妈妈觉得傅雷的建议非常有道理，于是也照他的建议，决定走出家门，给自己的身体放个假，给心灵洗个澡。

你看，我家住的大奇山路可真方便。往北走，是让无数文人墨客讴歌赞美的富春江；朝南行，是令无数驴友倾心陶醉的大奇山国家森林公园。左傍水右依山，这样得天独厚的地理环境竟被我们占得了，想想也知足。经过权衡，妈妈决定先到离家不远的大奇山公园走走，然后再去江边逛逛。

行前，妈妈百度了大奇山国家森林公园。大奇山又称"塞基山"，史称"江南第一名山"，是一处集江南山水与草原风光于一体的综合性森林公园。公园境内有山峦、怪石、峡谷、溪瀑，以雄、险、奇、秀、旷著称。整座山地势平缓，海拔600余米。公园内溪水主要由泉水和雨水组成。山顶有一泓绿莹莹的泉水，和雨水一道汇集形成龙潭瀑布。虽然已爬过大奇山多次，但这些地理知识不百度，妈妈还真不知道。想不到这座海拔不高的山，竟是"江南第一名山"。妈妈曾为山顶上的那泓泉水写过一篇散文《那一抹冷蓝》，为此，还结识了一些文友。

有车真好，几分钟就到山下了。一进入大奇山，妈妈就被眼前满山满岗的绿陶醉了，心里就很想跟你分享我此刻的所见和心情。我找了一处临水的小憩亭坐下，拿出手机，打开备忘录。此时妈妈就在大奇山脚下的小憩亭里给你写信，这是妈妈第一次在室外给你写信，很有新意吧。

昨天晚上桐庐下了一场暴雨，将整座大山清洗得一尘不染。今天没有阳光，山里光线阴暗，浓密的林木罩住了进山的路。特喜欢入口处的这片翠竹林，一竿竿修长的竹子汇成一片绿色的竹海，一条湿漉漉的青石板路延伸在竹林深处，总让人觉得有穿着绿裙子的仙女会从这里飘然而过。进山处的一棵棵老松高且直，树干上缠满了绿色的藤蔓，它们默默地将时光凝聚在身上，看着它们这副淡定无语的架势，就觉得它们是长寿树。

山里面一片葱茏，树枝、柴火、藤蔓等植被上都挂着晶莹圆润的水珠，透明晶亮，美极了。山路湿湿的滑滑的，空气里到处流淌着雨后柴火的清芬，让人忍不住做深呼吸。

我坐着的小憩亭刚好临溪。因前一夜刚下过雨，水流很急，溪水从山上一路欢奔而来，水声哗哗，卷起一层层雪色的波浪。溪里的石头大大小小，一律黑乎乎的，沉浸在无边的绿色和清凉中。"咣咣咣……咣咣咣……"山上各种虫语和鸟声混成一曲山的奏鸣曲，从四面八方将我紧紧围住。原以为山里会很安静，哪知还挺闹的。这是真正源自大自然的清音，感觉此刻内心特别放松。

就这么坐着，游人一批一批蚂蚁般涌进山来，山里变得拥挤而嘈杂。孩子们拿着水枪打水仗，看他们玩得好开心。此时，真希望我们也手拉着手，一起在林中悠悠地漫步，小梦，你想这样吗？

妈妈本也不想爬山，只想在山脚下静静地享受一刻自然里的宁静。但游人实在太多了，于是决定转移地点，到江边去走走。等会接着给你写吧！

小梦，才几分钟时间，就到了江边。水跟山是完全不同的。山是静的，厚重的；水是动的，开放的。古人说"仁者乐山，智者乐水"。静默更易触发人的思考，令人反观内心，如东方的佛教徒和居士都喜欢待在山里禅修，看山、看水、听雨、望月。在山上，人们可以居高临下，俯瞰众生，也更易看破茫茫人世和滚滚红尘。而流动则更易促使人思变。西方的海洋文明就培育了很多冒险家，他们与天斗，与海斗，在全球进行殖民扩张，新航路的开辟和新大陆的发现与西方的海洋文明是直接有关的。中国虽也有大江大海，但我们主要还是大河两岸的农业文明，中国人崇尚的是厚实的黄土地。

此时太阳已出，站在富春江边，江水滔滔，顿觉心胸开阔，视线明亮。这会儿江边人少，只见几位钓鱼爱好者，坐在树荫下整理鱼线，甚为悠闲。一艘雕着龙头的画舫在开阔的江面上逆流而上。桐君山在对岸不远处，青山白塔，在江水的映衬下显得格外安静。江岸边的柳树上，知了们正叫得欢，据说它们必须在漆黑的地底下生活7年才能见天日，而它们在阳光下仅有半个月的存活时间，怪不得它们要如此热烈地歌唱生命。

这个江滨公园你应该有印象的，变化不可谓不大。还记得你小时候，我们住在江边的生活吗？那是十年前，你才上幼儿园。那时江边有堤坝，但不如现在这般精致。堤坝上全是古树，基本保留着原生态的景致。勤劳的外公早出晚归，在江边开了很多菜地。我们经常于傍晚或周末，穿过下杭埠村的小弄堂，去地里摘菜。弄堂两边全是旧式的老建筑，房前屋后种着葡萄、香橼、橘子等果树，让人看了就眼馋。这些老房子里大多住着来桐打工的外地人。每次穿过弄堂，我们总喜欢往暗黑的老房子里张望几眼，夏天时常能看见赤膊的男人和他们的孩子们，围着电视机看电视。

那时，每到春天，妈妈就给你穿上粉色的公主裙，戴上蝴蝶眼罩，到江边放风筝，我们追着和暖的春风，在堤坝上奔跑；夏天，我们穿上凉鞋，看外公在江边钓鱼，有时还脱了鞋子，赤脚到江里拣各种漂亮的石子；秋天，我们手拉手去江边采野花；冬天，我们站在江边看对岸桐君山上的白雪。一年四季，你的幼年就是这样在江边度过的，富春江见证了你美好的童年，它看着你长大。后来为方便你上学，我们才离开江边，搬到了大奇山路上。

如今，下杭埠村的老房子没了，那条小弄堂没了，设在小弄堂旁的菜市没了，那些背井离乡的外来打工仔们也不见了，取而代之的是高楼、商厦和高级会所。在不到十年的时间里，富春江边的菜地都变成了公园、亲水码头，还造起了很多供人休息的憩亭。一到夏日的夜晚，江边全是乘凉的人们，大家陶醉在春江夜色里。我们反倒离江远了。

站在江边，望着江滨的变化，妈妈的思绪不由自主地跑开了。富春江，我们桐庐人的母亲河，"钱塘江尽到桐庐，水碧山青画不如"，历史上的文人和墨客们为这条河留下了无数优美的诗篇和画作，这是我们的骄傲，是我们永远的财富。小梦，将来无论你到了哪里，都不能忘了家乡这条美丽的河流，你是在她身边出生和成长的。你出生时的第一声啼哭，你牙牙学语的第一个发声，你弹钢琴的第一组音阶……她都毫无保留地录在无形的音盒里。富春江，也见证了妈妈的人生轨迹，曾经的多少个夏夜，妈妈来到她的身边，双脚荡着清凉的河水，数星、望月、听涛，多少个夜晚，我们枕着她的水声入眠。

大奇山上的水声和鸟音，富春江畔的水流和蝉鸣，这是大自然的声音。不是吗？山水有清音。听着这些来自大自然的声音，妈妈的牙床似乎不那么疼了。

　　小梦，你的夏令营过得怎样？回来时跟妈妈说说，好吗？等你回来，想你！

妈妈
2015 年 7 月 21 日

我的暑假

妈妈：

　　随着夏令营的结束，我总算迎来了暑假。可以说，七月份我过得很充实。在紧张的学习课程中穿插着自由活动时间，劳逸结合确实比平时在校轻松多了。培训期间有好玩的事，不过也发生了一些不愉快。

　　我总是跟你抱怨没有内容可写，其实真正想要写点什么的时候，灵感还是有的。今天想跟你说说在学校的事，谈谈我内心的所思所想。

　　今年夏令营，学校为了丰富我们的课外活动，策划了男生篮球比赛和女生排球对垫比赛。可是比赛时发生了一些冲突。与我们对打的班级不尊重我们，她们见我们一次次赢球，就开始厌恶我们打过去的球，竟多次用脚将球踹得老远，还一脸鄙夷地看着我们。比赛中途裁判误判，于是对手班更是得意扬扬，对我们嗤之以鼻。同学看不过，便嘀嘀咕咕说了两句，没想到对方记在了心里。第二天比赛之前，我在球场上练球，打过网时，球滚到昨天踢球的那个女生脚边，她抬头看到是我们，就又一脚把球踹开。见她这样，我生气地吼了她，然后跑到很远，才将球找回来。不想等我回来，裁判竟然告诉我们对方弃权了，说我们班不尊重她们，还说那个女生因受不了我的冷眼嘲笑，哭鼻子了。

  我知道我的脾气不好，但是像这种侵犯我们尊严的事，我忍不下去。没想到这次比赛，我们排球小组结识了一组冤家。

  让夏令营的不愉快，成为一阵风轻轻飘走吧。结束紧张学习后的第一天，表姐来桐庐玩，于是你带我们自驾到千岛湖度假。这里的酒店很豪华，在阳台上可以看到不远处的湖。你说八月份还要带我们去海边旅游，不知你是否和我一样充满了期待？

  此时，低头看看自己，一手拿着桃子，一手在 ipad 的大键盘上缓慢而笨拙地给你写信，我觉得自己这几天有些荒废了。上午睡觉，下午和晚上抱着电子产品，度过虚无的时光，说心里话，我有些厌倦了。只是作业不多，轻轻松松就做完了，想玩玩家里的乐器，钢琴、吉他，不是音不准了，就是弦生锈了，都无从下手。

  希望自己可以尽快找到学习状态，在假期里把新学期的课本预习起来，静静地等待初三的到来……

胡梦漪
2015 年 7 月 29 日

Yes, I can

小梦：

这样的大伏天，妈妈送你和瑶瑶姐姐去长途车站。妈妈从后视镜里看你们从后备箱里拿出行李，然后你用甜甜的声音，对我挥挥手："谢谢妈妈！妈妈再见。"这个声音我爱听，像个女生。

在车里，我目送你们。你穿着我最爱看的那件蓝底碎花中袖衣，背着书包，拖着行李箱，在来来往往的旅客中，显得清新又靓丽。直至你们走进售票大厅，我才离去。

回到家，顿觉空落落的。你的房间，刚刚还是乱糟糟的，床上摊满了书本、衣服和零食，你说这样才感觉温馨，什么都收拾得有条不紊，太刻板，令人不自在。我看你们麻利地整理行李，才几分钟时间，房间就恢复了整洁。床上放着一个大大的可爱的布娃娃——你最近每天抱着睡的"胡巴"。那天你看完电影回来，一直在念叨"我想胡巴，我想胡巴！"起初妈妈以为你想胡爸了，一问才知是电影里的小妖王。你就取笑我"落伍"，竟然不知道"胡巴"。

小梦，你们打闹的声音，吃零食留下的气味，都在房间里静静地流淌。你在家，嫌你吵；不在家，又冷清了。于是，妈妈打开电脑，看你前天写的信《我的暑假》。

时间总是这么匆匆的，暑假已过去一半多。你在信里，对自己这段时间的假期生活作了小结。先是参加学校组织的夏令营，接着跟妈妈去千岛湖旅游，然后就在家"虚度"，静等初三开学。妈妈觉得你这封信，偏激中带理性，不过还是道出了心里话。

信中，你对夏令营时发生的不愉快，似乎心里有气。说一件我小时候遇到的事吧。

有一次，我在地上捡到一枚沾满了泥巴的五分硬币，一看就知道这枚钱已在地上多天。可是有位看到我捡钱的女孩，一定说这枚钱是她刚刚掉的，哭着赖着要我把钱"还"她。我自然不肯。这件事吵到大人那里。明明是我捡的钱，她凭什么说是她掉的，我为什么一定要给她呢？后来我外婆出面解决了此事。

你猜她是如何智慧处理的吗？我外婆让我把捡的五分钱给那个女孩，然后另外给了我干净的五分钱。那个女孩不哭了，事情也就平息了。我虽然没损失，但心里依旧愤愤不平。

我们小时候，伙伴们一起玩着玩着就会吵架或打架，有时会自动和解，有时需要大人出面。大人们的通常做法是，什么情况都不问，先将自己的孩子拎起来，在后脑勺或屁股上打几下，然后各自将自己的孩子带回家。到家后，再仔细盘问情况的来龙去脉，了解事情始末后，开始进行家庭教育。其实这是一种中式的教育智慧，不管自己孩子对还是错，先拎起来打。一般父母打自己的孩子，肯定不会下狠手，但对方看着心里解气舒服啊。当然，若的确是自己的孩子错了，父母的手劲可不是闹着玩的。或用毛竹丝打得小孩上蹿下跳，或罚跪，或罚饿肚子。这种情况，在我们小时候可是经常见到的。当然，我们没体验过这种被罚的滋味。

小梦，我觉得班主任对你们进行教育，就是一种教育智慧。事实上，在这件不愉快事件中，你也有不对。你自己也说了，你的脾气不好，长着刀子嘴豆腐心。不是吗？事情已经过去，你为图心里的痛快，还在厕所骂人，这不是变成得理不饶人了吗？

不愉快的事，妈妈也不说了。跟你的感觉一样，到千岛湖的旅游，也是我今年最放松的两天。带着自己的孩子出门，站在酒店的阳台上，品湖光山色，看晚霞落日，漂山中清流，心里一片平和。若不想出酒店大门，那就在套房里做自己喜欢的事情，听音乐、看视频、改稿子，那是多么惬意的日子啊！说心里话，我也非常期待 8 月份能到海边住几天。吹海风，听海涛，捡贝壳，让长头发和长裙子飘起来，那该有多么浪漫！等外婆身体好些了，我们争取到南麂岛去看海吧。

接下来聊聊第三件事吧。你在信中说："上午睡觉，下午和晚上抱着电子产品，度过虚无的时光，说心里话，我有些厌倦了。"你能说出自己对虚度时光的厌倦，说明你能理性思考问题了。妈妈一直提醒你，每天有计划地安排一部分时间，用来学习和阅读，你就不会感到空虚。像妈妈这样，利用暑假，抓紧时间学习充电，让每天的生活都有内容，看书都来不及，哪有时间去抱怨生活空虚，抱怨饭菜质量差呢。也许这些道理你都懂，但就是不见你的实际行动。

今天我看了一则微视频。说的是一位 11 岁的小男孩，在超级演说家的舞台上，激情四溢地演讲自己的"爱和梦想"。小男孩说，他的传奇梦想是将来成为一个像领袖一样伟大的人物。很多人认为他的梦想天真、幼稚，但是他引用美国总统奥巴马的演说词，对一切可能说"Yes，I can!"——"是的，我能!"小男孩五岁就有这个梦想，并且一直为这个梦想努力奋斗着。四岁时，他说要在两年内说一口流利的英文，连26个英文字母都不识的父母都不相信他可以做到，但是他说"Yes，I can"。果然，两年后，他不仅能说一口流利的英语，还在嘉峪关长城上为各地2万多外国游客做翻译导游。小男孩说："爱和梦想，是生命中最好的养料，即使是一盆清泉，也能使一棵树茁壮成长。"他认为，父母的爱是成长中最好的养料。2008年，他们家里欠了200多万，仅靠100多斤土豆和白菜维持生存。为了支持他的梦想，他父母省吃俭用，给他买书。小男孩非常感恩自己的父母。在演讲的尾声，这位11岁的男孩说了一句让全场观众感动和鼓掌的励志语："当你在梦想中徘徊不坚定时，那就做好当下，用自己的实际行动证明自己'Yes，I can!'"

小梦，你不是有很多梦想吗？看了这个小男孩的故事，面对自己的梦想，你敢于坚定地对自己说"Yes，I can"吗？

你去阿姨家，妈妈什么也管不到了。你也许会在心里说"终于不用听妈妈的唠叨了，自由啦"。小梦，天底下没有不唠叨的妈妈，但若你能对心中的梦想说"Yes，I can"，妈妈还需要唠叨吗？

记得跟瑶瑶姐姐和谐相处，记得帮阿姨干些家务活，也要记得自己的梦想哦。

妈妈
2015年8月2日

尘封的双手

亲爱的妈妈：

你曾跟我说过：我们家最贵重的家具就是钢琴了。这台钢琴承载了我们母女7年来的口角和欢笑，如果钢琴有生命，它一定早已成了我们家庭的一员。当考完钢琴十级后，我长舒了一口气，觉得自己丢下了一个捆绑在肩上的大包袱。从此以后，我报复性地忽略它、嫌弃它，而它也在我的忽略下蒙尘生灰。

钢琴就摆在书房的入口处，进门走道的尽头就是它。我无数次路过它，无数次视若无睹。假期的时间在无所事事的时候显得格外漫长，就在昨天，我又一次路过钢琴。但是这一次，我看见了它。它已经沉寂了一年有余，正焦急地等待我走上前去打开它。钢琴上盖着一层米白色的防尘罩，我熟练地掀开它，打开琴盖，生涩地用手按下了第一个音符。果不其然，琴弦松了不少，音准也大不如前了。那是我第一次如此渴望能够在我的老朋友身上美美地弹奏一曲！

你应了我的要求，请来了调音师。调音师拎着大包小包工具来了，他打开钢琴后盖，琴键后面的小机关再次暴露在眼前，每一个琴键的根部都是一块有弧度的小木板，88个琴键对应了88

块小木板，前方的琴键在律动时，后方的小木板也会随着琴键上下跳跃，就像一条条小金鱼跃出水面。调音师时而用一个圆头工具拧动螺旋，时而用手指在琴键上试音，来来回回调了两个多小时。

事毕，我坐上琴凳。我尝试回忆当初学过的小奏鸣曲、复调、圆舞曲……回忆来到几年前的一次钢琴课上，严厉的钢琴老师听完我的回课作业后，提出了一个特殊的要求：右手静默，左手独奏。学过钢琴的同学一定知道，在双手合奏时，左手往往会跟着右手的旋律以及左手本身的肌肉记忆，顺其自然地演奏下去，一旦脱离了右手主旋律，左手的伴奏就很容易遗忘。而现在，我的左右手在七年的训练下早已形成了不可遗忘的肌肉记忆，以至于我能背出整本练习曲、考级曲，更不用说简单的轻音乐了。

时隔两年，当我再一次坐在琴凳上弹完长达 16 页的小奏鸣曲时，我被触动了。莫名的欣喜溢于言表，我激动地跑到你的身边感谢你，是你的坚持让我得以学会一门终身受益的手艺。我还自学了不少曲目，理查德·克莱德曼的钢琴曲《秋日私语》《梦中的婚礼》《星空》让人置身北极圈下的极光，在夜里熠熠生辉；红歌《浏阳河》让人驻足磅礴大气的浏阳河畔看浪打礁石；古典音乐如巴赫的《小提琴奏鸣曲》、柴可夫斯基的《第一钢琴协奏曲》让人身着礼服在音乐大厅如痴如醉。

那是任何语言都无法表达的情感。虽说我只是一名业余琴童，但这丝毫不影响我对钢琴独特的见解。我的指尖圆润敦实，每一个音符都干净利落、沉稳有力，每一位教过我的钢琴老师都说这是双罕见的"钢琴手"。有位老师甚至说只要我愿意配合他，他可以让我超过琴行里最厉害的琴童。还有我出众的听力，不识谱也能把听过的旋律完整地搬运到钢琴上弹奏出来，只是这样的天赋我却没能好好珍惜，我和你的日常斗嘴一次次掩盖了它。现在回想起来，我有一丝后悔，没能听从那位严师的建议，将来去报考上海音乐学院。

不过话说回来，我考上了优质初中，说明我也能成为优秀的文化生，至于钢琴、吉他这类乐器，相信日后一定能够成为辅佐我的翅膀！

在学校，我是班上的文娱委员、音乐课代表，我的特长只有在非专业课上才能发挥。我曾为自己没能成为一名主课课代表而自卑，却忽略了同学们多么羡慕我能够自如地驾驭这件乐器啊。

尽管有些晚了，但我还是想说，谢谢妈妈！谢谢你夜以继日的鞭策，为我的双手附上了能够飞翔的灵魂！

你的小梦
2015 年 8 月 13 日

"谢谢妈妈"

小梦：

2013年7月底，也就是两年前的差不多这个时候，妈妈在重庆西南大学培训，你自个儿去琴行，参加上海音乐学院钢琴十级的考试，并顺利地通过了评委们的严格考查。同年7月初，你还顺利地考入了现就读的初中学校，开始了住校生的学习生涯。自此，你漫漫七年的学琴路暂告一个段落；同时，咱俩因练琴而起的一波波口舌大战也告一段落。

自你进入初中至今的两年时间里，你对这架曾与你朝夕相处，陪了你整整七年的钢琴，不闻不问，甚至连眼睛的余光都不曾扫描过。每到周末，我总说，你弹几首曲子，练练手吧，不然会生疏的。而你不是说钢琴音不准了，就是说老师布置的作业多。总之一句话，硬是不愿再次与钢琴亲密接触。于是，两年来，书房里的钢琴，默默地站在那个靠窗的位置，无声无音。遭遇主人冷落的它，渐渐地蒙上了岁月落下的尘埃，也渐渐地成了我们家最贵重的一件摆设。

你不在家的日子里，很多时候，我一个人坐在书桌前，静静地凝视它。钢琴无语，琴凳无语，钢琴上的一本本练习曲也无语，无形的灰尘无声地蒙上了它高贵的琴体。春夏秋冬，多少个日夜，我们曾在这架钢琴前，时而是母女，时而为师生，时而做朋友，时而成"仇敌"，不同角色和身份的咏叹调在它面前轮番演绎！曲子练成功时的赞赏和拥抱，练习不认真的批评和怒视，我们之间的喜怒哀乐在它面前暴露无遗。带给我们无数美妙琴声的它，难道就这样被我们遗弃了？

面对这架钢琴，我多么想优雅地坐到它面前，掀起琴盖，按下琴键，让一个个音符串成一首首优美的旋律，让它们带去我对你的牵挂。遗憾的是，妈妈不会弹！想弹的人不会，会弹的人不愿，也许这就是矛盾吧。

那天，你突然对我说，妈妈，我想弹琴，你请人来调音吧。很快，调音师来了，我们的钢琴又恢复了正常的音色。我多么希望调音后的钢琴能充实你的暑假生活。

"啊，好简单！"

"啊，好开心！"

"我爱钢琴！"

久未触键的双手碰上钢琴的刹那，你由衷地发出了一声声惊呼。

小梦，当妈妈看你坐上琴凳，打开琴盖，双手搭上琴键，理查德·克莱德曼的《梦中的婚礼》曲，自然流利地从你手中流溢而出时，一种久违的感动，从妈妈心里涌起。那瞬间，我的眼眶不自觉湿了，这是我多么熟悉的氛围和感觉啊。温暖的灯光下，你弹着琴，我坐在你身旁，一边看书，一边陪着你。你的琴声在家里流淌，又从窗户飞向夜空，这该是多么诗意的生活。是的，与其说是你在弹琴，倒不如说是妈妈找到了曾经失落的美好。

这两年中，家里没了你的琴声，你知道是多么安静，多么冷清吗？听不到你的琴声，我的心惘然若失。多年来形成的生活方式和节奏，随着你的外出求学，打破了、改变了。

这会儿，你面向钢琴，钢琴迎着你。你们终于又亲密接触了，这真是和谐又令人感动的一幕！我望着你的背影，你曾经幼小的身影，如今出落得窈窕大方了。小梦，你的个儿高了，肩也宽了。我听着你的琴声，这音听去更稳更有力了。两年没弹琴了，原以为你肯定生疏荒废了，没想到，你一落键，那些平日里藏得密密实实的音符，突然又欢快地从你手中跑出来，乖乖地听候你的调遣和指挥，真神奇啊。恐怕你自己也没想到，暂停了两年后，还能如此流畅地将曲子弹出来。小梦，妈妈认为你不该再是那个任性稚嫩的小女孩了，应该是位能驾驭自己的姑娘了。

接着，你又很轻松地弹了一曲《很久以前》，尽管这是一首很简单的儿童钢琴曲，但它却将我的思绪带到了很久以前，带到了我们曾经一起走过的那些日日夜夜。

你 6 岁那年，在幼儿园老师的建议下，与钢琴结缘。从此，我们的生活和话题都离不开钢琴了。

"小梦，今天的钢琴弹了吗？"这是我出差在外，电话里常说的第一句话。

"小梦，时间到了，该弹琴了。"这是每晚 7：00，妈妈的标准提示，以至邻居们一听到琴声，就知道晚上七点到了，你的琴声成了大家的公共时钟。

"小梦，加油练啊，不然回课过不了关了。"这是练琴中，妈妈常说的一句话。

"注意指法和力度。"

"大臂打开。"

"注意左手灵活性。"

"注意声音控制的准确性和颗粒性。"

"注意节奏和强弱"……

这也是你练琴时,妈妈常在一旁唠叨的话。

"我不要弹琴!要弹你自己弹!"

"你倒好,坐在旁边欣赏,我这么辛苦弹给你听。"

"妈妈,这个曲子弹出来了,亲一个。"

这是你一边弹琴,一边常说给妈妈听的话。

这些对话,你懂的,我懂的,钢琴懂的,楼下的小草也懂的;这些对话,每天都会在我们的生活中重复。

"抓紧时间,上课要迟到了!"

一到周末,你总是先在家里练完钢琴,然后我们匆匆忙忙地赶到琴行上课。望着别的同龄人在广场上玩滑轮、滑滑梯,你的心里总是百般不平衡。是的,你没有寒暑假,也没有周末,你怨恨妈妈"剥夺"了你的童年,"剥夺"了你自由玩乐的时间。

事实上,为了你学钢琴,妈妈何曾有寒暑假和周末?但妈妈毫无怨言,妈妈每天陪你练琴,每周陪你去上课。你上课时,妈妈就在一旁认真地做笔记。很多妈妈因孩子的任性放弃了,但我们没有放弃。"坚持就是胜利!"妈妈总是鼓励你要学会坚持、不放弃,就像妈妈练瑜伽一样,因为妈妈知道,总有一天,你会发自内心地说:"谢谢妈妈!"

小梦，尽管那时你心里有怨气，可小小的你，还是哭着坚持下来了。那时，我们去上海、杭州等地参加钢琴大赛，当你捧回奖状时，那种感觉是否比吃蜜还甜？七年中，你从二级、三级、五级、七级、九级一直到十级，一路顺利走来，完成了小学阶段的品质锻炼。虽然考级并不代表你的钢琴造诣有多深，但你坚持了，这才是最重要的，这也是妈妈让你练琴的主要目的。至于钢琴学习会对你的今后产生怎样的正效应，那是以后的事。

　　《花之泪》的旋律在钢琴上响起，这首抒情、优美的曲子，完全是你自学的成果。

　　"弹琴的感觉怎样？"我问你。

　　"太爽了，谢谢妈妈！"你一边弹琴，一边愉悦地感谢妈妈。

　　小梦，为了这句话，我等了整整九年！希望你能继续坚持下去。

妈妈
2015 年 8 月 14 日

把握当下

亲爱的妈妈：

初一以来我们之间有个约定——书信交流。可我懒惰，有时写着写着就不愿再继续了。每每收到你的信时，我总是理所当然地浏览一遍后就放置一旁了。距离上次给你写信又过去了三个月，今天算拾笔重写吧。

从小到大，你为我写了很多文章，褒扬我，批评我，鼓励我……一个个文字就像刀刻在你的心头，你忘不了我牙牙学语的情形，也忘不了我对你的怒目相对。

现在有点时间，我可以在学校里好好地跟我的妈妈说说话。我的妈妈是个外柔内刚的好老师，是个可爱幼稚的"小妈妈"，是个体贴懂人的好朋友，于我像知己、朋友，我可以在你面前说我想说的，丑态也会在你面前暴露无遗。你记得吗，上个周末我还在感激你，面对小时候放养在农村的野孩子，你却能像小公主般捧在怀里，若不是母亲，有谁愿意抱一个满脸涕泪的小黄毛丫头呢？至少我是不愿意的。

从小学开始，你便不怎么约束我的学习。我自己独立完成作业，也不向你汇报一字一句，你也放心地不问东问西。可如今不同了，老师极力鼓励亲子沟通，毫无经验的我也不知道该如何总结这大半的初中生涯。这么说吧，我向来乐观，即使成绩不理想时，也不会放弃。同样的，考试成绩好的时候会激动一会儿，然后又和往常一样继续走我的。总结这次期中考试，距离我们的目标前300名只差2分，一道选择题的差距。往年的期中考试，我总会掉在班底，等到期末再冲上来，这种沉浮不定的分数让我堪忧了好一阵子，若初三还是不稳定怎么办？中考不是凭运气的呀，所幸我的成绩终于稳在优秀线上了。

在我极力追求成绩的同时，我又想起了曾写给你的一封信。成绩真的有那么重要吗？我偏激了吗？也许吧。然而这并不代表我的屈服，我仍坚持自己的观点，成绩不代表一切，一场考试也许会毁掉一个人的人生，但国家着力追求的人才强国，不可能都是一群书呆子吧。和你聊起，你也有所感触。虽然自己从事教育教学研究，看见、听见女儿对考试的恐惧和厌恶，会有所反思。

"中考快来呀，马上可以有自己的时间了！""毕业了就没心事了！"逃不出中考的我们虽在抱怨，笔尖却是在流动的，心里也是有书的。

无论如何，都要感谢妈妈，感谢你耐心聆听我的怨咒，谢谢你鼓励我要专注、跟我分享你的成功经验。你的过去我不可能也经历一遍，时代在更替，现在的我们要做的只有一条：备战中考，把握当下。

女儿：胡梦漪
2015 年 11 月 25 日

立夏

Chapter

05

---伍---

丙申记
（2016年）

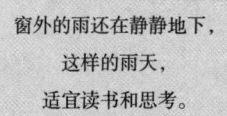

窗外的雨还在静静地下，
这样的雨天，
适宜读书和思考。

健康阳光地行走

亲爱的小梦：

今天春阳柔暖，天纯净得像面镜子，蓝蓝的，没有一丝杂色和浮云。我们站在楼上的露台远眺，大奇山似乎就在眼前，这么近，可我们已很久很久没去爬山了。近处的高楼似乎触手可及，在碧清的蓝天下，仿佛可以触摸到玻璃的凉意。

"妈，看，樱桃开花了！海棠也暴芽了！"你兴奋地告诉我。

"真是呢，前几天下雨时，樱桃树上全是黑褐色的花蕾，才两个暖阳，它们就悄悄地开苞了，真美啊！"妈妈接你的话。

还有那一盆盆葱兰，经过一个严冬的摧残和考验，又绿意盎然了。此外，月季、菊花、茶花，都在努着劲抽芽长叶呢。

神奇的大自然，经过四季的轮回，美目盼兮，巧笑倩兮，粉色的花儿又含笑向我们致意了。春天的翅膀已飞临我家，春的气息越来越浓了。

两年前你问妈妈"成绩究竟有多重要"？那时，我没有正面回答你的问题，而是讲了"画长颈鹿的提摩"和"幸福来敲门"两个故事。妈妈告诉你，学习是我们人生的必须，一个人只要有梦想，有信念，昂扬起精神，没有什么困难是克服不了的。关于这点，今天我依然坚持。

不过，在坚持这个原则的同时，妈妈想告诉你，健康阳光地活着才是人生的第一要义。成绩、分数、名校等等应该是一个人将来立足社会或过积极健康生活的"敲门砖"，它们不是唯一的。

你学过生物科学，应该知道生命是怎么来的。从最直接的角度来说，人的生命是精子卵子结合为受精卵，然后在母体子宫里着床，繁育成人形后降生到这个世界的。而精子与卵子要有怎样的缘分才会相遇呢？佛说，前世的五百次回眸才换来今生的擦肩而过。可想而知，一个生命的孕育该有多么不易。

任何一个生命从降世到离世，都会经历一个过程，有的朝生暮死，有的千年不老，有的过早夭折。对人来说，生命就像一条弯弯曲曲的河，有时飞流直下，有时清澈欢奔，有时蜿蜒回旋，有时激流猛进。月有阴晴圆缺，人生不如意事十常八九。在生命之河的流动中，不可能一帆风顺，处处是坦途，期间一定会遇到险滩、礁石和风浪，比如学业的压力、感情的伤害、工作的磨难、家庭的变故等等，怎么办呢？是勇敢地迎战还是消极地逃避？

当然是积极面对！西汉史学家、文学家司马迁，遭遇残酷的宫刑，他没有消沉，而是克服屈辱，发愤写作，耗尽一生心血，写成了"史家之绝唱，无韵之《离骚》"的伟大著作《史记》。司马迁在《史记》中写道："盖文王拘而演《周易》；仲尼厄而做《春秋》；屈原放逐，乃赋《离骚》；左丘失明，厥有《国语》；孙子膑脚，《兵法》修列；不韦迁蜀，世传《吕览》；韩非囚秦，《说难》《孤愤》；《诗》三百篇，大抵圣贤发愤之所为作也。"

意思是周文王被拘禁而推演八卦为六十四卦，写成了《周易》；仲尼一生困顿不得志而作《春秋》；屈原放逐，写成了《离骚》；左丘眼睛失明，有《国语》传世；孙子受了膑刑，编著了兵法书；吕不韦被流放到蜀地，《吕览》才流传于世；韩非被囚于秦，有《说难》《孤愤》传世；《诗》三百篇，大都是圣人贤者抒发悲愤之情的作品。

妈妈给你说这段的话的意思是希望你将来不管遭遇怎样的困境和挫折，不论是感情方面还是学业方面，都要锻炼自己强大的内心，培养自己良好的心理素质，珍爱自己的生命，不要被外在的狂风暴雨击倒；相反，你要学会将各种风暴当作磨炼自己的试金石，让自己在磨炼中越变越坚强，就像大海中的海燕，再猛烈的暴风雨也不怕；或像我家露台上的葱兰，经受严冬的考验，就会有生命的绚烂。

回忆起你在初中低段遇到的几次挫折。那时的你，曾经消沉，你试图通过违规的形式来表达你对青春期的叛逆。现在回首，一定会觉得那时的自己是多么幼稚可笑吧。

小梦，千万记住妈妈的话，生命最宝贵，一定要健康地活着，人生没有跨不过去的坎，不管这个坎有多深有多宽，也不管设这个坎的人有多可恶，只要你学会自我调节，学会放下，你的心里永远是明媚的春天，那里有清流和明月。

你会问妈妈，怎样才叫健康地活着。健康地活着就是有健全的人格，就是你的所思、所言能协调一致，你有积极进取的人生观，不容易被外力调控，能把自己的需要、愿望、目标和行为很好地统一起来。也许培养这样的人格不是很容易，但你一定会体会到健康人格带给你的力量和魅力。想想海伦·凯勒和雷庆瑶，在生活和磨难面前，我们没有任何理由逃避和退缩。

  小梦，自然有四季，有阴晴雨雪。其实人生也有四季，也会遭遇风雨雷电，这些都是正常的。"风雨过后是彩虹"，生命之所以美丽，就在于它的多姿多彩，在于它的顽强和不屈。

  我家露台上的樱花、海棠、梅花、兰花等等迟早有一天会谢，这是它们的生存方式。花儿以开谢行走，动物以呼吸行走，人呢，人以生死行走！既然如此，我们一定要健康阳光地行走下去。

  祝我的小梦永远健康阳光！

妈妈
2016年2月27日

小满

闭 关

小梦：

　　严冬迈着沉重的步履，离我们渐渐远去了，时光终于迎来了花含笑的春天。那天，在我们的亲友之家，传来了表弟们在花海放风筝的视频。我说，小梦，你赶紧将衣服穿戴整齐，我们也去江边放风筝，感受春光吧。

　　"我才不去呢，我要闭关三个月，备战中考！"你穿着家居服，拿着手机，坐在书桌前坚定地说。

　　"闭关！你要闭关？"妈妈半信半疑地问。

　　"是的，我要闭关！从今天开始，每个周末哪里也不去，安心在家学习。"你强调了自己的决心。

　　"那你知道什么是'闭关'吗？"

　　"闭关，就是不出家门，不跟同学去玩了呗。"你扬起头说。

　　妈妈立即上网百度了"闭关"的含义。在佛教中"闭关"是指僧人独居，一个人专心修炼佛法，与外界隔绝，满一定期限后再外出。可见，在这里，专心是前提，修炼佛法是目标，与外界隔绝是条件。

　　依妈妈的理解，真正的闭关，最关键的是做到内心的专注，将浮躁的心静下来，一心一意去做好一件有意义的事。而与外界隔绝无非是保证专心的外在条件。

照此分析，如果你人在家里，但手机游戏、QQ、微信、韩剧照玩照看不误，算不算与外界隔绝，是不是真的"闭关"呢？

让妈妈给你还原几个镜头吧。

镜头一：周六下午。客厅里。你盯着 ipad 里的《甄嬛传》已多时。

"小梦，该关机了。看完《甄嬛传》，还有《花千骨》，以后还会有《甄嬛传》呢。电视剧永远也看不完的。看《甄嬛传》还不如看《水浒传》!"妈妈开始对你唠叨了。

"还剩下最后几集，看完就好了。"你头也不抬地看着电视剧，将妈妈的话当耳边风。

镜头二：傍晚。客厅里。你专注地玩着手机游戏，双手飞快地在键盘上游走。

"小梦，你在玩什么游戏啊？该停停了！玩游戏的时间还不如多读几篇英文哦!"

"嗯，剩下最后五分钟了。玩完就歇了。"

可是，十分钟过去了，又十分钟过去了，你依然沉湎在虚拟的游戏世界里。

镜头三：深夜。卧室里。你披散着头发，仰躺在床上，双眼紧紧盯着手机上的 QQ 来信。而妈妈已准备睡觉。

"小梦，该睡了。早睡早起，明天上午看历史与社会，你得加强历史的记忆与理解。或者明天我们去爬山？"

"真烦！明天上午 10：00 前不准叫我。我哪里也不去!"

亲爱的小梦，看了以上几个镜头，你还认为你是在家里"闭关"修炼吗？你会不会蒙住嘴巴笑自己的自欺欺人呢？

好了，你的镜头放完了，下面让我们一起看看历史上的有志者是怎样修炼的吧。你一定听说过"囊萤映雪"的故事。"囊萤"说的是晋代车胤，因家境贫寒，家里没有多余的钱买灯油供他晚上读书。夏天的晚上，他就将萤火虫抓来，放在白绢口袋里，用萤光照明看书。由于他的勤学和用功，后来做了职位很高的官。"映雪"说的是孙康，也是因为家里贫寒，买不起灯油，晚上无法看书。他就在雪天里，借着大地上映出的雪光，孜孜不倦地读书。因为这样的苦学，他的学识突飞猛进，成为饱学之士。后来，也当了一个大官。

妈妈举他们的例子，并不是鼓励你也像他们那样去抓萤火虫或拿白雪来照明读书，而是希望你能像他们那样，有一颗执着的心，真正地让心静下来，利用现有优越的家庭条件，投入到紧张的学习中去。也许你会说，妈妈举的都是历史上的人物，现代哪有学生不聊QQ，不玩游戏，不看电视剧的？

诚然，在你的周围，确有很多同学离不开手机，有的甚至因为游戏而走火入魔不能自拔，但你认为他们是你的学习楷模吗？你能保证自己有控制地利用手机吗？你敢说你是驾驭手机的主人而不是被它操控的奴隶吗？

妈妈认识一位咱们桐庐籍的大作家陆春祥老师，他是鲁迅文学奖的获得者，也是全国知名的作家。据陆老师介绍，他除了完成繁忙的本职工作外，每天早上5点多起床，一直阅读到7：30，天天如此，从不间断。他平时阅读，周末写作，至今已经出版十多本书。有的读者问他，这么多的书，哪有那么多时间写啊？陆老师在他的《一地碎银》文中提到两个词语，妈妈很受启发："作之不止，乃成君子；功不唐捐。"他这样解释前一个词："人的本性都差不多的，都要强迫自己去做一些事情，管他是真心还是假意，假如能不停地做下去的话，到最后习惯成自然，也就成了君子。"后一个词语的意思是说，世界上所有的功德与努力，都不会白白付出的，必然有回报。简单说就是：功夫不会白费。他还打了一个比喻："业余时间，就是散落在地上不起眼的碎银子，没有特别的眼力和毅力，是捡拾不起来的。"

小梦，看了陆老师"一地碎银"的比方，你觉得你的"碎银"捡得怎么样呢？妈妈进行了对照反思，觉得起码比你做得好！可以说，妈妈平时除了工作和必要的家务外，其余时间都在捡碎银，这些碎银目前也许微不足道，但"人的差异就在于业余时间"，妈妈坚信，总有一天，这些"碎银"会成为闪闪发光的"金子"。

小梦，既然你已下定决心要"闭关"三个月，那我们就按闭关的要求来考验自己、约束自己。为保证你信念的火种常燃不灭，让我们约法三章，如何？

首先，由妈妈替你保管手机和 ipad。

第二，加强弱势学科的学习，查漏补缺。

第三，合理安排周末时间，不失时机地"捡碎银"。

当然，如果你觉得你完全能驾驭自己，自觉做到闭关，这约法三章也是可以不要的。

现在，高三的同学跟你们一样，正面临着紧张的百日会战。

今天，妈妈在学校高三调研，与高三学科"临界线"的同学进行了沟通和交流。交谈中，妈妈跟他们交流了几点想法：作为学生，心里一定要有信念的火种，要把6月份的高考当作收获的金秋季节，颗粒归仓，而不是黑色的岁月；一定要耐得住青春的寂寞，坚守住"三点一线"（寝室—教室—食堂）枯燥单调的生活；一定要学会自主主动地学习，统筹学习计划，学会"弹钢琴"。学生们听了深受鼓舞。

其实，闭关并非难事！试想地底下的种子，唯有经历长期的黑暗，才能破土而出见天日；蚕蛹必须在茧壳内经受寂寞，才能化身为彩蝶；花儿必须经历严冬的考验，才能绽放美丽的容颜。人也是一样，唯有经历一番磨炼，才有可能创造生命的奇迹，才会取得学业和事业的辉煌。

有一句诗写得好：命运的深层次意义，就是要学会放弃和等待，放弃一切喧哗浮华，等待灵魂慢慢地安静。一个人只有学会放弃，对你来说，比如放弃手机游戏和电视剧的诱惑，等待你的就会是灵魂的安定和精神的昂扬。大学者季羡林老先生说，人生好比一条链子，是由许多环组成的，每一环从本身来看，只不过是微不足道的一点东西；但是没有这一点东西链子就组不成。你的求学经历，你的毕业升学，就是你人生中的一个环，这是不能跨越的。

今天我在学校阅报栏看到一则广西高考文科状元林丽渊的自我总结，其中有一段话或许对你有启发：

"一颗心灵，是绝对不会因为追求梦想而受伤的。为学之路的失落与得意、清晰与迷茫，最简单的在于你拥有一个什么样的心境。努力中会有失败，会有失去勇气的时候，但我必须努力，我正在努力，我需要坚强，需要沉默，需要意志。一切都只是过程，成功与快乐才是终点。生活可以是无趣的，但自己一定要快乐，我们不是神的孩子，我们只是梦的孩子。"

她还决定在北大，在更远的未来，继续"无趣"的生活，用微笑做面纱，像蜗牛般成长。

小梦，像这位乐观坚强的学姐一样，做个有梦的孩子，抛弃浮华，坚定信念，在宁静的心空里静静地"闭关"三个月，做个捡碎银的快乐女孩，证明自己。

"功不唐捐"。相信这些碎银一定会带给你别样的快乐和收获！

妈妈
2016 年 2 月 29 日

有一种爱叫疼

亲爱的小梦：

此时你一定在教室里安静地晚自修，不知今天有无进行高强度的体育训练？现在头还痛吗？膝盖上下楼梯怎样，还疼吗？一想到你带着身体的伤痛和不适进行 800 米的长跑训练，不知怎的，妈妈的心就揪得生疼。

上周末，妈妈跟以往一样去老地方接你。你从车上下来，妈妈发现你脸色苍白，眼神黯淡，神情疲惫，有点乱的马尾发辫无力地垂在肩上。

"妈妈，我们体育老师疯了，简直是疯了！为了 4 月初的体育中考，每天要求我们高强度跑 3 次 800 米，而且速度必须达到 3 分 10 秒。简直是魔鬼训练，累死了！累死了！妈妈，我要投诉！他们这样做是违背人性的。"

你挥舞着双手，在妈妈面前大发牢骚，抱怨体育老师的"魔鬼"操练。

"怎么可以这么说老师呢？老师也是希望你们体育考试能顺利过关啊！"妈妈替老师申辩了一句。

"可是妈妈，我的右膝盖很痛很痛，根本不能跑步，连下楼梯都痛。其他同学跑步时，我只能慢慢走完一圈。怎么办？妈妈，我的800米。"抱怨完老师的超强度训练，你又为自己的考试担忧了。

"其他同学训练下来感觉怎样？有无出现你一样的情况？"妈妈担心地问你。

"她们也很累的，晚上睡觉时很多同学一会儿就入睡了，而且还打呼了。但是她们不像我这样会膝盖痛。"

"明天去医院检查一下，问问医生怎么回事。"

回家时，你走楼梯的速度明显不如以前了。

第二天，我们去医院。走楼梯时，你又说膝盖酸疼。不知怎的，突然妈妈感觉自己的右膝盖也变得隐隐生疼，带着酸麻的感觉，走路也不那么轻松了。

"小梦，妈妈的膝盖也疼了，怎么会这样？真是奇怪了。"妈妈不解地告诉你自己的身体反应。

"嗯，是有点不可思议。"

看了医生，医生说你的膝盖骨发炎水肿了。

"什么原因引起的，医生？"

"因青少年身体还处于发育阶段，人体骨骼还未完全成型，高强度的体育锻炼会引起发炎和水肿。建议少进行高强度的体育锻炼。"医生道出了你膝盖疼痛的原因。

"有什么办法吗？医生。"

"没有办法的，只有减轻锻炼的强度。"

那天，我们无助、无奈又焦虑地互相搀扶着回家。

中午，你本该回校上学的，可你对妈妈说，头疼得厉害，不想去上学。看你无精打采、浑身无力的样子，妈妈的头也突然针扎般痛了起来。

"请半天假吧。傍晚妈妈送你去学校，争取参加晚自修。"

等妈妈将你送到学校，再从学校返回时，无边的夜幕已将归程严严地包围了。这条公路，妈妈曾经是不识的。为了学会独自飞翔，妈妈硬着头皮投石问路，如今竟将这条路走通摸熟了。江水滔滔，夜色茫茫，当一辆又一辆车子从妈妈车边驶过时，妈妈没有觉得孤单，只是感到一种陪伴的温暖。还有印象吗，那个酷日炎炎的夏天，妈妈陪你去考试；那年的雪夜，你患重感冒，妈妈独自飞奔在白雪茫茫的高速上，将你接回家；正月初四一大早，妈妈驾车去外地书店给你买书。送寒衣、拿作业、接回送去，这条路上一次又一次地来回奔跑，对妈妈来说，都是天经地义且温馨无怨的。

小梦，这次回家的路上，妈妈一直在想一个奇怪的现象，那就是你的身体哪里不舒服了，妈妈对应的身体部位也会变得不舒服。你头疼，妈妈也头疼；你膝盖疼，妈妈的膝盖似乎也酸疼起来了。上学期，你的右脚踝扭伤了，走路一瘸一瘸的，不知你有无发现，妈妈跟你一起出门的时候，右脚走路竟也是一瘸一瘸的。

从小到大，你经历的每一次事件，不论开心还是难过，妈妈总是忧伤着你的忧伤，开心着你的开心，疼痛着你的疼痛。莫非这就是人们常说的心有灵犀、心有感应吗？这种感觉真的让人奇怪。

中文里有个词叫"疼爱"，妈妈以前从未对这个词产生过探究的兴趣，以为"疼爱"就是爱，喜欢，至于"爱"前为什么要加个"疼"字，好像没有深切体会。查了字典，解释"疼爱"，是"怜爱""打心里爱"的意思。原来，这个世界上有种爱叫"疼"，爱一个人，是会心疼的。母爱就属于这种"心会疼"的爱吧。所以现实生活中，人们往往会将"爱一个人"或喜欢一个人，说成"心疼"某人，这真是咱们老祖宗造字的精妙之处，将精神和肉体的感觉都融到了一个词里"既疼又爱"。

说到"疼爱"，妈妈想起了唐朝诗人孟郊写的《游子吟》："慈母手中线，游子身上衣。临行密密缝，意恐迟迟归。谁言寸草心，报得三春晖。"孩儿要远行了，母亲针针线线密密地缝制着衣裳，只为盼着孩儿能平安归来。这就是母爱。

小梦，作为一个母亲，妈妈能拥有世间这份特殊的情感体验和经历，何其幸也！

天下雨了，气温骤降。春天就是这样，忽晴忽雨，时暖时冷。昨天还春阳灼人，暖风袭袂，山花浪漫，今天竟冷雨敲窗，凄风刮面，花落鸟藏了。妈妈禁不住想，不知我的小梦在学校里添衣了没？她的头还疼吗？

愿我的小梦身体快快好起来！

妈妈
2016年3月8日

不要畏惧奔跑

妈妈：

　　距离体育中考的日期越来越近，我们初三学生下午跑操过后全都留在操场进行体育集训。其实我不是很担心我的体育中考，因为我的身体素质在班里一直是数一数二的，往年的运动会也都会积极参加。我们的要求比起杭州市的规则要严苛得多了，比如800米测试，我们学校的满分成绩是3分10秒，而杭州市则是3分25秒。可千万不要小看这15秒时间，它足够让我们的"体育差生"变成满分选手，这短短15秒的差距在跑道上可以拉开100米甚至150米。我的平时成绩总是维持在3分15秒左右，所以在短暂的集训后我的体能有所提升，800米也顺利冲进了3分10秒。

　　除了跑步集训，还有跳远、仰卧起坐，我的跳远成绩不是很理想，所以把项目换成了排球自抛自垫，这需要考生在3m×3m的范围内稳定连续地垫球50下，不得中断或走出范围。仰卧起坐则是需要我们在一分钟之内做满48个。

　　只是最近一周以来，我感觉我的体能已经到极限了。就在前几天，我参加日常出操跑步时，右膝盖感觉到前所未有的胀痛，我跟着队伍跑了几十米就疼得受不了了，只能出列向老师请假。经过一个下午短暂的休息，我在下午跑操结束后再次回到操场准备参加800米集训。在跑第一圈时，痛感还能忍受，而到了第二圈时，我的膝盖里仿佛嵌入了一颗钉子，在弯曲和伸直过程中狠狠戳着我的痛觉神经。我只能再一次靠边休息，并跟班主任说明情况，生怕她误会我是为了偷懒而欺骗她。

终于熬到了周五放学，我一瘸一拐地回到家，跟你说膝盖痛。今天一大早你带我去了医院骨科，医生对着我的膝盖左捏捏右看看，诊断结果是我得了滑膜炎。一时间我不知道是该庆幸还是焦急，我已经厌倦了日复一日的体能训练，滑膜炎的诊断书足以让我休息半个月。可是不知道半个月后再次加入集训，我还能拿到满分吗？

我想，接下来的两周里我只能训练仰卧起坐和排球了。班上的不少同学都在加倍训练体能，希望能够夺得满分，这意味着我要和他们拉开差距了，想到这里，我又不禁难过了起来。

小学五年级是我第一次接触800米长跑项目。我个子比较小巧，所以在弯道处可以轻松提速，那时候我已经可以超越班上的大部分同学，跑在最前面了。从那以后我就开始积极参加运动会的短跑、长跑项目，直到现在。回想起前几天奋力训练800米的时光，第一圈总是轻松的，甚至感受不到呼吸的变化，而到了第二圈就会变得格外煎熬，有限的路途在混乱的呼吸中变得十分漫长，每一个脚步都沉重无比，也就是人们常说的"灌铅了"。在结束了一圈半的追逐后，最后半圈是一个弯道和直道，过弯道需沉稳有力，在踏上直道的一瞬间，需要使出浑身的力气进行冲刺。我享受最后冲刺的那十几秒，周遭的风仿佛凝固了，我将暂时跑在我前面的同学一个个超过，踏向最后的白线。

学习何尝不是这样呢？我的初一年级就像第一圈的 400 米路程，我在时光不痛不痒的催促下缓慢踱步前行，时而抬头看看树梢上飞过的麻雀，时而低头看看跑道上的标记线。我的初二年级就像第二圈的前半圈，不停地彷徨、犹豫，甚至想通过染发等叛逆行为来发泄对刻板学习生活的不满，更不用说将精力集中在学习上了。

想到这里，我有些懊悔，或许是我觉悟得有些晚了，我本该一入学就紧跟大家的学习步伐，应该听取你经常挂在嘴边说的："小梦，妈妈不求你做马拉松长跑的领跑者，你只要跟上长跑队伍就是胜利。"可是因为我的懒散，浪费了两年宝贵的时光。

现在，我已经身处初中学业最后的直道，迎面而来的挑战像飓风一样迷乱我的眼睛，但这已不能阻止我毅然前行的双腿。环视四周，大家都在精疲力竭地坚持，很多同学挑灯夜读，榨干一天中的每一分钟空闲时光，我也不能落下。

妈妈，今年以来我感到格外疲乏，因为我不仅要巩固一直以来没能好好重视的课本知识，还要迎战体育中考。这突如其来的腿伤让我不得不中断体能训练，不知接下来的三个月能否险中求胜？

你的小梦
2016 年 3 月 12 日

"来自星星"的孩子

小梦：

那天中午，正当妈妈与培智学校的老师交流时，接到你从学校打来的电话。听到你电话那端传来急促的声音：

"老妈，老妈，快快将我七年级上册和七年级下册的英语书送到学校来！5：30前必须送到！晚读课复习要用！"

"总是这么冒冒失失的，学校这么远，又要妈妈送书！"妈妈禁不住要责怪你。

"亲爱的好老妈，星期天中午上学时间紧，七年级的书放在阳台的书橱里，没看见就忘记带了。快快给我送来！我要去教室了啊！bye bye！"

电话挂了，而你连珠炮般的声音还在耳边回响。妈妈能想象你当时的模样，从食堂急匆匆地赶到学校电话亭，小脸红扑扑的，气还未喘定就开始快速地打电话，讲完话又快速地离去，跑步奔向教室。妈妈知道你时间紧，中午也得和其他同学一样在教室抢时间学习。

小梦，在你的周围，或者在你接触的同学圈中，大家都在千方百计地拼智力、比勤奋、赛体力。课堂上，看谁专注度高，老师讲的东西接受快；考试时，看谁反应快，做题快又准；操场上，看谁跑步快或排球打得稳。你和同学们在一个充满竞争的空间里，与时间赛跑，求知探究；当然有时也会在网络上对话聊天，共诉成长的烦恼和学习的压力。

如果没有接触这些"来自星星的孩子"，妈妈会觉得你们这群孩子活得真够辛苦的！争分夺秒的学习节奏，体育课上的超强度训练，周末也不能放松休息的补习等，你们过早地承担了这个年龄不该有的巨大的生理和心理压力。

然而，当我看到这些"星星的孩子"时，不由对你和你周围的同学产生了由衷的庆幸！尽管你们学得很辛苦，但你们毕竟生活在一个相对自由阳光开放的空间里。春天来了，你们可以倾听花开的声音；下雨了，你们可以对着细雨发个闲愁；星空下，你们可以畅想自己的未来。你们目前高强度的学习状况，在当下的教育体制和氛围下，虽然人们无力改变但也是竞争社会不可避免的现象。你和同学们生活在一张人与人之间交错复杂的关系网中，这张网可以让你们正视现实，将你们锻炼成为一个健全的社会人，你们也可以在这张网里嬉笑怒骂，表达和发泄自己的情绪情感。

而妈妈接触到的这些"来自星星"的孩子们，未必有这么幸运！

最近我们单位开展了一个党员走基层活动，到培智学校走访交流，妈妈第一次接触到一群似乎来自另一个世界的孩子。他们中最小的6岁，最大的18岁，虽然年龄参差不等，但有一个共同点，那就是他们都生活在一个封闭的自我世界里，他们害怕与人沟通和交流，他们不知道外面斑斓的世界，外面的人也很难走进他们的心中，他们是一群孤独的特立独行的人。校长告诉我说，他们是"星星的孩子"。

你听说过"星星的孩子"吗？估计没有。妈妈也是第一次听说这个词。连忙手机百度。百度如此解释："自闭症患儿被叫作'星星的孩子'，他们就像天上的星星，彼此很近其实很远，在遥远而漆黑的夜空中独自闪烁着。""自闭症，又称孤独症，被归类为一种由于神经系统失调导致的发育障碍，其病征包括不正常的社交能力、沟通能力、兴趣和行为模式。全球有3500万人患有自闭症这种神经系统疾病。"自闭症"给病儿及病儿家庭带来了巨大的痛苦。更令人无奈的是，自闭症儿童的数量正在快速增长"。关于这些自闭的孩子，有人说他们虽然不聋，却对外界充耳不闻；虽然不哑，却不愿开口说话；虽然像星星一样纯净、漂亮，却也像星星一样冷漠和孤独。

3500万，这是一个触目惊心的数字。真想不到，在我们共同生活的星球里，竟有那么多人生活在冰冷的孤独中，以及相关家庭生活在无助的痛苦中。他们不能像我们普通人一样，灵敏地感知周围世界的变化。春天土壤里的第一颗绿芽，春花静静飘落的凄美，大自然里各种美妙的声音，甚至夜晚高远的星空，他们都不能像我们一样用心灵去触摸和感觉。我想，这种对周围世界的漠然，对亲情友情的冷淡，以及生命存在的缺憾，是我们普通人所无法体会的。你看，妈妈是不是该为你和你周围的同学感到庆幸？

妈妈在教育系统工作了二十多年，几乎跑遍了全县的中小学，接触的都是健康阳光的中小学生。课堂上，孩子们大胆发言，合作交流，表现自我；课余时，孩子们参与各种社团活动，积极踊跃，精彩纷呈。在义务教育的学校里，我从来没有看到过"星星的孩子"。其实并非现实生活中没有残缺，而是这些残缺的孩子生活在另外的世界里，他们可能受歧视、遭冷眼，而被拒绝融入"正常人"的群体中来。

看到这些来自星星的孩子，妈妈想到你三外婆家的阿升舅舅。阿升患的是先天性脑瘫，家人为治他的病，跑遍了大城市的各家医院，个中辛苦和辛酸，唯家人自知。在医学高度发达的今天，对这种病症却显得束手无策。于是你阿升舅舅就一直生活在无助的黑暗中，他不能像正常人一样说话、吃饭、交际，根本没机会像你们这样背上书包去学校求学，他也没有同龄朋友，更别说谈女朋友了。阿升的作息时间常常是黑白颠倒的，他打发时间的唯一方式是玩手机和电脑，他的很多乐趣或许只在亲友之家微信圈里发红包、抢红包。你阿升舅舅虽不是星星的孩子，可我觉得他的生活方式跟星星的孩子差不多，有太多的无奈和缺憾。

小梦，有人说上帝创造了生命，可生命与生命之间竟如此悬殊，有的生活在阳光下，沐浴着友爱的雨露，闪耀着幸福的光辉；有的生活在黑暗中，忍受着痛苦的折磨，折射出孤寂的寒光。佛曰"众生平等"，对这些来自星星的孩子，看着他们在无边黑暗的星空中独自冷漠地闪烁，作为一个写作者，妈妈在想，我们该怎样点亮他们的心灯，让他们跟我们普通人一样，做太阳的孩子而不是星星的孩子呢？不知你有什么好的想法和点子。

妈妈
2016 年 3 月 16 日

心往一处使，守口如瓶

亲爱的小梦：

前几天天空出现了一道非常奇异的天象，在深邃碧蓝的天空中，悬着一个圆圆的七彩美丽的光晕，光晕的圆心是太阳，它的周围是七色亮丽的光圈。这个光晕吸引了无数人的目光，大家纷纷在街头驻足拍照。这个光晕是很多人从来没看到过的"日晕"现象。

妈妈没在现场看到日晕，但那天一整天，这个神奇的日晕在朋友圈的微信里晒"爆"了。不知你们在学校有无看到？

中国民间有"日晕三更雨，月晕午时风"的谚语。意思是，若出现日晕，夜半三更将有雨；若出现月晕，则次日中午会刮风。妈妈当时想，白天天气这么晴朗，阳光如此明媚，真的会在夜晚下雨吗？果然，昨晚下了很大的暴雨，且伴有雷声，今天白天也下了一整天。

你看，大自然的脸就是这么多变！刚才还碧空万里，阳光普照，才过几个小时就雷雨交加，风雨连连了。其实，有时候人的情绪跟春天的天气一样，也是一忽儿晴，一忽儿阴，喜怒哀乐，阴晴交加。

这让妈妈想到你上周回家的表现。因为春游，发生了一件很不愉快的事情。整个周末，妈妈见你的情绪一直低落、暴躁，以至妈妈都不敢在你面前开口，只能远远地在你后面看着你，难受着你的难受。

"小梦，有些事看淡点吧，别太计较了。"

"怎么那么唠叨！烦死了！烦死了！"

妈妈话都没怎么说，你就盯着手机，极不耐烦地嫌妈妈唠叨了。妈妈提醒你该看书了，你就露出一副厌恶的表情，阴沉着脸，走进自己的卧室，"砰"的一声，将门重重地关上。这不像是有修养女孩的表现吧？

从初一到现在，可以说你是一路磕磕碰碰，小坎坷、小挫折不断地走来。一桩桩的不愉快，妈妈都感觉才发生似的。这些事令你沮丧、退缩、烦躁，有的事甚至连妈妈都不能面对，无法接受，但你都坚强地挺过来了，就像小树苗长成了小树，虽有风雨，却摇摇晃晃健康地长大了。

初中阶段的五个学期过去了，进入初三了，妈妈总以为你经历的事不少了，该懂事了，自我驾驭的能力也该提高了，但没想到，你的情绪还是这么容易激动，言辞也很偏激。小梦，你这样做，会在无意中伤害最爱你的人。

虽然事情已经过去几天了，但妈妈还提这件事，并非要指责你的不是，妈妈只是希望你能尽快忘记不愉快，尽快走出不良情绪的雾霾。一想到你闷闷不乐地去学校，妈妈的心里就纠结得难受。你这个状态在外求学，妈妈怎能安心工作？

想到你上上周回来的情景，可谓可喜可贺。你克服了膝盖水肿不能强化训练的不适，凭着一股不服输的意志力，硬是咬牙忍着疼痛，在体育中考中取得了满分的好成绩，这让人赞叹，令人欣喜。当时妈妈考虑你的身体，曾建议你选择做广播操。可是在如今竞争异常激烈的升学考试中，有时一分分数也会影响大局，而你凭着心中的信念，放弃做轻松的广播体操，坚强地迈过了紧张的一关。

跨过体育中考的坎，你告诉妈妈接下来的时间要全力以赴文化课了，你理性地安排自己的功课，在妈妈面前又蹦又跳的，那副信心百倍的神情令人宽慰。于是妈妈也开心得孩子似的，跟你拥抱在一起蹦跳起来，真希望你这样的精神状态能多些、持久些。

小梦，青春不可复制，人生也没有几回搏，中考已进入倒计时阶段，在不到两个月的时间里，妈妈想送你一句座右铭"心往一处使，守口如瓶"。

关于这点妈妈也深有体会，20几年来，妈妈一直在追求文学梦的路上坚持写作，虽然没有写出什么了不得的作品，但至今没有放弃年轻时的梦。妈妈之所以能坚持下来，安心清淡的书斋生活，就是得益于类似这种座右铭的激励。一个人若能长久地做一件事，并将它做好，那他离成功就不会太遥远，也就"功不唐捐"了。我想不光写作是这样，学习也是如此。

另有一点，妈妈要提醒你的是"祸从口出"这个生活道理。话多最易惹祸了。妈妈希望你能从这次事件中吸取教训。尽管这件事中你是受害者，但妈妈还是劝你千万别去传话，有些简单的话，传来传去，传到用心不良者身上，真相会变得面目全非，这不但会伤害同学间的友谊，也会大大影响自己的心情。这就是贾平凹先生说的做人要"守口如瓶"吧。当然，守口如瓶并不单指传话这类事，它的内涵远比"不传话"要丰富和深刻得多，我觉得在生活中就是要尽可能地做到少说话，不说闲话。

小梦，当你看到这封信的时候，千万别以为妈妈在跟你说教，妈妈希望你能细心体会信中的道理，这个理，会让你终身受益。

重复一遍"心往一处使，守口如瓶"，做个美丽的追梦女孩吧！

小梦，又快周末了，妈妈期待一个阳光开朗的小梦回来。

爱你。

妈妈

2016 年 4 月 21 日

"00后"的你们

小梦：

前几日妈妈与几位文友小聚，豆妈也来了。以往我们文友小聚，豆爸通常都参加，但豆妈较少参与。因很久没见豆妈了，这次一眼看到豆妈着实吓了一跳，原本丰满结实的豆妈似乎突然变得憔悴消瘦了，听其讲话有气无力，神情怏怏的，闷闷不乐，仿佛心里压着一块大石头，有千钧之重。彼此寒暄后，才从豆爸豆妈嘴里得知事情的原委。

豆爸豆妈的小儿子豆豆，你认识的，你的同龄人，是他们中年得来的宝贝，你们小时候曾一块在金西村里玩过泥巴。豆豆是个聪明有灵气的男孩，皮肤白皙，长得很帅气，遗传了豆妈的肤色。

豆豆的父母都是中学教师，他跟你一样，从小学钢琴，练书法，较之于同龄人，他接受的家庭教育不能说差。只是自豆豆进入小学高段后，迷上了网络游戏而不能自拔，所有的心思都花在网游的升级上。听豆爸说，家里控制他用电脑，他就跑到网吧上网，常常通宵达旦，夜不归宿，学习成绩自然不尽人意。可怜的豆妈为此焦头烂额，母子不是怒目相对，就是无语而处，沟通越来越困难。豆爸豆妈之间也因孩子的教育观点不一致而常常拌嘴、怄气。

进入初中后，豆豆对网游的迷恋依旧不减，豆爸豆妈拿他毫无办法。当下，眼见进入初三，离中考还剩一个多月时间，豆豆又与同班一名女生早恋了，两人都不去学校上学，结伴在豆豆家里复习功课。豆爸豆妈无计可施，只得轮流在家值班，看管孩子。

因为豆豆的青春期成长问题，爱子如心肝的豆妈几年来食不甘，夜不寐，以致体重明显下降，每天得借助安眠药方能入睡。据豆妈说她白天上班时，一想到孩子们在家，就会心惊肉跳，整天陷于焦虑中。

听完豆爸豆妈的叙述，也难怪豆妈近年来会有如此悬殊的变化。一位年逾50临近退休的母亲，到了该安享退休生活的年龄，却因孩子的成长而郁郁寡欢、精神抑郁。若长此以往，妈妈感觉豆妈的精神会崩溃。哎，真不知豆豆到底是怎么想的，也不知他什么时候才会真正懂事长大。

说到豆妈，其实你的妈妈——我何尝不也是如此呢。那天，妈妈整理你的床头柜，无意中发现了两封一位男生写给你的情书。看了信中那火辣辣的语言，妈妈当时只感到头"嗡"的一声，气血一下子往头部涌，整个人就软绵绵地跌坐在地板上，当时的感觉用一个成语来形容也是"心惊肉跳"，跟豆妈的心理感觉一模一样。

稍微缓了缓神，妈妈连忙咨询一位朋友。这位朋友的女儿比你大一岁，跟你一样聪明伶俐，长得美丽可人。本来这女孩的成绩在年级名列前茅的，因早恋分心，成绩一落千丈，父母只得想办法让她转学。转学后，女孩与那位男生分开了，开始专注于学习，成绩很快得到了提升，并找回了曾经的自信。你看，青春期的孩子，人生就像过山车，大起大落，搞得家长们也心神不宁，整日神经兮兮。

小梦，当妈妈拿着这两封烫手的情书，想起了上学期即将期末考试时，发生在你身上的事。还记得当时的情形吗？这位给你写情书的男生在教室里公然拥抱你，被老师和同学看见而受了处分，你也险些受处理。对这位男生的态度，妈妈感觉你对他是有好感的，不然肯定会断然拒绝他的拥抱。事情发生后，你们与班主任作了保证，彼此不再联系和往来，专注于学习。但你的情绪却因此变得暴躁易怒，对妈妈总是爱理不理的，搞得老妈话也不敢跟你多讲。

这件事情已过去近一个学期了，妈妈看你的情绪渐渐平稳了，以为一切平安无事了，哪想到他还在私下地里给你写信，这太令人担忧了。

好不容易熬到你周末回家，妈妈小心翼翼、旁敲侧击地跟你聊天，希望知道你们的"恋情"进展。你敏感地觉到了妈妈比往日唠叨，问妈妈到底有什么事，开门见山直说好了。妈妈才将信展开给你看，并心里发寒地指着其中的两句话问你，那到底是怎么回事。

谁知你看了那句话后，笑得在床上打滚。

"哈哈，老妈，你太天真可爱了。那纯是我们中学生的玩笑，是模仿电视剧里皇上与爱妃的对话啊，你竟会当真？哈哈！你也太传统保守了吧！简直是老古董！"你笑够了，才停下来，要求看信。事实上，这信已被你丢在一旁忘记了。

妈妈被你取笑为古董。古董就古董，传统有什么不好吗？妈妈跟你一样，也有过青春萌动的少女期。我们读中学时，班里也有男女同学谈恋爱的，但妈妈从不为周围的氛围影响，紧紧咬定目标和追求不放松。最终，在那个"千军万马过独木桥"的年代，妈妈如愿以偿考取了大学，那可是令很多人羡慕的事哦。

"我们可是2000后的一代，'00后'是很特殊的一代，老妈！"你拖着长音表示你们这一代的特殊。

"'00后'有什么特别之处吗？"

"起码不像你们那么传统、保守。"

妈妈当即上网咨询"00后"孩子的基本特征。"'00后'，也称'千后''蛋蛋后''双0后'，他们基本是独生子女，父母基本是'60后''70后''80后'，出生于中国改革开放已有显著成效后。'00后'的孩子是大多数出生在21世纪的新人类。人类迈向新世纪的又一页精彩篇章是他们所属的时代。与出生在20世纪八九十年代的人们有着很大不同的是，科学技术与信息产业的飞速发展与日渐成熟。同时也迎来了数码时代的革命性变化。所以相信他们会有着不同于前人的开阔视野与属于他们自己的远大理想。'00后'的孩子聪明但又有点小叛逆，讨好但又有点小脾气,嫌贫爱富、自私、嚣张。2000后的孩子可谓是被家人捧的比东方明珠还要高。"

是的,这就是处于高科技和信息时代的你们,空前开放的社会,使你们接受的信息量空前多,你们衣食无忧,视野开阔但也很嚣张,你们追求个性和自由,在家里养尊处优,个个被家人宠上了天。豆豆、你,还有无数像豆豆和你一样"00后"的少男少女们,都有这样的共性。强烈的自我意识表现在生活上,就是你们更多的是考虑自己的人生体验和感受。

不过,妈妈看你笑得那么坦然,知道了事情并非妈妈想象的那样严重,终于松了一口气。其实,因为这两封信,妈妈也跟豆妈一样,失眠焦虑了好几个晚上。

小梦,你现在正处于青春萌动期,花一样的年龄,身体发育健全,肤如凝脂,少男少女彼此有好感很正常,只是现在谈恋爱未免过早吧。我们的先人孔子曰:三十而立,四十不惑。每个人来到世上,什么年龄求学,什么年龄恋爱、结婚、建立家庭,什么时候立业其实是有相对规定的。该求学的年龄谈恋爱,势必会影响你的学业,进而影响你将来的事业发展和生活选择。你现在记忆力强,精力充沛,正处于大好的求学时光,而且你的一切都尚未定型,只是一枚青涩的果子,根本不宜恋爱。若你一意孤行,吃亏的必定是你,到时后悔的也是你。

"青春不只是秀美的发辫和花色的衣裙,在青春的世界里,沙粒要变成珍珠,石头要化作黄金;青春的所有者,也不能总是在高山麓、溪水旁谈情话、看流云;青春的魅力,应当叫枯枝长出鲜果,沙漠布满森林;大胆的想望,不倦的思索,一往直前地行进,这才是青春的美,青春的快乐,青春的本分!"

这是郭小川对青春的解读,青春是人一生中最宝贵的年华,青春有快乐,但也要遵守一定的本分,这种对青春的理解永远不会过时。容妈妈将郭小川的诗送给你,希望你在照镜子,关注自己容貌变化和异性交往的同时,能更多地关注自己心灵花朵的浇灌和开放。

祝小梦:珍惜青春,无悔于青春。

妈妈
2016 年 5 月 1 日

心中的香格里拉

亲爱的小梦：

  时间真快，一晃眼工夫，立夏过了，感觉还没去大自然感受春光，山上的竹笋还没拔，地里的土豆还没挖，老家的茶叶蛋也没吃，夏天已悄悄来临。这个学期开学以来，我们的周末总是在忙忙碌碌中度过，在对你一次次月考成绩的纠结和反思中度过，以至忘了时间的流逝。

  此时，外面下着雨，露台上的石榴花正飞着红晕，满树的月季花瓣在雨中凋落，花草树虫在时间的河床里走着各自的生命节拍。这样的天气，不冷不热；这样的氛围，不急不躁，最适宜阅读和思考了。你我在各自的书房里，学习、阅读，红尘岁月，繁华如梦，感觉这一刻是如此安静、美好又恬淡。

  有位女作家写香格里拉，那是大自然中的草原，原是她心中神往的圣地，然而如今草原上的香格里拉已被人们势利地套上了金钱的枷锁，遭到了人为的破坏。

  小梦，大自然的香格里拉在世俗面前，正渐渐地离我们远去，那就让我们去寻找或建筑一个心中的"香格里拉"吧！

  你一定会问"什么是心中的香格里拉？"在妈妈的理解和想

象中，心中的香格里拉，既有大自然中辽阔的天空和古老的大地、清澈的河流和无垠的草原，也有"日暮相关何处是？烟波江上使人愁"的古诗，还有历史上文人的足迹和各种美丽深刻的思维之花，更有从我们的精神领域流淌出来的清流和从灵魂深处绽放出来的花朵。

近来，面对日益迫近的中考，你每次周末回家，都会流露出对高强度学习的厌倦，对某门文化学科的厌恶。其实，妈妈认为，各门学科虽有分数的高下，然而事实上它们不应该有主次之分。无论自然科学还是人文学科，各有其内在的生活逻辑和发展规律。自然科学有它的生动和精密，可以帮你揭示宇宙的奥秘，破解日常生活中的物理和化学现象；而人文学科有它的精深与博大，可以引领你放眼世界，帮你认识人类社会的历史变迁，教你分析纷繁复杂的社会万象。因此，妈妈觉得，你与其对不喜欢的学科如历史与社会，抱主观的偏见被动地学，不如积极地换个心态和角度，主动到历史与社会的领域去探秘寻宝。因为，在广袤的历史与社会领域中，深藏着一方精神的香格里拉，那里跟草原上的香格里拉一样，有高远的天空和广阔的大地，那里同样宁静、美丽又神圣。

你已经学了三年历史与社会，纵观人类社会的发展历史，从人类文明的曙光开始，到当今的高科技和互联网时代，在历史发展的每个阶段和节点，在东西方文明的演进和历史星空中，都有一方人文的山水和精神的殿堂。大洋彼岸的西方文明创造了辉煌灿烂的古希腊、古罗马文化和伟大的奥林匹克精神，这种文明积极、进取、冒险，崇尚科技和人性；我们古老的东方文明创造了

"百花齐放、百家争鸣"的诸子百家，各种智者的思想在历史的星空里碰撞交流，这种文明圆融、低调、包容，崇尚和谐与礼仪。而无论哪种文明，都深刻地影响着人类社会的发展进程、人们的思维方式和思想观念。

妈妈之所以给你写这段话，是希望你能激发对社会历史发展的探究欲望，不断充实自己的人文素养，提升自己的文化修养，而不是机械地死记硬背教材上的知识点。诚然，有些教材观点和基础知识需要记忆，但妈妈希望那你能主动去探究这个领域中的社会现象，而不是被动地学。如果你能转变一下自己的学习方式和态度，相信你一定会发现学习历史的乐趣，你一定会在这个领域找到一方历史人文的香格里拉。

除了在我们的学习领域可以找到人文的香格里拉外，我们也可以在日常生活中建筑一方精神的"香格里拉"。你也许会问，学生的生活这么单调，压力这么大，除了学习就是学习，哪里还有"香格里拉"呢？有的！关键看你如何去经营。其实你已经在尝试了。那天，妈妈看你从新华书店买了一本《快乐就在那里》减压填色本和各色蜡笔。这本书的特点是"唯美、梦幻、动感、活力"，当你用笔在书上精心填色时，你其实就是在建造心中的"香格里拉"了，而这个过程就是你发挥想象、释放压力、创造快乐的过程。

妈妈在你书桌上浏览了这本书。觉得书中的许多话非常利于减缓和释放压力，诸如"幸福是种选择，你可以选择快乐；生活必定有压力，但你可以选择是否让它影响你""对抗压力的最好武器，是分清轻重缓急的能力""正确的态度可以把负面情绪转化成正面能量""当我们处在巨大的压力和逆境中时,最好的办法是让自己忙碌起来,把愤怒和能量用在积极的事情上"……

小梦,每个人来到这个世界,会面临方方面面的压力,中学生有学习的压力,大学毕业生有就业的压力,成人有工作的压力,家长有教育孩子的压力,可以说,压力无处不在。但我们不能让压力淹没了我们的生活和思想,我们必须调节自我,学会减压,并在减压中找到心中的"圣地"。妈妈建议你细细体会《快乐就在那里》书中的深刻内涵,学会在学习中寻找乐趣,在压力中发掘生命的正能量。这不正是生活中的"香格里拉"吗?

窗外的雨还在静静地下,这样的雨天,适宜读书和思考。愿我的小梦能好好阅读并体会妈妈的这封信,希望小梦找到自己心中的"香格里拉"。

妈妈
2016年5月8日母亲节

毕业计划

亲爱的小梦：

  还记得那个热得发晕的下午吗？我们在 40 多摄氏度的高温下，拖着行李，到异乡的小城去报考你现在就读的学校。那天妈妈穿了一条齐膝的裙子，只感觉两腿被火辣辣的太阳烤着。我们手拉手，满脸是汗，两个人的脸都晒得彤红彤红的，太阳帽和遮阳伞根本挡不住阳光的曝晒。

  我们先去参观校园，之后便住进了朋友事先帮我们联系的宾馆。按理，你去考试，应该认真复习学习资料，或至少流露出一点紧张的情绪，但妈妈看你整个晚上都在吃东西看电视，开心得在床上滚来滚去，压根儿没将第二天的考试放在心上。当然妈妈并没有刻意要求你非考上这所学校不可，即使考不上，权当增加一次人生体验。

  第二天，妈妈陪你去考试。你从容地进考场，从容地考完试出来，整个过程就像到哪个嘉年华游了一趟。为了犒劳你，妈妈带你去了一家咖啡馆吃中饭。咖啡馆里很安静，每个座位旁都立着一个书架。我们一边听着舒缓的音乐，一边随意地翻着书，有点不着边际地聊着你的将来，感觉你的前途很光明。当时的那种氛围，现在回忆起来依旧非常美好。

没几天，成绩公布了，你榜上有名！当妈妈在电话里告诉你这个消息时，听见你在家里乐得狂喊乱跳！

上中学了，你离开温暖的家，第一次离开妈妈的视线。在新环境里，除了一位小学同学，就没有第二个熟人了。你面临着学习和生活的双重考验。学习上，班级里高手云集，个个是厉害的"真老虎"；生活上，一切的一切都要你自己打理。妈妈发现，你接受这种考验的时间有些长，整整一年半时间，你还没有完全适应过来。只要学习和生活上遇到困难和挫折，你就打退堂鼓，朝妈妈发火。

此时，一个一个有意思的镜头魔球般从妈妈的脑海里蹦出来。

你看，每到周末，你就背着一只卡通的绿色刺猬包，像个疯丫头，和小学同学到处乱跑，每次总是玩得满头大汗回家。零花钱没了，你就扭着身子和屁股，猴着笑脸向妈妈讨要；你因重感冒不去学校读书而赖在家里，并希望自己天天得感冒。

曾经，看你因不愿参加学校组织的暑期夏令营活动，而在家大喊大叫；曾经，看你不愿为了"分数"和成绩而刻苦学习，在妈妈面前牢骚满腹；曾经，看你穿上鞋带颜色不一样的旅游鞋去上学。

各种各样的曾经。曾经，你和同学因小摩擦被人恶搞想转学，为此你通过染发的方式公开挑战校纪；曾经，你因期中成绩不理想情绪低落而哭鼻子；曾经，你因收到男生的520只千纸鹤而兴奋得彻夜不眠；曾经你被外教老师的英俊和潇洒迷住，又庆幸自己考进了这所学校；曾经，你因男女同学间的交往被老师叫到办公室"训话"；曾经你为自己取得了理想的好成绩，抱着妈妈激动地又蹦又跳；曾经……

后来，不知什么时候开始，大概初二第二学期吧，你不再每个周末都跟同学出去玩了，你不再因同学关系而闹着要转学了，你不再因作业一多就开始咒骂了。你变得安静了，"疯丫头"说自己要"闭关"了，你开始慢慢地接受现实，哪怕作业再多，时间再晚，也要将作业做完才肯睡觉。

小梦，那么多的曾经，一切宛如眼前，如今你要作别同窗三年的老师和同学，要毕业了！初中毕业，意味着你要告别一段青涩的青春时光，开始新的青春的征程。

在开始你新的征程前，有一段较长的暑期时光。这两个多月的假期，我们是不是该好好地设计和规划，让它过得既轻松有滋有味，又有收获和意义呢？

凑巧，今天整理你的房间，看到你放在书桌上的"宝宝的毕业计划"。这么大的人了，还自称宝宝，不害羞吗？原来中考还没开始，你竟已经开始设计毕业计划了，这也太超前了吧！

你的"毕业计划"，时间限于6月19日至24日这一周。你前后做了7个方案，从1.0，1.1，2.0，2.1，3.0，3.1，3.2，一直升级到3.3版。请允许妈妈在此公布你3.3版的活动方案。

"宝宝的毕业计划"3.3版

6月19日　桐庐　该干吗干吗

6月20日　桐庐　①儿童公园玩摩天轮（9：00—10：00）

　　　　　　　②巴比松看羊驼（10：00—11：30）

　　　　　　　③去味多吃寿司（11：30—12：30）

　　　　　　　④利时百货26楼（12：30—14：50）

　　　　　　　⑤逛超市购物（15：00—15：40）

　　　　　　　⑥送人回车站（15：40—16：10）

　　　　　　　⑦去江北买鸡蛋冰激凌（16：30—17：00）

　　　　　　　⑧看电影或逛街（17：20—19：00），回家

6月21日　FY　①去FY老粑家（7：40—9：00）

　　　　　　　②东方茂买票（9：00—9：30）

　　　　　　　③走去学校拍照片（9：30—10：30）

　　　　　　　④逛街买闺蜜装、情侣装（10：30—12：00）

　　　　　　　⑤去老粑家饭店吃饭（12：00—13：30）

　　　　　　　⑥尽情"嚎歌"（13：30—17：00）

　　　　　　　⑦去同学家吃晚饭（17：00—18：00）

　　　　　　　⑧看一场电影（18：00—19：40），回家

6月22日　FY　①起床去新车站（8：00—9：00）

　　　　　　　②杭州（9：10—10：30）

　　　　　杭州　③先去刘梦瑶家放行李（10：30—11：00）

　　　　　　　④出来吃哈根达斯（11：00—13：00）

⑤去照相馆拍艺术照（13：00—15：30）

⑥无聊地逛街（15：30—16：00）

⑦送大炮回车站（16：00—17：00）

⑧回家打刘子翰（17：00—19：00）

⑨和刘梦瑶去天桥数车子（19：00—21：00）

⑩楼下买小龙虾（21：00—21：30），回家

6月23日	杭州	待定
6月24日	杭州 桐庐	①早早地起来吃饭（9：00—9：30）

②去南站回桐庐（9：30—10：20）

③百般无聊的车途（10：20—11：40）

④到家吃妈妈烧的焦米饭（12：00—12：30）

⑤在家闲一下午（12：30—15：30）

⑥去游乐园玩（15：30—16：30）

⑦（省略晚饭）去江北给刘梦瑶买吃的（18：30—20：00）

⑧回家（20：00—20：30）

小梦，中考已进入最紧张的倒计时阶段了，你竟然在家做如此详细的系列活动方案，还列出每天开销的明细预算，这一定消耗了你不少时间和脑细胞吧？

看完你的毕业计划，容妈妈做个点评。你的计划非常精细，具体到每个时间点，说明你是位做事有条理，且有很强组织力和执行力的女孩，这是让妈妈感到欣慰的地方。你上小学时，就表现出这方面的能力和才智。每次学校开展社会调查活动，通常是

男孩们帮你背包，跟在你后面听你指挥。最典型的是发生在五年级的"手机事件"，你凭自己的智慧和胆魄，将被同学"拿"去的手机，通过法律途径，理直气壮地要回来，这件事让大人们对你刮目相看。

不过从内容看，你的计划概括起来无非两个字：吃和玩。寿司、冰激凌、哈根达斯、小龙虾等，是你选择的美食，但这些东西我不赞成你多吃，尤其是小龙虾，你肠胃不好，建议你不吃。难道妈妈烧的都是焦米饭？不至于吧！玩方面嘛，你选择了摩天轮、看电影、"嚎歌"、逛街、拍照片等，申明一下妈妈的立场，利时百货26楼"嚎歌"不允许去，原因在于那是成年人唱歌的地方，这种场合鱼龙混杂，未成年人尤其是像你这样的青春美少女可不能去受"污染"。

经历了紧张的中考复习后，你和同学去逛街，去吃和玩，做适度的调节，释放高强度学习带来的压力，无可厚非，妈妈也不反对，只是有一个原则必须把握，那就是人身安全。你必须确保人身安全百分百的前提下，妈妈才会同意你出去。你计划中写到的"逛街买情侣装"，你跟谁穿情侣装啊？"送大炮回车站"，这个大炮是谁呢？该不会是跟你穿情侣装的男同学吧？妈妈这么刨根问底地问你，千万别说妈妈是老古董这样的话，越是古董越值钱，是吧？刘子翰是你弟弟，他是我见过的最博学的小学生，你怎可回去打他？

小梦，妈妈看你的这个毕业计划，内容是不是单一了点，难道你除了吃和玩就没别的事可以放松和调节了？家里的钢琴都蒙灰三年了,你是不是该和它再次亲密接触了?还有那把吉他,天天无语地站在那里,你也不闻不问。书房里那么多书,你为什么没想到去书海文林里闻闻书香,玩个时间的穿越呢?还有,三年来,你欠下我那么多书信,是不是该利用这个时间回复几封了?你看,假期里要做的事太多了,你应该不会空虚和无聊的。

你的这份毕业计划目前只能定为初稿,等中考结束后,我们再一起绸缪一份升级版的短期周计划和相对长期的假期计划,好吗?

妈妈
2016年5月29日

毕业冲刺

亲爱的小梦：

这几天端午放假，从昨天到今天，老师的学习提示短信频频发来，让我们日益感受到你的中考迫近，学习的最后冲刺阶段已经到来。你看，刚刚还感受春天的风信子，夏天的凌霄花又华丽地登场了。时间就是这么快，刚刚还抱着你、亲着你粉嫩嫩的小脸去上幼儿园，也刚刚牵着你肥嘟嘟的小手去小学报到，你即将初中毕业了。

进入初中，学习氛围和压力跟小学相比完全不同了。小学时，你是老师身边的红人、同学眼里的明星，可到了初中，"明星"汇聚，你未必是老师眼里的"红人"了。面临身边的一群"真老虎"，你曾退缩和不自信。

还记得刚上初中时，妈妈常给你打的比方吗？妈妈曾告诉你，学习就像马拉松长跑，你只要一步一个脚印跟上大家的节奏，不做钓鱼的小猫，蜻蜓来了去捉蜻蜓，蝴蝶来了去抓蝴蝶，而是慢慢地积蓄能量，等到最后阶段，来个勇猛的冲刺，你就会成为那个被人鼓掌的人，而不是站在一旁的看客和鼓掌者。当然，我们的生活需要看客和鼓掌者，但大家心里肯定更愿意接受鲜花和掌声，包括你。

小梦，初中三年来，你经历了一场又一场考试，月考、期中考、期末考、模拟考、仿真考，每一次考试对你都是考验和锻炼。面对每一次的考试结果，你时而沮丧，时而狂欢，时而无喜无悲。而妈妈的情绪也常常会跟着你一起跌宕沉浮。为此，你曾一次次地质疑这种以考试成绩论英雄的意义和价值。而妈妈总是答复你一个观点：考试不是人生的终极目的，但考试是手段，是台阶。既然我们无力无能去改变这种教育现状，我们唯有尽量去适应。学会适应，学会在适应中胜出，何尝不是一种能力？

说心里话，天底下没有一对父母不希望自己的孩子成绩好，因为目前相对公平的选拔标准就是看考试成绩。妈妈虽为老师，却也不能逃脱以这个世俗的标准来要求你。这不是妈妈的虚荣心在作怪，也不是要将你的学习成绩作为家长们聚会时的谈资，而是妈妈发自内心地为你将来的人生绸缪和负责，妈妈不希望你在该努力的时候因没努力而留下太多的遗憾。你应该清楚，妈妈是位通情达理的妈妈，只要你努力了，觉得自己已问心无愧了，即使我们的目标没有达成，妈妈也绝不会责怪你，只会为你加油呐喊！在最后的冲刺阶段，妈妈只是希望你轻装上阵，放下心理包袱，不紧张，不焦虑，为心中的太阳奔跑！

今天看到你从学校带回来的"馨家园"班刊。每次你带回班刊，妈妈都会认真阅读。你们的班刊反映了同学们在校的学习动态，还有学校领导和同学的励志性讲话及学习方法的指导、成绩分析等，内容既丰富又实用。你们本期班刊的主题是 6 月 9—12 号学习计划的具体执行情况。妈妈发现各科老师对你们每天学习内容的安排和建议相当精细。这些精细的建议，体现了老师们在备课和复习教学方面认真负责的态度和责任心，妈妈觉得你只要按老师的这些建议科学有序地复习，应该能信心百倍地达到理想的彼岸。

这几天同学们都在家里复习，家里的学习环境和氛围相比学校，肯定不如在学校紧张有序。那怎样才能保证你的复习计划有效达成呢？妈妈认为信念和态度是最重要的。想想自己三年来的辛勤付出，想想心中那朵盛开的玫瑰，此行的终点站即将到达。你们班主任说得好，这几天在家，我们必须彻底告别电视、网络、零食、会友、发呆和休闲，全力以赴跑向终点。

小梦，初中三年，你有太多的苦和累，还有泪，你都坚强地走过来了，最后这一周更没有理由去享受和玩乐。你这时候的任务就是更坚定地坚持，在坚持中将各个疑惑点破解，在坚持中畅想鲜花盛开。6月，收获的季节，我们不要弱柳扶风，我们渴望金戈铁马，纵横驰骋。

亲爱的小梦，6月的鲜花已然盛开，你能体会这句话的内涵吗？你辛苦三年的学习即将开花结果，妈妈酝酿已久的第三部散文集《盛开》也将出版发行。就像三年前，你轻松地考取了心仪的学校，妈妈出版了人生中的第二部散文集《追梦》，这是多么巧的事哦！

愿我们母女并肩在6月的阳光下灿烂地"盛开"！

妈妈
2016年6月10日

告　别

亲爱的小梦：

　　紧张、煎熬、焦虑、纠结、兴奋、激动……诸如此类的种种心情，最近纠缠着妈妈。

　　可以说，妈妈从学生年代到走向工作，经历了大大小小各种考试，小升初考、初中中专考、初中升高中、高考、大学毕业考、工作岗位考等等，一路行来，一路风雨，一路考试，仿佛人生就是一场场永无止境的考试。然而经历了这么多场考试，感觉都不曾有面对你的中考这般令人紧张和焦虑。

　　2016年6月18日，中考第一天，令人难忘而煎熬的一天。面对你的中考，妈妈原以为自己会很淡定，可看到家长QQ群里传来你们进考场的照片时，妈妈的心顿时揪紧了，眼泪突然没理由地夺眶而出。上传照片的场景是这样的：天高且蓝，偌大的教学楼前空旷寂寥，连一只飞鸟都没有，静得让人大气也不敢喘。照片上的你们穿着统一的校服，排着长队有序地进考场。这种场面，有如母亲送孩子上战场一样壮观肃整。

　　面对此景，妈妈的鼻子酸了，很多家长也是如此。妈妈们不停地在QQ群里发布心情紧张的表情和信息，不少妈妈还哭了。

三年寒窗，含辛茹苦，栽培养育，眼见种子到了结果收获的季节，心里能不激动吗？爸爸妈妈们在心里默默地祈祷，希望你们有出色的表现和发挥。你的妈妈我，一整天心神不宁，什么事也做不了，唯在心里默默地为你加油。

而事实上，也许你和同学们排队时，心里正唱着歌，或正想着考完试怎样去疯玩，怎样告别你的初中时代呢。可中国的妈妈们却经受着各种期待的煎熬。中考那两天，妈妈的微信圈被各地的中考场景图刷屏了！飞扬的彩旗、煽动性的考试标语，翘首巴望的家长，真是一幅中国特色的考场现形记！

考试第二天下午，天下起了中雨，妈妈去学校接你。到学校时，你们还在教室里奋笔疾书。妈妈先到寝室整理你要带回的铺盖和所有生活用品。整幢宿舍楼安静得出奇，走廊上的洗漱台一字排开，妈妈不由地想象你站在洗衣台前洗衣的情景：低着头，快速地搓着衣服，洗完晾好后急速地往教室跑，为的是多争取点时间学习。这样的镜头你也曾在信里给妈妈描述过。在学校，做什么事都得快，不然你就会落后。可以说，紧张而快节奏的校园生活锤炼了你。有了这样的锻炼，即便你以后独闯天涯，起码在生活上妈妈不用担心了。宿舍楼的每间房门都开着，偶有家长拿着装铺盖的袋子在寝室里出入。

小梦，还记得三年前吗，也是这样的酷暑天，妈妈陪你到学校报到。你第一次住校，没睡过单人床，不敢爬上铺，还是妈妈摇摇晃晃地爬上去帮你挂蚊帐，理床铺。从那以后，你告别了家的温馨，开始了自立的住校生活。显然，你因初次离家，还不适应新的生活和学习环境。语文课上，老师让你们谈中学生活，你因为想家和妈妈，竟然当着同学的面哭了，据你自己说还常常偷偷地躲在被窝里哭。

正是在这幢楼里，你和你的同学因种种原因和误会，发生了一桩桩愉快和不愉快的事。这幢楼，该承载了你三年的青春和青春期的喜怒哀乐吧。在宿舍楼外墙的布告栏上，张贴着初中毕业升学文化考试规则和具体的考试时间及考场安排，而现在，你要与它们告别了。也许你现在巴不得快点离开它，但妈妈相信几年后，你会想念它们的，因为它们伴随着你的成长，见证了你走过的足迹。

考试结束铃声响了，十几分钟后，车子、家长、学生，开始穿梭来往，校园里顿时热闹起来。妈妈看你穿着校服在雨中冲来。在见到你的刹那，妈妈见你脸色憔悴，原本尖尖的瓜子脸更小了，头发被雨淋得有点凌乱，妈妈的心忍不住又疼起来。

紧张的中考结束了，接下来便是更令人煎熬的等待。等待三年学习的考试结果，等待分数线的公布，从某种意义上说，其实就是在等待你的未来。

自 19 日考试结束，到 24 日晚上 7：00 公布成绩，这段时间，我们的心就像十五只吊桶挂在井里，因为你历来的考试成绩都处于可上可下的临界状态。对你的中考结果，我们的预测是乐观的，因为初三这一年的学习，你一直保持在静心投入的状态。但预测归预测，最终还得看结果。

24 日晚上 7：30，妈妈接到你哭着从阿姨家打来的电话，电脑查分出来了。你的中考总分是 608.5 分，这是我们期待的成绩。亲爱的小梦，种瓜得瓜，种豆得豆，你三年的付出没有白费，你成功了！妈妈为你骄傲！那一刻妈妈多想拥抱你啊，可惜你不在妈妈身边。

显然，在电话的另一端，你的情绪比妈妈更激动，你百感交集，喜极而泣。这种喜悦之情，只有自己付出过，经历过才能深深体会。有什么办法呢？在如今这个以分数论英雄的年代，你必须为成绩和分数而战，不然，你很可能会像那个"画长颈鹿的提摩"，因为没有扎实的学习基础找不到理想的工作而待业在家。

小梦，在等待你的成绩出来之前，舅舅家的大宝小宝一直催着妈妈去超市买东西。而妈妈一直拖延时间，执意要等你的成绩公布才去。这下可好，喜讯传来，妈妈随即带上二宝去超市，随他们挑什么。那天，我们大包小包买了一大堆吃的，以庆贺你的成功。

哎，人的担忧就这么无止境。成绩虽出来了，但分数线没公布，我们的心依旧忐忑。报考 F 中学的学霸这么多，录取分数线一定很高。我们估计 F 中学的录取线在 600 分上下，你的成绩可能也是在临界上下。直到 7 月 1 日，市教育局公布各档上线分数，我们才算吃了定心丸。小梦，你凭自己的实力跨进了大家梦寐以求的 F 中学门槛。妈妈再次为你喝彩！

就在你的成绩公布后几天，妈妈酝酿已久的梦想之花——散文集《盛开》也伴随着 6 月的阳光开放了。在这个莲香四溢的夏天，妈妈的预言成为现实，我们跟三年前一样"双喜临门"，但愿三年后的今天，我们再次实现一个"双喜临门"，好吗？

初中毕业了，意味着你的中学生活暂告一个段落，也意味着你将开启新的征程。告别,是对昨天的终结和挥手,同时也是明天的起点和展望。其实,我们每个人的一生,就是在一个又一个的告别中,不断地走向一个又一个新起点。

亲爱的小梦,挥挥手再前行,不怕苦不怕累,总有一天,你的梦想之花会在一次又一次的告别中,跟妈妈的文学之花一样静静地"盛开"。

妈妈
2016 年 7 月 11 日

芒种

高中寄语

亲爱的小梦：

　　人的一生从年龄上说大致可分为七个阶段：婴儿期（0—3岁）、幼儿期（3—6岁）、儿童期（6—11、12岁）、少年期（11、12—14、15岁）、青年期（16—35岁）、成年期（35—60岁）和老年期（60岁以后）。过完今年的生日，你满16周岁，进入人生的青年期了。

　　可以说，青年期是人一生中精力旺盛、朝气蓬勃、思维活跃、激情飞扬和梦想起飞的阶段。在这个阶段，你的人生观和世界观会渐渐地由感性偏激走向理性成熟。这个阶段，既是你梦想发芽，也是你梦想实现的过程。很多有志之士，都是在他们的青少年时期，确立人生的航向和目标后，孜孜以求，最后梦想成真的。可见，青年期的努力对一个人的成长和发展有多么重要。

　　7月3日那天，你到高中学校报到，这意味着你告别了青涩的少儿阶段，由懵懂的初中生成为一名高中生了。此后三年的高中学习生涯，若你目标定位明确，过程扎实稳健，那你今后的人生之路就会相对顺利而少走弯路。

　　小梦，怎样才能脚踏实地地走好这关键的三年时光呢？

妈妈认为报到那天的新生集会上，校长的一席讲话值得我们用心领会和细细品味。

校长的开场白将话题切入到点子上，他建议你们先问自己两个问题：一、你来这里是干什么的？二、将来你想做一个什么样的人？

校长侃侃而谈，他从让你们自我反思的两个问题出发，介绍了学校悠久的校史和"勤奋、求实、乐群、创新"的校训以及你们应该如何走好高中三年"转型、坚持、冲刺"等不同的学习阶段。这番话鼓舞人心，妈妈听了颇受启发。同时想借此机会，结合校长的讲话跟你一起探讨三年的高中之旅，也算妈妈对你的高中寄语吧。

校长说得好，我们现在的社会正处于改革攻坚的转型时期，人心浮躁，在某些领域甚至还很混乱，但学校依然是一片相对纯洁的圣地。你们到学校来学习，不完全是追求高分的，你们到学校接受教育，首先是要敬德修业，做个有爱心、肯负责的人，然后当然是勤奋学习，通过多种方式和途径的学习，努力丰富自己的情感世界，陶冶自己的情操，提升自己的品格，从而做个基础扎实、具备现代人格和国际视野的人类优秀文明成果的传承者。

校长的话绝不是高大上的空洞之辞，而是学校的育人目标，体现了学校现代大气、具有国际眼光的办学思想和方向。妈妈希望你能牢记校长说的八字校训，做个勤奋求实、团结乐群、明辨是非、善恶分明的高中生。

高中三年，说长不长，说短也不短。这三年的学习较之于初中,无论是课程内容、教学容量还是教学节奏,都比初中多、大而快,故而你肯定会感到高中的生活和学习更紧张更充实,就像你刚进初中时,觉得初中比小学的节奏快一样。因此,这三年中的每一年、每一步都要踏踏实实地走好,而不能像初中那样,初一初二稀里糊涂地混混玩玩,等到初三时拼一拼就可以了。

小梦,高一是初中向高中转型的重要阶段,这个时期的你必须有意识地信心满怀地主宰自己,做好初高中衔接,而不能盲目地害怕、逃避和退缩。

那怎样才能顺利地度过这个"转型"期呢?妈妈觉得校长说的八个"要不得"非常贴近你们的实际。妈妈希望你能耐心地看完下面的八个"要不得"。

一是万事大吉、缓口气的心理要不得。为了中考目标,你经历了初三紧张、刻苦、狠拼的一年。现在目标达成了,心里难免会产生要喘口气、歇一歇的念头。若你停下来歇气,别的同学就会赶超上去。而且高中阶段,有三分之二的课程是在高一完成,若高一的基础不打牢,那么高二高三就会地动山摇。所以,从高一开学起,你绝不能满足于中考的成绩,而要调整好学习状态,不能有丝毫放松自己的心理。

二是"等、要、靠"的思想和被动学习要不得。校长的比方打得很好,幼儿、小学阶段是老师抱着你走,初中阶段是老师扶着你走,到了高中阶段,老师放手了,你们是摇摇晃晃地走。小学和初中的学习,都是老师布置你多少作业,你完成多少,基本上是等和靠老师,很少需要自主。高中不一样了,你除了完成老师布置的作业外，还得学会寻找差距，弥补短板，学会自主主动地安排时间，进行高效的学习。

三是目光短浅，一切围绕应试的思想要不得。人生是一个持续不断往前走的过程。在这个过程中，难免会出现失误或后退的情况，但你千万不能因为一时的失误或暂时的落后而一蹶不振。妈妈发现你今年暑假已经流露出这方面的不自信。你觉得这里的同学是经过层层筛选考上来的，强手如林，担心自己跟不上同学的节奏而萌生逃避的念头。

小梦，你当初进初中也是这种情况，认为来 Y 中学学习的同学都是小学里的佼佼者，害怕自己落后跟不上，想转学，结果呢？你甩掉了大部分同学，考取了 F 中学。你现在的情况跟刚进初中时一样，虽然强手很多，但你也不弱呀，你凭什么认为自己不如他人呢？你有什么理由选择逃避呢？其实，无论你逃到哪里，都会有来自那里的压力。小梦，你已经站在了一定的高度。

四是自由散漫、沉迷网络、得过且过、热衷男女生交往要不得。这是妈妈尤其要提醒你的一点。每次周末回家，妈妈看你除了作业时间外，其余时间全部消耗在了手机上。你一方面担心自己跟不上，另一方面又不肯放下手机。天底下哪有这等好事，不付出就有收获的？农民伯伯种田，不日晒雨淋地到田里干活，会有收成吗？妈妈真的希望你能主动放下手机，不要将宝贵的时间消耗在虚拟的时空里。同时，妈妈提醒你要理智地处理好男女生间的交往距离，不要陷于男女同学间情感的漩涡里。

五是偏文偏理、顾此失彼要不得。近年来，我们浙江省的高考改革正在探求一种新的考试模式，那就是取消文综和理综学科，换句话说，就是不再有文科和理科之别了。你面临的高考学科是语文、数学、英语和其他的"7选3"的科目，这3门功课由你在物理、化学、生物、政治、地理、历史和信息技术中进行选择。这样的改革利于发挥你的优势学科，但也面临着强强竞争的现实。

六是盲目攀比、虚荣心要不得。记住校长让你们自我反问的两个问题。来这儿学习的每个同学，家庭的实际情况都不同，有的家庭富裕，有的可能相对贫困。无论哪种情况，妈妈都希望你不对富者羡慕，不对贫者歧视。你去学校是敬德修业的，不是跟周围的同学比谁穿得好，用什么名牌的。不过，初中几年下来，你在这方面一直做得不错，总能为家里着想，这是妈妈要感谢你的地方。

七是自我定位不准、伤自尊的思想要不得。这方面的道理跟第三点相似，你要学会准确地自我定位。学习好比一场马拉松长跑，妈妈不求你做那个遥遥领先的领跑者，但求你能跟上长跑队伍的节奏，不气馁，不自弃，最后，你就是赢家。

八是因地区差异、互相瞧不起，拉帮结派的行为要不得。你们现在的这所学校，同学来自浙江省的"五湖四海"，不同地区的同学会带来当地的风俗人情。海纳百川，有容乃大。妈妈希望你能尊重他们，不因自己是Y中学上来的而觉得高人一等或沾沾自喜。

小梦，回首妈妈走过的路，妈妈也经历过高中的学习生涯。

那三年的学习，妈妈可谓披星戴月，全力以赴，妈妈当初的勤奋与刻苦在学校是出名的，正是那时养成的学习品德，至今仍影响着我的工作和写作。

很喜欢微信里看到的一段话：

鹰，不需要鼓掌，也在飞翔。

小草，没人心疼，也在成长。

深山的野花，没人欣赏，也在芬芳。

做事不需要人人都理解，只需尽心尽力，

做人不需要人人都喜欢，只需要坦坦荡荡。

坚持，注定有孤独彷徨，质疑嘲笑，也都无妨。

"少说多学，不做令自己后悔的事"，是妈妈学生年代的座右铭，今天妈妈将这句座右铭送给你，希望它能成为你人生中的信念和拐杖。

小梦，就算遍体鳞伤，也要撑起坚强，其实人的一生并不长，既然来了，就要努力活得漂亮。送给奋斗中的你！

妈妈

2016 年 7 月 15 日

夏至

你是你，我是我

小梦：

　　妈妈很犹豫，要不要给你写这封信。当然经过几天的思想斗争，最终还是写了。

　　此时，是北京时间上午 9：00 整。目前我们南方正进入一年中最热的大暑时节，连续 39 摄氏度的高温，热得不敢出门，对面邻居家露台上的绿色藤蔓瘪蔫蔫地垂着。这会儿，窗外的知了正拼出一生的力气在树上鼓噪；楼下一对老夫妻早早打理完他们的庭院，坐在阳台看书报了；在我窗口正对面的二楼，一位初中生模样的女孩在窗前安静地做作业。这个时间点，上班族们也都各就各位进入了工作模式。妈妈也早就洗完了衣服，给露台上的花树浇完了水，拖好了楼上楼下的地板。

　　做完上午的家务，妈妈去你房间看你，见你还处于酣睡状态。妈妈轻轻地摇了摇你，希望你能慢慢醒来，却被你一声大叫吼了出来。

　　小梦，你这个态度让妈妈想起几天前你说的话，正是那几句话使妈妈一直纠结着要不要继续给你写信，妈妈给你的信到底有没有意义和价值。

从 7 月 18 日到现在，除了睡觉，你整天在客厅或卧室，不是看手机就是玩 ipad。唯有一天，你 8：00 起床，与同学相约上午去奶茶店帮忙，下午在图书馆阅读、做作业。那一天，是妈妈认为你过得最充实和有意义的一天。那时，妈妈天真地以为你今年的假期生活都会这么有计划地延续，白天半工半读，晚上休闲或在家阅读，做些有意义的人文积累。哪知，这样的作息安排仅仅一天！

　　见你如此不分昼夜地沉迷于手机，妈妈忍不住生气地走近窝在沙发上的你。

　　"小梦，放下手机，安排点时间看看书或做作业，不行吗?"妈妈的语气有点硬。

　　"以后别来管我!"

　　你不耐烦地回到自己的房间，将门"砰"的一声关上，并在 QQ 上写下这样的话。

　　"那你要谁管?"

　　"跟你没关系就对了。"

　　"你是你，我是我! 别用你那破思想加到我头上!"

　　天哪，竟跟妈妈说出这样的话。你的每句话，都像一把尖刀戳在妈妈心里。这是即将上高中的学生跟妈妈说的话吗? 眼泪，委屈的眼泪，顿时从妈妈眼里无声地流了出来。

　　从小到大，妈妈不是爱哭的人，除非遇见特别伤心的事。你从小到大，妈妈一直理智地爱着你。每当你在学习或同学关系上遇到不顺心、不开心的事时，妈妈总是不厌其烦地给你写信或谈心，帮你排解烦恼，给你引路。每当你学习进步、遇到开心的事时，妈妈总是比你自己还开心，有时还会孩子似的跟你抱在一起跳。那天，却因为妈妈提醒你不要再玩手机了，你竟然说出了"你是你，我是我"这种无情的话，妈妈的心真的被你刺伤了。写到这里，伤心的眼泪又不由自主地流了出来。

就在妈妈默默无语流着眼泪写这封信的时候，你给妈妈端来了一碗你煮的甜酒酿，虽然这碗甜酒酿的味道远远不如外婆做的香甜好吃，但瞬间，妈妈的眼泪又变成了另样的味道。今天的眼泪真是百感交集。

因为这碗意义不同的甜酒酿，妈妈的思路暂时出现了短路。

起伏跌宕的情绪平定后，妈妈开始冷静地咂摸你说的"你是你，我是我！别用你那破思想加到我头上"这句话。

是的，小梦，"你是你，我是我"，我们是两个不同时代的人，我们之间隔了整整30年。我经历的，你没经历过；你正经历的，我未必经历。像你这个年龄的时候，这样的大暑天，我和我的妹妹、弟弟已一大早被你外公喊到田里去拔秧了。我们的腿跟你一样白、嫩，但我们必须咬一咬牙关，狠狠地下个决心，将雪白的双腿伸进淤泥里，我们必须早起抢时间干活！等你在空调房里睡了足够的觉，我们早已弯腰拔了很多稻秧。回到家，得赶紧拎起一大篮全家人前一天换下的沾满了烂泥的衣服去小溪里洗。洗完衣服，又得抓紧时间去地里摘菜，准备一家人的中餐。下午三四点钟，我们又强忍着疲惫，被你外公催到依旧发烫的水田去拔秧。那时候，妈妈流了很多很多的汗，但没流过泪，因为这是我们那时代人的生活，我们的同龄人也被他们的父母这样喊着去田里劳动。我们那时的暑假很纯粹，除了咬牙干活就是干活，我们没有网络，没有手机电脑，没有ipad，当然也没有暑期培训班和补课。

而你不一样。你不在农村长大，你从小就养尊处优，你不知道双腿伸在发烫的泥水里的滋味，你不知道什么是耘田，你不知道每天吃的米饭是怎么来的，你不用洗全家人的衣服，你也不用做饭和搞卫生。陪伴你长大的是《天线宝宝》《喜羊羊和灰太狼》等动画片以及各种电子产品。你从小在开着空调的房间里学钢琴，练形体。诚然，你的学习竞争很激烈，你的很多同龄人假期是在培训班度过的，但你去得不多，这你应该感谢明智的妈妈，没有强制你去上各类培训班。你在夏令营期间还可以接触很多外教。你们同学间谈论更多的或者你更关心的不是学习，而是同学间的友谊或恋情。

确实，就以上所列，我们太不一样了。但我们真的完全是"你是你，我是我"吗？

我想既然我们是母女，我们之间就不可能完全无关吧。我第一次做母亲，没有做母亲的经验，我对你说的做的未必都是正确的，我身上肯定有许多不足的地方，因为我只是一位普普通通的母亲，但我希望你的成长，能让妈妈遇见更好的自己，使自己有一个丰满的、有血有肉的人生。很多时候，妈妈总是希望通过自己的成长经历，影响你也养成勤奋、刻苦和耐劳的品质；希望你能像妈妈一样有计划地安排业余时间，学会做自己和时间的主人；希望你能把握好自己的青春年华，使你的将来有更多的选择空间和机会。妈妈的这些希望估计也是天下所有妈妈的希望。有了这些希望，你想我们之间可能没有关系吗？

  3 年前，妈妈与你相约，在你成长的青春期阶段，我们之间也进行一场母女间的书信沟通。3 年过去了，妈妈给你写了 35 封书信，你给妈妈写了 14 封信。妈妈不要求你在量上跟我一样多，毕竟你的时间节奏跟妈妈不一样，不可能每封都回，但起码我们的约定要坚持到你高中毕业吧。

  小梦，请你好好回顾妈妈写的 35 封信，里面讲的都是没用的"破道理"吗？3 年来它们对你真的没有起到一点帮助吗？如果真是这样，我们的书信还有必要坚持下去吗？如果我们的书信就此半途中断了，那我们的约定算什么呢？我们除了书信交流外，你认为还有什么更好的沟通形式呢？

  妈妈也迷茫了，希望小梦给妈妈一个回复，谈谈自己的真实想法，谈谈你与妈妈的不同，好吗？

  无论小梦对妈妈的态度怎样，妈妈始终坚持理性地爱你。

妈妈
2016 年 7 月 26 日

小暑

回首初中

亲爱的妈妈：

今天，女儿为了你开出的高价稿费而决定给你写信了。承接你抛给我的话题，我们之间到底该如何交流呢？我想我们两个人偶尔和以前一样睡在一起聊天倒是个不错的方式，只不过我似乎不大愿意和你一起睡了哎。不过写信是无法避免了。一个小时前，我想问你要点儿零花钱，可你非要我给你写信才肯给我，写信的报酬是在我们争论许久后才定的价。好吧好吧，勉为其难地接受！我的懒你是知道的，这封信是你几天前就在催的，像我这样的懒女孩儿，你可别指望会经常回信给你呐。

首先我想给你道个歉。几天前，我的说话语气并不是很好，我只想着在高中开学前能将接下来不能玩的时间"提前补掉"，所以没日没夜地沉迷于手机电脑。我没能控制住脾气，对你说了让你伤心难过的话，当我事后冷静下来回想时也是懊悔不已。

接下来要写的内容我想把它定为回忆。

回首初中三年的时光，这一千多天的日子似乎一眨眼便从指缝里溜走了。初一的懵懂无知给我带来了一个又一个挫折；初二的贪玩使我不知不觉卷进同学口中的八卦；到了初三，我总算抛开一切杂念，努力地奋笔疾书，全身心地投入学习。可是，刚立志没多久我便偷懒了，双手不听使唤地伸向了万恶而又可爱的物件儿——手机。周末的我，上完补习班做完家庭作业就开始埋头苦玩手机了，一玩就是深更半夜，周日的早晨时光像晨曦一样逃出了我的手掌。于是起床没多久，我就得拎着果绿色行李箱，背着我的蓝色书包，顶着还是混混沌沌的脑袋，踏上求学之路了。嗨！那个时候最讨厌的就是周日了，一想到别人家的小孩可以周日傍晚去学校，而我却要在大中午赶校车，心里就不服气。

这是我对初中生活初步潦草的印象。若要深刻点，那记忆的镜头就会转向中考前几周的画面。永远忘不了黑板右上角写着的倒计时数字，也忘不了教室里每个过道上堆满的学习资料，若有人睡着了也不会被发现，因为桌上厚厚的一摞书早已遮住了外面的世界。我们，就像蜂巢里的幼蜂一样，在一个封闭的小世界里努力地进化，只待钻出之日。58张熟悉的面孔经时间的冲洗在慢慢地变淡，闭上眼便再也跳不出周围的模样。我曾经多次经过学校的荷花池，经过那棵香樟树，可现在就是想不起它们的具体模样。

初三的春游在宋城，虽然好玩的不多，但我还是和同伴绕着小河两畔跑了几圈，并在桥上，那留着万千姓名承载着万千祝福的桥上，送上了我们友谊的小木牌。下次若有空再去一次，我想要找到那块小木牌。

填志愿的那天，我和同学一同前往教室途中遇到了许多其他同学，可彼此对视许久后，我们竟默契地擦肩而过，连一声问候都省略了。是知晓彼此以后不会再见了吧，现在打招呼又有什么用呢，以后不是照样形同陌路。我到教室很早，也没什么人。环顾四四方方的墙，我开始仔细观察起来。不知什么时候，教室后面的墙上贴满了我们的小组照，我调皮地用黑笔盖住了自己那张不正经的脸。也不知什么时候起，黑板旁的奖状四角已微微发黄，没有人想起用透明胶再粘一下。这个曾经承载过我们的教室，将再也不会是我们的了。以后墙饰会更换，奖状也会撕下，不知道这些纪念品终将会落到哪个垃圾桶里去……

初中时光仔细想来还是有美好的过往的。当初我无比嫌弃那泥泞的草地和黯淡的荷花池，可在我们毕业之际，我竟然发现草地不再泥泞，荷花池也不再黯淡了。我开始留恋，留恋鞋底新鲜的泥，留恋荷花池春日的寂。我不愿在这个假期想象和期待我的新学校，我只想用我最深刻的回忆写下初中的点点滴滴。该庆幸毕业，还是不愿毕业呢。也许中考前高度紧张的日子里我会毫不犹豫地选择前者，可当毕业证书干脆明了地送到我面前时，我却不愿接住这一纸赦令：当我被初中释放时，伴随而来的却是失去了这个班级。

没错，尽管以前在心里把班主任"骂"得狗血喷头，可现在，我不正在回忆她站在讲台上"骂"我们的情景吗？从当初的满腔不服到如今都浓缩为满眶的热泪。想起她在我们体育中考时整天的奋力呐喊，也想起她在我们中考时用心书写的一句句鼓励语，更想念的，也是她曾鼓着腮帮子对着我们大吼大叫。

现已临近深夜，我却一点睡意也没有。我盘腿坐在床上细数这些点滴，很美好，也有遗憾。那时我沉浸在被女生说坏话的情境中，自卑而胆小，没能直起身来好好看一看这美丽的校园和善良的同学，不过这些已经随风飘逝，不会再有第二次机会体验，我也该庆幸，我终于考上了理想的高中，远离了那些女生。

参加高中新生夏令营的那两个星期，第一天的晚上尤为漫长。灯熄后，我的思绪从尘埃般蔓延扩大到陨石般沉重：今天晚上怎么那么安静呀，没有人偷偷吃零食吗，怎么没人爬到我床上来吓我了，没人抢厕所了……思念至极，我一头栽到被子里无声地流起了眼泪。

我不知道接下来的几天能否适应新学校，但那天晚上，我确确实实失眠了。我的床位靠近窗户，透过窗帘下的缝隙，我看到了远处稀稀拉拉的灯。学校坐落在农村旁，晚上若是拉上窗帘，寝室里就黑得什么都看不见了。唯独那几盏灯，偷偷把亮光射到我床上，给了我点点欣慰。迷迷糊糊间，我似乎又回到了原来的寝室，我的邻床还是那个和我聊天的她，我的对面还是那个和我一起吃零食的她，我的旁边还是喜欢吓人的她，还有喜欢抢厕所的她们。再次睁眼，尽是不熟悉的人和物了。

妈妈，当枫叶红了的时候，便是我再一次投身新环境的时候。我多么希望那枫叶可以倒退，倒退到它仍然绿意盎然，倒退到它三年前红的时候。那就让这枫叶记住三年来的风风雨雨吧，让它永远埋在初中学校的土壤里。

胡梦漪
2016 年 7 月 30 日

化妆师　设计师

亲爱的小梦：

还记得你上幼儿园时的"迎新年"晚会吗？你扮演京剧《唱脸谱》中拉二胡的小姑娘。上台前，老师给你化了彩妆，眼影、睫毛膏、粉底、腮红、口红，诸多化妆品通过老师的巧手，将你扮成一个舞台上的小明星。演出中，你穿着一身大红衣裳，蹬着金色的足靴，甩着两根乌黑的长辫子，模仿拉二胡的动作，眼神顾盼生辉。你用惟妙惟肖的表演获得了观众们热烈的掌声。演出结束后，小小的你久久地站在镜子前看着，照着，你被镜子里的自己深深地吸引了，愣是不肯将脸上的彩妆卸下来。

一次，幼儿园老师让你回家跟爸爸妈妈说说自己的理想，长大后想当什么。你稚声嫩气地跟妈妈说："妈妈，我长大了要当一名化妆师。"

"为什么要当一名化妆师而不是钢琴家呢？"妈妈弯下身子问你。事实上那时你的钢琴已经练习两年多，妈妈以为你会说长大了要当钢琴家。

"因为化妆师可以把人打扮得漂漂亮亮的呀。"你仰着花儿般的小脸，双手做了一朵花的造型说。原来如此！

长大后要当化妆师的愿望，一直持续到你小学四年级。那时你跟书籍交上了好朋友。每天晚上练完钢琴，你会自觉地捧起书，坐在妈妈身边的沙发上安静地看杨红樱的书。很多次，午睡时间，你不在学校休息，而是顶着大太阳回家，走得满头大汗，然后趴在自己房间的桌子上不停地写着什么。

起初妈妈以为你溜回家是做作业，但看你遮遮掩掩的神态，便断定你肯定不是做作业，仔细一问，才发现你在写故事。你把自己练钢琴的经历写进童话故事《杨梅树下的聚会》里，故事里的主人公丽安一口认定是妈妈逼她学钢琴。为了逃避练钢琴，她到处乱跑，甚至连做梦都见妈妈拿着棍子在追赶她。看得妈妈既心疼又好笑，小小年纪的你，通过自编的童话发泄着对练钢琴的不满。

初二那年暑假，你突然对妈妈说，长大后要开一家你自己设计的咖啡店，想吃什么就让厨师做，也请妈妈到你的店里，坐在环境幽雅的包厢里，优雅地翘着兰花指，喝喝咖啡，看看书，或在你的店里写作，妈妈想吃什么也不用自己动手，厨师会做出各种美味请妈妈品尝。

妈妈知道你为什么会有想开咖啡店的愿望，因为妈妈是个不讲究吃的人。假期里，妈妈总是把更多的时间和精力放在阅读和写作上，没有给你做过任何美食，这是妈妈对你最抱歉的地方。

进入高中后，你面临着将来的生涯规划和职业意向。对选考科目的确定，直接关系着你未来的从业方向。

"妈妈，我虽然考进了重点中学，但我的文化课跟有些学霸比，没有绝对优势。我讨厌死记硬背和机械学习，我不喜欢过按部就班的生活。我希望我的将来能做有创意、跟设计有关的事。"临近高中开学时，你告诉妈妈想成为一个怎样的人。

小梦，过完今年生日，你就满 16 周岁了，对自己想成为一个怎样的人，不会像幼儿时那么天真，也不会像小学时那么稚气。你想成为一名优秀的设计师，要把自己对世界对自然的理解和感悟转化为现实的产品，而这，通过努力和相关的专业训练，是完全可以实现的。

"考中国美院，你的梦想之花一定会实现的！"

小梦，你已有了前行的方向和目标，妈妈支持你的选择。人活着，最怕就是没有方向，没有目标，不知道自己想做什么。有的人，活了一辈子也不知道自己想做什么，稀里糊涂过完一生，像天边的流星在空中一闪，什么也没留下。

目标既定，那就出发！小梦，以后的周末，也许别的同学完成了作业可以休息、娱乐，而你必须去老师那里学美术。今后的三年，也许别的同学可以过寒暑假去旅游，而你必须参加美术专业的强化集训。换言之，你除了学好文化课，还要学好专业课，你的付出必然是同班同学的一倍。这一切，你想好了吗？你不会打退堂鼓吧？

"妈妈，我准备好了，做自己想做和喜欢的事，我会努力，不会退缩的。"你态度坚定地跟妈妈说。这是你第一次如此坚决地在妈妈面前表态。妈妈相信你的决心，希望你说到做到。

小梦，梦想是美丽的，但实现梦想的过程也许是艰难和枯燥的，就像你当初学钢琴一样，单调的指法和音阶、高难度的复调与和弦等练习，是令人生厌的。可当流畅的旋律从你指尖流出时，又是令人兴奋和愉悦的，这种感觉你应该深有体会。这就是学习的辩证法，付出与得到，就像阴阳八卦的两面，彼此依存，互相转化。

妈妈认识一位号天目游客的桐庐画家。他从小在分水江畔长大，炽热地爱着这一方山水。他欲以天目山水为对象，画一组山水淡墨画。为此，他春夏秋冬，阴晴雨雾，走访于天目溪两岸。他痴迷于这份喜好以及对家乡山水的使命感，日夜构思作品，黑白颠倒，睡醒不分。他是妈妈见过的最痴狂的一位画家，对画画完全到了如痴如醉的境界。假如你对一件事的喜爱和投入也能到这种程度的话，灵感自然会主动找上你，正如大作家贾平凹说的，一件事做久了，神就上身了。

小梦，鉴于你正处于追梦的旅程中，妈妈希望你能正确处理好文化课与专业课的关系，合理安排二者的学习时间。在学校，你务必按照任课老师的教学进度，扎实学好各门文化课，充分利用校内时间，学会自主主动地学习，预习、听课、作业、复习、消化，每个环节都不能少，绝不能因为专业课而放松对文化课的学习，也不能降低对文化课的要求。周末时间，你要跟着美术老师的节奏，一步一个脚印地练好专业基本功。文化课与专业课，就像一只小鸟的两翅，谁也不能偏废，不然，你就不能在空中飞翔。

有一位叫周国平的作家说，一个人的灵魂是不是高贵，很容易通过日常生活中的习性反映出来。妈妈想说，一个人的学习态度是不是优良，很容易通过做事和学习的专注度体现出来。

　　亲爱的小梦，妈妈为你有前行的方向和努力的目标而高兴，同时为你的追梦之旅呐喊加油。

　　加油吧，小梦，美丽的梦想之花在向你招手。

妈妈
2016 年 10 月 2 日

大暑

小径和大道

亲爱的妈妈：

我如愿考上了心目中的高中，并在第一次月考中取得了满意的成绩排名，一切似乎都在朝着平稳的方向发展。高中的学习氛围不像初中那般刻板，我遇见了许多优秀的同学，他们来自五湖四海，班里除了浙江的同学，还有来自四川、贵州等省的，我内心暗喜，再也不用被当成"异乡人"了！

高中的学习节奏十分紧张，我每天除了上九节正课，还要坚持两个长晚自习。初中的晚自习是一小时一节，而到了高中则变成一个半小时一节。第一节晚自习足够我完成全部作业，第二节晚自习我通常用来巩固新知识。在晚自习的最后十分钟里，我总是会放空自己，时而看看窗外，时而盯着书本发呆。晚自习下课后，只有短短半小时的洗漱时间，时间算不上充裕，不过对于做事效率高的我来说已是绰绰有余了。

一个月的高中生活下来，我意识到我对学习的热情似乎维持不了太久。不知道你是否还记得我初中时，总是对你说一些怨声载道的话语？我极其厌恶应试教育，不愿做一个被课本知识束缚的人，这并不是空穴来风。上幼儿园时，我的梦想是做一个化妆师,那是我第一次有主观意识的梦想。小学时,班上的同学们都想做宇航员、科学家,我也加入了这虚假浮夸的队列,吹嘘我长大了要当一个作家,至于后来为什么就把这个梦想抛诸脑后了,原因你也是知道的。

现在回想起来,小时候的我已经表现出对美术的兴趣了。不过兴趣是一码事,我想要尝试做一个艺术生,还有一个更重要的原因。如果把学生按部就班的学习比作按照规则进行博弈的围棋盘,我注定不会成为那里面的一颗棋子。老师们浮夸地喊着那些我早已烂熟于心的大道理,我不仅不受鼓舞,甚至反感这一切正能量的大道理。我要跳出棋盘!这是我当下最想做也最适合我做的事。常听说艺术生里有很多"神经病",他们思维诡异,行为举止也不同常人,对这个世界的看法也超出常理,虽然我还没有到这个境界(因为我一直被学校压抑着捆绑着),但我想接触这个陌生的圈子,不知为何,我认定了我属于这里。

在向你表明我的意愿之前,我纠结了好几晚,许多次我想要放弃这个念头,做一个普通的文化生。这次的考试成绩似乎也在规劝我,不要放弃走文化课的道路,只要坚持下去,我一定可以考一个优秀的一本大学。然而初中时的学习画面历历在目,我确信我只是对高中充满好奇才接受了这里的教学模式,而不是真正摆脱了厌学情绪。

我对艺术生的故事知之甚少,只知道他们有的是逃避学习,有的是天赋异禀。我在学校里没有机会接触到艺术生,但是美术课本上的画作、艺术理论知识却深深吸引了我。我不想了解蒸汽机是如何运作的,我更想知道八大山人的画作价值、谢赫六法的应用。

  在人类文明的涓涓长流中，衍生出了无数分支。分支之下，我们选择性地学习那些更为重要的知识，也就是每个人必学的主课知识。这也使我们忽略了其他领域里熠熠生辉的知识。生来被限制在文化"大道"上的人，又怎么会有机会去探索小径的美好？只知苏轼《赤壁赋》里"浩浩乎如冯虚御风，而不知其所止；飘飘乎如遗世独立，羽化而登仙"，却不知王希孟《千里江山图》青绿山水之壮阔，更不知柴可夫斯基《胡桃夹子》旋律之欢悦动人。

  感谢妈妈，让我从小有机会接触音乐、美术、文学，为我的人生大道另辟了一条小径。我已领略过小径的魅力，因而对摩肩接踵的文化之路再也提不起一丝兴趣。我知道大多数同学没有我这样的机会，他们的认知依然停留在"唯有读书高"的困顿中，而当下的境况真是如此吗？我不敢苟同。

  我想试试另一条路，那条路更吸引我，再不济我还年轻，还有机会再战一年。你对我的支持已经超过一切意义，你的理解和开明，就是我未来最好的指明灯。

  希望我的梦想能得到浇灌并开花结果！

小梦

2016年10月4日

学会飞翔

亲爱的小梦：

今天收到你高中入学来的第一份成绩单，成绩是你们班主任通过手机短信发来的，成绩单上记录了你语文、数学、英语、物理、化学、政治、历史、地理共8门课的具体分数和总分成绩及年级排名，还有你们班级各单科的平均分和总分平均分。这次考试，你的总分超过班级平均分20分，英语夺得全班第一的好成绩，排名次序居于年级中上水平。

这次考试是你进入F中学后的首次大型正规考试，班主任要求家长按"新环境——新认识——新定位——新目标"的思路与你进行一次沟通，以激发你勤学苦读的意识，保持积极乐观的心态，从而为今后勇攀高峰开好头。

妈妈觉得老师的提醒非常必要和及时。看了你的成绩，妈妈认为你本次考试整体发挥正常，特别是语、数、英三门基础学科，都保持在较理想的状态，不过本打算将来选考的化学、历史和地理三门功课还有相当大的提升空间。

通过半个学期高中阶段的学习和体验，你应该感觉到，高中的学习与初中有很大不同，最大的区别在于学习方式的变化。可以说，你初中阶段的学习相对被动，很多时候需要老师在后面盯紧督促，需要妈妈在前面牵拉引导。而到了高中以后，老师不会像初中那样，总是跟在身后赶你们了。

这半个学期来，妈妈发现你在学习动力和态度方面有了明显转变。每次周末回来，都见你安静地坐在房间里做作业、看书，很少听你抱怨学习节奏的紧张了。尤其是周六中午，你每次匆匆忙忙吃完中饭后，积极去美术老师那里学画，也未听到你有半句怨言。而且这段时间以来，你的学习基本不需要妈妈提醒，妈妈感觉你似乎真的长大了，懂事了。因为你学习态度的转变，妈妈甚至差点断了给你写信的念头。今天这封信是你进入高中后，写的第三封。

小梦，还记得开学初学校集团董事长的寄语吗？他说你们要走好高中三年"转型、坚持、冲刺"三个不同的学习阶段。对处于转型期的高一阶段，通过这次期中测试，妈妈感觉你已较成功地完成了初升高的过渡和衔接，你完全可以抛开开学初时的自卑心理，不必担心在学霸林立的重点高中立不住脚了。事实上，你当初读初中时也萌生过类似的不自信和担忧，可最终，你不但没有掉队，反而狠狠地冲进了长跑队伍的前列。通过初中三年的磨炼，妈妈觉得你完全有信心和潜力跑在高中队伍的前列。

当然，要像长跑冠军那样站在领跑队伍中，不是一件轻松的事，它需要信心、努力、坚持和方法技巧。你知道的，一个人做事方法正确，可以起到事半功倍的效果；而若方法不对，则往往会事倍功半。通过这次检测，妈妈认为你的信心、努力和坚持都做得不错，只是在学习方法和技巧上还有待改进和完善。

你曾多次在妈妈面前流露出不喜欢看历史和地理的情绪，认为历史、地理太机械、死板，是死记硬背的功课，激不起你的学习兴趣，自然你对它们的投入就比较少，结果你的这两门功课明显较弱。

小梦，一个人的素养是由多方面组成了，我们除了应具备相应的科学素养外，还必须具备一定的人文素养，甚至，在某种情况下，一个人的人文素养更重要，它们往往会通过你的言谈和举止外显出来，这就是我们通常说的内涵与气质。而文科类就是提升你人文修养的重要载体。

假如你将来要从事与设计有关的行业，必定要行万里路，走出国门考察学习国外的先进经验，那你就得具备丰富的地理和历史知识，你得事先了解考察对象的地域风情和人文历史。可以说一个国家的地理风貌和政治、经济、历史，极大地影响了一国的文化格调和艺术风格。无论是建筑、工业、园林还是时装设计，要设计出符合人们心理需求的作品，就得研究和了解不同国家与地域人们的历史传承、风俗习惯和审美意向。

看到这里，你该明白妈妈为什么希望你学好地理与历史了吧。其实，学好地理和历史一点都不难，记忆力与解题能力一样，也是一个人重要的学习能力。俗话说，重复是学习的母亲。相对来说，人文类学科要求书看得多，理工科类则要求题目做得多。学会看书，可以大大开阔你的眼界，拓宽你的知识面。历史是一个浩瀚的星空，在这个无垠的星空里，你会发现人类文明在方方面面演进的足迹。走进历史，它会让你变得丰富和睿智；走进地理，你的视野会更宽广。

在接下去的学习中，妈妈建议你科学合理分配学习时间，适当将做题目的时间匀给地理和历史，将弱势学科转化为优势学科。只有文、理两条腿齐头并进，你的步履才会轻松，你的飞翔才会平衡。妈妈相信这个目标你完全可以达到，就像你小时候轻松记乐谱一样。当你的地理和历史赶上去了，说不定你就可以赶到队伍的更前面，甚至成为领跑者。

同时，妈妈需要提醒你的是，你不太爱问问题了。学问，学问，一方面是学，另一方面是问。遇到疑难问题，你要克服害羞心理，大胆地去问同学和老师。老师最欢迎爱问问题的同学了。比如你的化学，你总说听不懂。听不懂，你有没有向老师请教过呢？你不妨准备一本化学纠错本，及时将疑难问题解决。有时题目做得多还不如将问题彻底搞懂更有效。

前几天，妈妈看到一位班主任的手记，其中的几句话特别适合你。她说：

"千万不要有侥幸心理，认为自己的强项一定能弥补弱项，高考什么都能发生，有弱项会使你未战先败。"

"不管作业有多少，都要按时完成，而且有质量地完成。切记，认真且有思考地完成一套卷，比走马观花地完成十套卷要有效得多。"

"停下休息时，不要忘了别人还在奔跑。"

小梦，这次期中考试成绩，是对你高中阶段半个学期来的检测，也是你自我反思的机会。妈妈的话仅供你参考，关键还得靠你自己去体会和领悟。

祝你不断进步！

妈妈
2016 年 11 月 17 日

Chapter
06

陆
丁酉记
（2017年）

老家后面的小溪也加入了新伙伴，
村里的爷爷们纷纷把自家的红头大白鹅、
绿毛小黄鸭放进溪水中，任由它们戏水捕食。

善贤路 18 号

亲爱的小梦：

今天是农历正月初六，中国人都沉浸在浓浓的年味里。写这封信的时候，你还沉睡在甜甜的梦乡里，虽然现在已是上午 10 点多。妈妈推门去看你，见你酣睡的神态，便放弃了将你唤醒的念头。整个寒假期间（包括平时周末），你的状态基本是晚睡晚起，黑白颠倒。

今早妈妈躺在床上，一直在想昨天我们去杭州善贤路 18 号看你外公的事，心里有很多杂七杂八的想法想跟你交流，一时又提炼不出更好的主题，且用"善贤路 18 号"这个标题吧。

善贤路 18 号，是浙江江能建设集团办公原址，曾是浙江省水利水电专科学校机电一体化实习基地。这个集团跟整条善贤路上的其他老单位一样，欲于 2017 年进行整体拆迁改造。在拆迁前几个月，每家拆迁承包商欲找人值班看管工地，当然春节期间也必须在岗。你外公得知这个讯息后，主动要求留在工地值班。

虽说坐传达室看管工地并不是一件累人的活，但按中国人的传统习俗，过年是一家人团团圆圆、享受天伦之乐的日子。祖祖辈辈的中国人讲究亲情、团聚与和谐。很多外地人，哪怕路途再远,天气再差,也要千方百计买张回家的火车票,历尽艰辛与家人团聚。

今年在老家过年,外公不在家,不知你有无感到这个年少了些许味道。原本灶孔边的小凳上,总能看见外公戴着帽子烧火的情景。我们不是见他将烧红的炭火撬到火桶里,就是见他蹲在厨房外,炖鸡、炖猪蹄给大家吃;或者将菜地里新鲜的青菜、萝卜等整整齐齐地装在塑料袋里,让我们带回家。天气好的时候,我们会见他挑着畚箕到菜地去种土豆。这些情景对我们来说太熟悉了,熟悉得空气一般,就像老屋檐角下挂着的菜篮和各种蔬菜种子,在不知不觉中,已深深地抵达我们内心深处。一旦这些熟悉的镜头,没有像酒缸里的香气那样弥漫出来,我们便觉得寻常的生活少了一点味道。

于是拜完其他长辈的年,我们决定去杭州工地看望外公。

虽然可以想象工地里的环境不能与家里比,但到了现场,工地与想象还是有很大的落差。整条善贤路上,一边是幢幢豪华新式的商住大楼,另一边则是楼层不高、欲拆迁的灰旧建筑。在城市五光十色霓虹闪烁的光辉下,还有一些角落仍湮没在黑暗和破败中。新与旧、高与低,在同一条马道上形成了两个鲜明的世界。位于善贤路18号的江能建设集团就在这条马路上。

在集团办公楼前的空地上,杂草丛生,堆积着钢筋、砖头等物。四层高的办公大楼里,人去楼空,灰尘堆积,一间间彼此相连的办公室里,除了清冷的空气外,便是寒风拍打玻璃窗户的声音。在操控电子大门的传达室里,一张床,一张写字桌,还有一个搁物架,凌乱地放着一些生活用品,连电视机也没有。

陆-丁酉记

你外公就在这个小小的传达室里,与另一位年龄相仿的老人一起,坚守着值班的职责。这个城市的光华离不开像外公这样的守护者。

工地上的生活设施倒齐全,但生活无疑是简单的。若换了我们去做这份活,估计谁也不愿意,或者不适应。不适应这里简陋的条件,不适应没有电视和网络这种与世隔绝的生活方式。说实在的,在高度发达的物质生活和信息网络时代,我们已渐渐地远离了单一、原始和纯粹,我们习惯于养尊处优和善贤路18号对面高楼里的生活。

你问外公为什么不回家过年。

"说得直接点,就是为了赚钱嘛。"外公很直白。

"在这里能适应吗?"

"可以的,没什么大不了的活,就这么开、关电子门,很轻松的。"

"你不觉得无聊吗?"

"无聊的话,可以到菜园地去转转。我在工地附近开了一块地,种了很多菜,等下带你去看。"

小梦,人们常说,生活不只眼前的苟且,还有诗和远方。但对你外公来说,或许更关注的仍是眼前的生活吧。事实上,像我们这样的家庭,吃穿早已不愁,老家的新房子在村里也是数一数二的,可你外公宁愿放弃家里优裕的生活条件,也不愿做闲人,要外出打零工,靠自己的劳动攒些零花钱。一世勤劳的外公,走到哪里,绿油油的菜地就会跟到哪里。

时代塑造人。你外公这代新中国成立前后出生的农民是吃苦最多、生活最简朴的一代。他们饱尝了饿肚子的滋味，深深体味了因政治成分不好所带来的人格的卑微感。经历过那个时代熔炉的磨砺，没有什么苦能打倒他们，也没有什么苦是他们吃不了的。因而，比之他们年轻时的劳动，类似看管工地这样的活，对你外公来说，简直是享受。而这，正是你外公这代人身上最可贵的品质——乐观、平和。也许对外公来说，简单不等于苦，简单也是一种幸福。

吃完中饭，沿善贤路走到底，我们跟随外公去参观他开在另一个工地上的菜地。在凹凸不平、暂时废弃的工地上，在城市高楼大厦的一块边缘地带，我们看到了一大片绿茵茵的长势良好的各色蔬菜：青菜、芥菜、豌豆、萝卜、生菜……这些绿色植物被包围在灰色的水泥森林里，就像农业文明与工业文明的牵手，或者农村与城市的联姻。当然，在你外公眼里，唯脚下的这片土地才是最实在的。只要有双勤劳的手，走到哪里都有生存的资本。中国农民根本不缺勤劳和智慧，只要给他们适当的自由和土地，生命就会在哪里生根、萌芽、开花并结果。

小梦，以上是妈妈此行的杂感，不知"00后"的你有何感想？

妈妈
2017年2月2日

返璞归真的乐趣

妈妈:

看到你写的"一世勤劳的外公,走到哪里,绿油油的菜地就会跟到哪里",我的回忆不禁穿越到了十五年前。

小时候和外公外婆一起在老家生活的两年里,我目睹了外公在田里劳作的场景,也品味了从新鲜泥土里长成的各种蔬菜。那是冬天,每天清晨都能听到不远处的鸡叫声,我在床上醒来,透过窗户往外看,是雾蒙蒙的天,星星还在天上忽闪忽闪的,太阳也没有越过地平线。外婆先我起床,从楼下厨房端来一碗热乎乎的青菜粥,帮我穿好小袄和袜子,我的一天就这样开始了。

天亮后,外婆抱着我在堂前踱步,还带我去菜地看外公锄地。我执意要下地和外公一起"干活",外公拗不过我,便帮我做了一把小锄头——那是属于我一个人的小锄头。我带着它到处铲土,一个人在园子里可以玩上半天。外婆放任我在园子里自娱自乐,她回到了她的主场,一个总是冒着炊烟、香气飘飘的厨房。老家的厨房是柴灶,大锅焖出来的米饭下面有一层脆脆的锅巴,那是我最喜欢吃的小零食。每次做饭前,我都会在灶台对面的火坑旁摆上一个小板凳,那也是外公特地为我量身定做的。外公坐在正对着火坑的条凳上点火烧柴,我坐在外公旁边的小板凳上伸出脏兮兮的小手烤火。

平时两位老人都要忙农活,就把我放在一个啤酒桶形状的"火桶"中,桶的下半部分是冒着热气的炭火,上半部分是坐人的隔板,我坐在暖暖的"火桶"里看电视,一看就是一下午。外婆说,这个"火桶"坐过你、阿姨和舅舅,我们都在这里长大,它是我们成长的摇篮。

春天花开了,外婆给我穿上鲜艳轻薄的单衣,抱着我去村里的山上采映山红。那座属于外公的茶山也郁郁葱葱,我们常常结伴而行,从山脚慢慢攀爬到山顶。在山脚处有一棵高大的板栗树,每每结果时外公都会拿出一根长竹竿敲板栗。生板栗甜甜的,就像脆爽的糖果一般好吃。山上是一垄垄的茶树,我已经记不清它们是什么时候荒废的,只记得外婆围着围裙,不断地把茶叶采下放进围裙口袋中,不一会儿就鼓鼓囊囊了。

老家后面的小溪也加入了新伙伴,村里的爷爷们纷纷把自家的红头大白鹅、绿毛小黄鸭放进溪水中,任由它们戏水捕食。黄昏时分,爷爷们一人持一根竹竿,竹竿上绑着不同颜色的布条,家禽们便纷纷从水中上岸,跟着对应自己颜色的布条,大摇大摆随自家主人回家了。我们家似乎没有养小鸭小鹅,只有外公养的几亩农作物。

后院是一大片桑树园,春天一到,树上就结满了紫色的桑葚。我在低矮的桑树上跳跃穿梭,大口吸取桑葚鲜甜的汁水。每次把我放进桑树园,出来时我就会变成小紫人——衣服上、脸上、手上沾满桑葚汁,我还贪心地摘下许多放进口袋,压扁了也没注意。

陆-丁酉记 225

对门邻居家的西梅外婆养了一只大黄狗，我站在大黄狗边，只比它高出半个头。可没过多久，我就长高了不少，对身高没有概念的我一度以为是大黄的腿变短了。

在老家的两年时光是我最幸福的日子，不比现在的小朋友三岁就要学习各类课程补习班，我的老师就是大自然。外公的独轮车上放满了新鲜收获的蔬菜，我坐在独轮车上，看着外公幸福的笑脸随着独轮车的颠簸回家，路上长长的倒影被将要西下的太阳镶了一层金色的边。

"锯齿状蓬勃树立的叶子下埋着的是大白萝卜，萝卜花是白色的，和黄色的油菜花配在一起异常好看！"那是生物课上的萝卜。我认得大白萝卜，是因为我从小在农村里待过几年，它们的花朵像极了油菜花，只是颜色不同。在善贤路18号的工地上，我们又一次看到了勤劳的外公劳作的成果，只是我已经叫不出各类蔬菜的名字了。学了这么久的生物课，却不认识它们，够荒谬的。

这种在大自然中撒野的快乐，是任何课程都无法替代的。不知现在的小朋友们还有这样的经历吗？这一片在大城市中隐藏的绿，真是现代社会中难能可贵的返璞归真啊！你瞧，你曾经拼尽全力逃离的乡村生活，现在却成了小朋友们再也无缘经历的奢侈。

我可不希望自己成为读书机器，像外公那样，种菜也是一门艺术！

小梦

2017年2月3日

看电影

小梦：

　　正月初八，中国传统的年内。晚饭后妈妈去散步，走在清冷的大奇山路上，望着隔街的迎春南路，只见那边灯光通明，霓虹闪耀，相比之下，迎春路明显繁华多了。突然想到这些年来的生活方式，每天无非上班、阅读、写作，整天与电脑为伴，在文字的山山水水里徜徉、流浪，日复一日，年复一年，除此之外，没有别的消遣和娱乐了。这样的生活有时难免觉得单调了些。

　　望着城市的繁华处，听到那边传来的隐隐约约的喧哗声，心里顿生看电影的念头。

　　说去就去。来到电影院，才知道街头冷清的原因了。电影院里，闹哄哄的全是人，一眼望去，以衣着时尚的年轻人为主。环绕大厅的背景墙上是各色家具和电影等的电子广告，光影交错，色彩炫目。大厅中间，摆着供客人候场的沙发，角落处有漂流的图书架。很多客人一边候场，一边坐在沙发上看书、喝饮料、吃零食，尤其是女孩，捧着桶装的爆米花，看去很放松和闲适的样子，觉得那真是青春特有的味道。长期的宅居生活，使妈妈不禁赞叹世间竟有这等热闹的场所。

因临时去看电影，票子已经售完，于是买了加座票。后来得知，很多人是白天在手机上预先购票的，既方便又实惠，突然发现自己与时代落伍了。

电影票的价格也不菲，全价 90 元，会员可以半价，索性买了一张 500 元的会员卡，享受半价，又不禁赞叹起电影公司的经营方式，办会员卡享半价，看电影的人自然越来越多。

电影院里有很多放映厅，不同的影片可同时上映，满足了观众的不同需求，这样的经营模式可谓人性又灵活。

置身在人头攒动的电影院里，离电影开映还早，妈妈电话呼你也来看，谁知你"呵呵"两声，我就知道你不会来了。假如同学邀你，估计你几分钟就赶到了，是吧？小梦，不知什么时候起，你已不愿意跟妈妈一起出门了，难得看一次的电影也不愿陪了。莫非这就是代沟？

等了二十几分钟，妈妈被穿着工作服、彬彬有礼的工作人员领到指定的大厅。他们的服务态度不错。

说到看电影，其实我们小时候也看，当然与现在的模式完全不同。那时看电影跟过节似的。夏天，通常在晒谷场的露天道地上；冬天，基本在大礼堂里。每逢放电影的日子，孩子们早早就从家里将板凳搬到晒谷场和大礼堂里，抢个好位置。等电影正式开映了，全村人就齐聚一起，集体看电影。

那时，放电影的人基本是一个村一个村轮流放。精力旺盛的年轻人，对同一部影片，会一个村一个村地挨个看过去。夜晚，清亮的月光洒满原野，田里蛙声阵阵。年轻人在星月的光辉里，风风火火地从一个村赶到另一个村。一路上，大家说说笑笑，白天劳作的疲惫便在说笑中自然地消解。许多不认识的邻村人就在这种赶场中认识、相知，有的相爱成亲。

我小时候，常跟几位年长几岁的阿姨们去看电影。我人小步子小，总是要一路小跑才能跟上她们的脚步。富家、后岸、花桥头、西华、张家坞等村庄就是在小时候看电影时熟悉的，感觉自己就是在这种跟班中慢慢地长大。

小梦，你一定会觉得这样的经历很有趣吧。当妈妈回忆儿时看电影的经历时，总会有些清晰的镜头浮现：后溪里流淌的河水，公路上硌脚的石子，金紫山脚野生的刺莓，还有你走它也走、你停它也停的月儿。大家伙行走在漆黑的旷野里，望着高悬的月儿，走路的兴致特别高。有时走过路边的坟地，每个人都会不由自主地加快脚步，生怕有山鬼来拉你的衣角。想到这些镜头，感觉它们很遥远，但又很亲切，仿佛日子不曾流逝，而自己已到了中年。

或许你会问那时电影的主题是什么。那时几乎是清一色的抗战影片，诸如《地道战》《地雷战》《铁道游击队》《洪湖赤卫队》《闪闪的红星》等，直到后来才有《小花》《被爱情遗忘的角落》《月亮湾的笑声》等生活片。这些电影，我们看了一遍又一遍，百看不厌。

妈妈最喜欢《闪闪的红星》里的一个镜头，聪明可爱的潘冬子问妈妈，当红军的爸爸什么时候回来。妈妈说，当映山红开的时候，爸爸就回来了。于是，我就在心里盼望着映山红开的镜头。来年春天，满山遍野的映山红开了，果然，冬子的爸爸和其他红军战士回来了。每次看这部影片，我最盼望的就是这个映山红开满原野的镜头。

　　小梦，这就是那时农村人的休闲和娱乐方式。那时人们的生活都不富裕，大家日出而作，日落而息，晚炊的轻烟、葱绿的稻田、负柴的水牛和满天的星辉，纯粹的田园牧歌式生活，人们的日子不需要任何底色。回想那时的生活，就像手里握着一把带着露珠的山花，逸着月光的清芬。

　　走在城市的繁华街头，望着光怪陆离的霓虹灯和远处的街景，感觉这夜美丽而安宁，一种说不出的幸福感流淌在妈妈心里。

　　回到家，妈妈迫不及待地将这份幸福分享给你，希望小梦有类似的幸福也与妈妈分享，可以吗？

妈妈
2017 年 2 月 6 日

斗　嘴

亲爱的小梦：

寒假的"余额"已剩不多，整个假期，咱们基本和平相处，没有红脸，也没有出现大的语言冲突，甚至在你心情好的情况下，还愿意抽出宝贵的时间，陪妈妈去看电影，这对妈妈来说，简直是奢侈的待遇。不过，昨天晚上因一件在妈妈看来是大事、而你认为是小事的事，我们斗嘴了。

"小梦，你的社会实践作业，语言表述不够流畅和准确，标点符号欠规范，书写也不够美观，妈妈很不满意。以小见大，细节照见人的学习品质，妈妈认为你的学习态度还需端正！人与人之间的差异，往往在于态度和习惯！不然，你做任何事都会与别人拉开差距！"

"你一进来就骂骂咧咧的，说够了没有？我的标点符号平时就是这样写的，老师没提出来，也没扣分，就你这么啰唆！你可以离开我的房间了，再见！"

"老师没提出来，并不代表你的书面表达可以过关。现在电脑阅卷，老师批卷是有主观印象分的。因书面表达不整洁而失分，岂不冤枉？"

"叽里咕噜，叽里咕噜，真啰唆，拜拜！"

"有你这样跟妈妈说话的吗？你这算什么态度呀？"

说到这儿，你不但不虚心接受妈妈的批评意见，反而戴上耳机，塞住耳朵，抖起双腿和身子，要妈妈离开你的房间。

小梦，昨天晚上，妈妈从超市回来，看到你放在书桌上的社会实践作业，书写质量明显不如文化课，一时气急，就对你进行了严厉的批评。谁知，你竟用那样的语言和行为回应妈妈。小梦，你能体会妈妈当时的心里憋堵吗？你对妈妈最起码的尊重都没有，学习成绩好有什么用？作为老师的妈妈，是不是很失败？

也许昨天妈妈的批评有些急躁，但你这样的作业质量，妈妈若不提出批评意见，就是对你的不关心和不负责。

妈妈仔细看了你们学校设计的社会实践活动方案，方案中有成功职业人士和大学生访谈、社会调查、社区服务和家族文化传承活动。这个方案的内容设计很有价值，若你能认真对待，定会得到许多学校里学不到的收获。这些作业不是考查人的智商，它们没有深度和难度，而是培养、锻炼一个人的社会公共参与能力。因而完成这些作业，考查的是你的处事态度和行为品质。

你这次的社会实践作业，其中一栏选择了与妈妈的访谈，当中还有妈妈的寄语。既然你将妈妈作为访谈对象，妈妈就有责任配合你完成作业。鉴于你昨天的表现，妈妈确有一些心里话想跟你交流。

是的，我们是两代人。我们出生的社会和时代背景不同，我们的思维和行为方式定有差异，但我认为我们之间没有不可逾越的鸿沟，我们可以通过一定的方式，找到彼此都认同的东西。

人类文明绵延几千年了，当今社会之所以如此发达，并不是架在空中楼阁上的，而是对过去优良文化的吸收和传承。人类文明中优良的元素永远不会过时，大到社会如此，小到个人也是这样。古往今来，大凡有识之士和成功人士都有一些共同的优秀品质，正是这些品质使他们在社会历史的长河中流芳。那么哪些品质是优良的呢？

妈妈认为理想、信念、态度与坚持，对一个人的成长是非常关键的。

理想，通俗说就是梦想；说小了，就是目标。目标是我们前行的方向盘和动力，有了目标和梦想，我们就不会在行路中迷失方向。

有了既定的目标，就需要有坚定的信念去坚守。小梦，我们都是时间荒原里匆匆的过客，生是偶然，死是必然。既然到世间走一遭，就要像星星一样，不管大小，也要发光；像小草一样，不论枯荣，也要开花。信念好比火焰，它能点燃你心中的激情与希望。

态度是什么？态度是你主观的言行，是你处理一件事的方式和方法。有人说，态度决定一切，态度决定高度。做一件事，只要你方向正确，态度端正，坚持不松懈，可以说没有不成的。这样的成功典范你肯定知道不少，无需妈妈列举。

小梦，妈妈已到中年，对照这些品质，回首自己的成长足迹，妈妈可以自信地对自己说一句：我一个农民的女儿，虽没有取得惊人的成就，但无论在青葱的学生年代还是走上工作岗位后，我始终有目标有信念地活着，我没有虚度自己的青春！学生时代，妈妈的梦想是成为一名教师，这个目标我不但实现了，而且还成为县里的首届十佳教师。妈妈还梦想成为一名作家，这个梦想一直是妈妈追求的，现在还在追求中。为了这个梦，妈妈会继续坚守清寂的书斋生活，用文字点亮生活。人到中年，很多人已走进职业倦怠的盲区，但我还可以追梦，这是幸福的。

  小梦，你肯定有自己的梦想，而且一定做过不少梦。在你的追梦路上，定会遇到拦路虎，但妈妈希望你能燃起信念的火种，端正学习和做事的态度，关注细节，认真将每一件简单的事做好。

  小梦，插上梦想和毅力的翅膀，去做个美丽的追梦女孩吧。

妈妈
2017 年 2 月 9 日

立秋

礼　物

亲爱的小梦：

　　下雨了，窗外的雨声拉长了时光，台灯的光线温暖柔和，窗脚边的青苔饱吸着春天的雨水，玉兰花在雨水中低语。在这个安静的雨夜，妈妈想你了。想你好吗？想你小小年纪就外出求学，要不断适应新的校园环境和学习节奏，还要适应各种突如其来的令人烦恼的人际关系。想到这里，妈妈就心疼。所幸的是，你从小就培养了很强的独立生活能力，克服了一个个来自学习和同伴交往中的挫折。

　　此刻，妈妈坐在书桌旁，一边听着雨声，一边猜想着你此时的情景。你坐在灯火通明的教室里，戴着眼镜，低头看书，长长的刘海垂在额前，偶尔会抬起疲惫的双眼，发个呆。小梦，高中阶段，是你一生中学习压力、学习强度最大的时期，当然，也是你精力和记忆力最旺盛的阶段。

　　猜想着你的学习状态，思绪又回到你上次周末回家，带给妈妈的惊喜。那天你绍兴春游回来，兴冲冲地拿出好多让妈妈意想不到的礼物：一块蓝色纱巾，一把荷花小扇，一盒玫瑰花茶，一只桃花调羹，还有妈妈爱吃的糯米团子。你说春天围蓝色的纱巾清新靓丽，荷花小扇配妈妈夏天的旗袍，小资高雅；以玫瑰花茶泡水，可驻颜养神；用桃花调羹搅拌蜂蜜水，生活有情调。小梦，想到你说的这些，妈妈禁不住在书房里偷着乐，可谓知母莫如女，想不到你如此了解深埋在妈妈骨子里的雅趣。你买的每一件礼物都是妈妈喜爱的，而且，这些礼物源于你平时舍不得花的压岁钱。

　　写到这里，妈妈起身将这些礼物一一摆在书桌上，看着，摸着，心里不觉想，有女儿真好！令人庆幸的是，在繁重的学习压力下，你的思维和情趣没有受到禁锢，相反，你的内心阳光明媚，留存着一份对生命的激情与热爱，滋长着人间的善良和美丽，以及对妈妈的孝心。

　　春雨滋润着妈妈的心田，此时记忆的潮水在妈妈心里此起彼伏。你从小就有一颗金子般闪亮的童心，对妈妈始终抱有一份敬爱之情，你常常会以自己的方式，送给妈妈各有特色的礼物，一朵小花，一棵小草，一个拥抱，一张字条，一幅小画，一首儿歌……它们都是小小的，却都令人感动，让妈妈温暖。

　　你小时候，每次妈妈出差，你都会悄悄地在妈妈的行李包里放一张折好的纸条，用你稚嫩的小手画一幅卡通画，画上有你的笑脸，还有你用汉语拼音写的祝妈妈旅途开心的话。回来时，你总会在玄关台上贴一张"欢迎妈妈回来"的字条，有时在小黑板上画画，欢迎妈妈。每当妈妈下班回家，你总是第一时间从小板凳上站起来，冲进妈妈怀里，贴着妈妈的脸，给妈妈一个拥抱，并给妈妈一个吻。妈妈抱着你，你用清亮的童音唱儿歌给妈妈听，"我的好妈妈，下班回到家，劳动了一天，多么辛苦呀！妈妈,妈妈,快坐下,请你喝杯茶,让我亲亲你吧,让我亲亲你吧,我的好妈妈!"

常常,妈妈一天的疲惫,会在你纯美的歌声里得到释放和消解。周末天气好的时候,我们一起去江边和公园玩,你总会采集一束束小野花,献给妈妈。妈妈看着你的小脸,粉嫩粉嫩的,这是一朵多么芬芳的小蓓蕾呀。

等你上小学高段以后,你会有意识地在母亲节和妈妈生日的时候,送上一份礼物。在一个五月的母亲节里,你一个人,放学后背着书包,走了很远的路,到一家花店,用自己积攒的零花钱,给妈妈买了一大束满天星。等你回到家,天已晚,妈妈正着急着你的未归,心里想着如何批评你的晚归。你回来了,扬着头,冒着满脸的汗,将花递给妈妈的同时说道:"妈妈,母亲节快乐!"那刻,妈妈什么话也说不出了,只是紧紧地抱着你。

你初二那年,已会网购物品。那天,妈妈过生日。已经很晚了,这么热的天,你扛了一只大纸盒回家。拆开纸盒一看,原来是你几天前给妈妈网购的鲜花。后来,那束花谢了,妈妈一直将它放在客厅,很久很久,不舍得丢弃。至今,那束花还艳艳地开在妈妈心里。

上中学后,你有了外出旅游的机会。每次旅行回来,你总会给妈妈带回一份礼物:一串项链、一只贝壳、一件工艺品……尽管行前妈妈交代你不必买东西,但你总会带些心意回家。

小梦,想到你小时候追随春光在原野游荡的日子,细数着你从小到大送给妈妈的一份份礼物,它们也许细微,也许平凡,但每一件都用心、纯真而不可复制，这其实是你对妈妈的感恩和陪伴，更是你内心的善良和美丽。我想，为人母的幸福莫过如此了。

当然啦，你这个人本身就是上苍送给妈妈的最大、最珍贵的礼物！

祝我亲爱的小梦，在学校学习愉快，天天向上。

妈妈
2017 年 3 月 30 日

处暑

生命轨道

亲爱的小梦：

20世纪70年代末80年代初，妈妈上小学。我们的校园建在一个小山坡上，这样的山坡，在我们村里有很多，一个连着一个。这些山坡上，大多种着黄花菜或茶叶。每到傍晚时分，我们会看到一缕缕炊烟从山坡的山坳里袅袅升起。炊烟，是我们回家的信号。一年四季，我们的活动，除了在山坡上的学校学习，就是在野外干活或玩耍。

我总记得，一到放学、周末和寒暑假，小伙伴们就会拎着篮子，结伴去山上或田里劳动。春天，清明前后，我们跟大人们去茶园采茶叶，小脸晒得通红。当然，我们也会在山坳里摘刺莓吃，一颗颗满天星般的刺莓，红红的，挂在树枝上，我们常将吃不完的刺莓装在草帽兜里，带回家。夏天，我们提着篮子，淌着汗，赶在太阳出来前，将含苞的黄花菜采回家，因为太阳一出来，黄花菜就开花，开了花的黄花菜是卖不出价钱的。暑假时，我们还要跟大人一起，起早摸黑到水田里拔秧、割稻。干完这些活，我们还得在傍晚时分去河边拔牛草，喂牛。秋冬天，我们去山上耙松针，同时也采野果，有一种叫乌米饭的果子，米粒大小，酸甜味，我们通常边采边吃，吃不完的时候，就捋到衣服或裤子口袋里。冬天，我们还用长着冻疮的手，在泥田里，将一棵一棵小草割起来，割满一篮后，拎回家烧熟了，喂猪。

这样的学习、生活和劳作，从妈妈的小学到中学，无论在小山坡上还是到分水的五云山上，几乎没有改变。

在我们的生活环境里，所有的同龄人跟妈妈一样，从来不知道什么是兴趣班，我们没听说过钢琴和古筝，不知道拉丁舞和摇滚乐，也不清楚国画和油画。在妈妈上大学以前的生活世界里，只有镰刀、扁担和竹篮，只有茶园、稻田和山地。我们知道秧应该怎样拔，草应该怎样割，田应该怎样耘；我们知道青草的味道，知道太阳的毒辣，知道燕子什么时候来什么时候离开。当然，在我们的世界里，还有无限广袤的夜空，我们躺在夏天的竹床上，对着浩瀚的星空编童话、数星星；我们在充满泥土味的水田里放鸭子、捉泥鳅；我们也在开满映山红的山岗上，望着远方，猜想外面的世界。

我们在与大自然的朝夕相处中慢慢长大。那时候，我们对未来似乎没有太多的向往，只是单纯地在心里希望，将来可以不用干那么多总也干不完的农活，不用忍着瞌睡赤脚去水田拔秧，不用顶着烈日去地里收麦，不用冒着严寒去雪地割草。若说一定要有梦想的话，小学时，曾因为看战斗影片，觉得电影里扎着皮带的女兵很神气，因此希望长大后能当一名英姿飒爽的女兵。上初中时，因为看了一些作文通讯，读了里面妙笔生花的文字后，又希望自己能成为一位女作家。上高中后，由于选择读文科，当女兵的梦想化作泡影。单一枯燥的高中学习生涯，妈妈整天埋首在教科书里，几乎不涉猎课外读物，作家梦几乎不敢去想。那时，最现实的想法就是能考上师范院校，将来做一名受学生欢迎的老师。现在，妈妈的梦想早已实现。

小梦，看了妈妈的成长轨迹，你该发现，时代背景和生活环境不同，人的成长经历就不一样。我们的生活和劳作，在你看来，或许是一曲充满了自然野趣的田园牧歌，而我们自己当时并不觉得。相反，妈妈觉得当农民太辛苦太劳累了，世界上没有任何一种职业比做农民更艰辛了。从妈妈身上你也会发现，一个人在不同的年龄阶段，对将来的梦想也会随年龄的增长而发生变化。年龄越小，我们的梦想越缥缈；越接近成年，我们的梦想越容易触及。

那天，你在信里说："回头看看自己到底走了多远的时候，发现早就偏离了很久以前画好的轨道。"你说你幼儿园时想当化妆师，小学时想当作家，到了初中后就没有梦想了。妈妈认为这是正常现象，不论谁，他的人生轨迹都不可能一成不变，任何人的生命轨道都会随着年轮的增长、阅历的丰富，而不断发生相应的修正和变化。

你说你从初中起就没有梦想了，怎么可能呢？考上一所理想的重点中学不正是你的目标吗？其实，我们每个人都是在一个又一个小目标的达成中，最终实现了当初的梦想。

妈妈知道，进入高中后，你的学习强度和学习压力比初中时更大、更重了，但这并不意味你没有梦想了，相反，你离梦想的实现更近了。你不是爱好艺术吗，不是打算将来从事跟设计有关的职业吗？这其实就是你的梦想。现在，你每周末去老师那儿学画，每次一去几小时，但妈妈从未听见你有过一声怨言，因为你在做自己喜欢的事。妈妈相信，只要你狠狠地咬定自己的目标，通过高中三年的打底，不远的将来，你完全可以从事自己心仪的职业。

　　的确，你现在的学习压力相比我们，真的很重，不过，我们那时想要上大学，也不是轻松的事。我那时总是比同学早起半个多小时，一早到教室点蜡烛看书的。也许，有的同学在背后议论你妈死读书，但妈妈不这么认为，妈妈抱定"笨鸟先飞"和"勤能补拙"的道理，坚信自己会飞出那个小山坞的。

　　"大雪压青松，青松挺且直""梅花香自苦寒来""书山有路勤为径，学海无涯苦作舟"，亲爱的小梦，不要对现状感到迷茫和悲观，正是大雪显示了青松的挺拔，正是严冬衬托了梅花的傲骨，书山与学海都离不开勤与苦。过了这个阶段，迎接你的定是个艳阳天。

　　愿小梦振奋起精神，为梦想而加油！

妈妈

2017年4月6日

考 试

亲爱的小梦：

  今天你迎来了进入高中阶段最重要的一次考试，那就是物理和化学两门学科的学考，而高三同学则迎来了他们人生中的第一次高考，这是你们"00后"开始步入高考战场。明年的这个时候，就是你参加高考了。

  妈妈长期在教育系统工作，尤其关注每年的高考动向。自从我们浙江省实行新高考以来，学考的重要性在不断提升。以前，或许通过学考，拿到毕业证书就行了，现在不同了，据媒体报道，在很多顶尖高校的自主招生和三位一体综合评价招生中，都要求学考等级拿到A，所以你正在进行的学考，其重要性不言而喻。

  为了备战这次学考，妈妈能感觉你在学习上的高强度投入。自进入高二以来，每次回家，你的脸色都不如以前那般红润，显得非常憔悴。你本是瓜子脸，现在这下巴看去越发尖了。问你在学校有多用功，你说每天晚上要在洗手间看书到近12点，早上6∶00不到就去教室学习了。再问，其他同学也这么勤奋吗？

  "寝室同学都这样的，班里有一半多同学是这样的。"你说。

这让我想到我的中学时代,那时,妈妈也经常早起晚睡的,由于长期的疲劳战,自我感觉学习效率不高。但愿你这样的高投入能够高产出。

考试,是我们生命中很重要的一种成长方式,从某种意义上说,考试会伴随我们每个人的一生。小梦,正当你全身心投入到学考备考时,竟突如其来地遇到了生命中的另一场考试。

上周六回家,你情绪激动地告诉妈妈一件莫名其妙的事件。这件事足够挑战一个人包括大人的智慧、胸襟与眼界,若处理不好,很容易引起一场较大的同学矛盾和冲突。

事情大致是这样的:一位与你闹过矛盾的同学,借一件莫须有的事情,说你走路时撞到人家了,借此纠集几位你不认识的同学,在QQ"说说"的网络空间里对你进行指名道姓的人身攻击和污辱。这件事引起很多认识与不认识同学的围观,不明真相的同学还真以为你是那样的人。妈妈能感觉这事对你造成的心理伤害。

听到这件事时,妈妈的第一反应是建议你将情况澄清后把手机关了,别去理她们,远离垃圾信息,远离负能量。这种事,说小可以小;说大,可以很大。你即将考试,若将时间和精力纠缠到这种事里,势必越闹越大,而且说不定这正是对方设计的一个陷阱,将你拉进口水大战,以此分散你的学习精力和注意力。

那天,妈妈看你一直在手机上跟那两位女生对话,后来看你平静了,以为事情过去了。谁知周一傍晚接到你学校来电,第一句话就是"妈妈,你还是把我接回家吧,我今天一天根本没心情学习,也一天没好好吃饭了,我浑身无力,有同学告诉我,她们还在那里骂我。"

再过两天就考试了，你还纠结在同学的矛盾中，妈妈内心如焚。可妈妈视力不好，开夜车不安全。于是将这件事与班主任进行了沟通，希望班主任能找你聊聊，解开你的心结。

很快，班主任丁老师及时与你进行了沟通，事后又将他找你谈话的观点跟妈妈复述了一遍。丁老师主要表达了三点想法：

一、老师、同学和寝室同学对你的印象都很好，所以你不必顾虑自己的声誉受损。恰恰相反，那位女生的言行显示了她的修养极差。

二、控制好自己的情绪，不要中了别有用心者的圈套。这个观点跟妈妈想的一致。所以你要理智面对这件事，如果你跟她打口水战，那么她分散你学习注意力的目的就达到了。

三、只要你自己做得好，行得正，在学校里什么都不用怕。你可将对方侮辱你的语言截屏下来，留好证据。迫不得已的情况下，我们可求助法律。

妈妈觉得班主任的这番话很有分量，真的要感谢丁老师，他在你即将考试的关键时刻扶了你一把，让你情绪稳定下来，给你信心和力量，使妈妈也可安心工作。

第二天（星期二），妈妈终究不放心你的情绪，一早起来给你写了一封短信送到学校。容我将信的内容重复一遍：

小梦：

身正不怕影子斜，邪不压正，学校是弘扬正气、传播正能量的地方。只要你自己行得正，在学校里没什么可怕的，老师和同学都会帮助你的。

妈妈希望你不要被某些同学的负面言论左右了自己的情绪,不然正中对方下怀。你要看清人家的用心,将注意力转移到学习上,这才是最明智的做法。

安下心来,以良好的情绪和阳光的心态迎接第一次学考。相信你能调节好自己的情绪。

祝你学考成功!

但愿你收到这封信,情绪会有好转。

开车回家的路上,妈妈一路回忆你从小学到初中以至高中的成长经历。小梦,你是一位是非分明、做事有底线的女孩。你从小心地善良,疾恶如仇,同情弱者,心直口快,爱打抱不平。你对看不惯的人和事,常常会口吐真言,因此,你也会得罪一些同学,惹来一些不必要的麻烦。

小学时,你的手机被同桌拿走,几次三番,对方不但不肯归还手机,还向你索要Q币。班主任解决不了此事,你便在几位同学的陪伴下,直接报警,顺利地将手机要了回来。这件事显示了你做事的主见和魄力,但这位同学就此一直恨你。

初中时,明明是他人因泄私愤,将水泼到同学床上,你竟会同情泼水者被父母打骂,而去老师那里说水是你泼的。愚蠢至极的做法!结果你的"同情"反被人利用,滋长了心地不善者的邪气。

到了高中,你因为看不惯个别同学背后议论他人,善意地提醒被议论者,结果招致一场纠缠不清的口水大战,严重影响自己的学业。这场口水战至今还有后遗症,没有完全了结。

小梦,每个人一路走来,往往会面临各种各样的考试。学习是其中的一个方面，而如何做人，如何做个善良的、有正义感的、有修养和与人为善的人，才是一场更重要的考试。

妈妈不担心你的品行，只担心你年轻气盛，不会理智地保护自己，担心你不注意语言的表达方式而招来口祸。你要明白到学校去的主要目的是什么，你是去求学的，很多事情你简单了，事情就简单了；你复杂了，事情也就复杂了。

妈妈希望你能尽快成熟起来，吸取初中时遭遇过的教训，学会与人交往的艺术，学会甄别朋友，什么样的人值得交往，什么样的人要敬而远之。还要学会化解矛盾，当面临同学矛盾和冲突时，要学会冷静面对和理智分析，提升自我修养，不跟人家一样，以牙还牙，不然，鸡毛蒜皮的小事会演变成不可收拾的大事。当有些问题自己解决不了时，可以向老师和有正义感的同学求助，你要相信这个社会是提倡友爱、正义、诚信，弘扬正能量的社会。

好了，若再唠叨下去，你会不耐烦的。

妈妈

2017 年 11 月 2 日

白露

立 冬

亲爱的小梦：

今天立冬，这是二十四节气中第十九个节气，再过完四个节气，鸡年便将过去。那立冬意味着什么呢？它意味着一天中太阳的光照时间将继续缩短，雨水渐少，气温也会越来越低，我们要做好过冬准备了。

我上周受伤的左脚经一位祖传中医的积极治疗，现已能下地行走。傍晚时分，我穿上平底鞋到小区花园小步慢走。因几天没下楼，竟发现花园里躺满了各种落叶，其中有一种叫梧桐树的叶子，造型很别致，特像一把把芭蕉扇，没有规则地横存着。平时一直专注在事务上，很久没关注日升月落了。今天看到一片片金色的落叶铺在地上，潜藏在内心的温柔之弦竟被轻轻拨动了。我想，正是这些叶子，轻轻扇走酷暑，迎来了秋凉，现在它们又将季节往深处推进。季节就是这样，在树叶的颜色变换中完成一次次的更替。

其实人何尝不是这样？小孩在季节的更替中一天天长大，老人则一天天衰弱。今天，你二外婆的孙女过周岁，大家都去饭店庆贺了。从咱们亲友之家的微信里，我看到了中国式家庭的喜庆。孩子满月、周岁或逢十时,亲友们都会主动聚集到饭店,这一方面是庆贺孩子的成长,另一方面,亲友们亦可借此增进感情和交流。这两个方面你不能说哪个更重要,事实上它们都需要一定的仪式。

遗憾的是,在今天的仪式上,我最亲爱的妈,你的外婆,永远缺席了。若外婆健在的话,今天的活动,她肯定早就乐悠悠地去了。要是外婆在的话,看到我的脚扭伤,她肯定会将热乎乎的饭菜端到我手上的。唉,外婆没了,家里空荡荡的,心里也空落落的,真不习惯啊。有时候,在书房看书,总觉得她还会像以前那样,跳完广场舞就回来的,可这是一厢情愿!

一个人出差去,你数着日子他就回来了;去旅行,你数着他的行程,几天后也会回来的。可人没了,就这么决绝的,真的化成了烟化成了灰,没了就没了,再也见不着了。这种滋味真难受呢,也难怪你外公,一想起外婆就哭。

在花园里站了好一会儿,满池的水静静的,感觉冷了,于是想到你在学校里盖的还是秋被。小梦,不知你晚上睡觉冷不冷?感冒好点了吗?现在情绪怎样?你在学校里,很多事情要学会自己独立去面对和担当,当遇到不顺心之事时,要学会尽量将胸襟打开,将眼界放长远,不要太在乎同学之间的是是非非,我们每个人在生命的丛林里行走,总难免会遇到草丛和荆棘,这是很正常的。你想再过一年半,大家都各奔东西了,再尴尬的事情,在时间面前都是浮云。中学时代跟这季节变换一样的,一枝春花,一场夏雨,一片秋叶,一朵飘雪,三个轮回后,你的中学时代就结束了,同窗三年的同学也都说再见了。

当然，新的生命之旅又开启了，于是你又遇见新的矛盾，也有新的惊喜。

回到家，我又到露台站一会儿，天竟下雨了，即到书房。听着雨声，觉得这夜既宁静又寂寥，不自觉中，又想到了你外婆。要是外婆在的话，她现在肯定会在我身边的沙发上坐一会儿，跟我聊聊家事，聊聊见闻的。现在没人陪我聊天了，也没人像外婆那样静静地注视我的背影了。我只有跟书本聊，跟你聊，跟自己聊，然后将自己的背影留给漫长的黑夜。

正给你写着信，外公喝周岁酒回来了。他说明天去阿姨家，要找两件冬衣带去。本来这种事都是外婆张罗的，现在自然由我来接替了。我到楼上打开外公的衣橱，原先这个衣橱里挂的全是外婆的衣服，她的衣服那么多，根本换不过来。如今，那些衣服都跟外婆本人一样，全化成了烟灰。哎，人世苍茫，阴阳相隔，想起你外婆就心痛，可她永远只能活在我们的想念中了。

明天我有一个初中教师的培训活动。这脚不争气，不能正常行走，只能委托助手去做了。幸亏身边有几个信得过的助手，关键时刻总能助我一臂之力。小梦，我们平时为人行事要多结人缘，尽可能与人为善，做个善良的人，人家也会以善回报的。我觉得你在这方面也是做得不错的。你从小就爱憎分明，富有同情心，注重同学友谊，每逢好朋友过生日，你总会主动亲手制作或者买生日礼物给同学，这使妈妈很欣赏。所以，每逢你过生日，你总会收到很多礼物，这其实是同学对你人品的回报。

我现在最大的愿望就是脚能尽快恢复行走。我手头还有几篇作品的截稿期即到，但不去现场考察，根本没法进行创作，心里着实焦急。

　　小梦，今天立冬，让我们借冬把忧伤冰冻，将不悦抹去，用快乐的"叮咚"之声去敲响好运之门。

　　今天的信东拉西扯的。我再看会儿书，你晚上学习不要太晚了，要注意劳逸结合。只有休息好，保持旺盛的精力，才能提高学习效率。

　　晚安。爱你！

妈妈
2017 年 11 月 7 日

2017 这一年

亲爱的妈妈：

　　难得愿意提笔给你写信，这封信可以说拖很久了。自暑假起，为了自己的目标，我放弃了近一个月的假期去外地画室学习。从本地老师的"小画室"走出来，面前尽是高手。

　　我去时正值7月，对预科生来说是最佳选择，没有高强度的训练，也没有咄咄逼人的老师，我只要静下心来，画上几幅作品就行。有时经过他们集训班，看着这些头也不抬的学长们，一只手在飞速地排线，仿佛对着石膏或真人头像，便可以在纸上默写出所有的面部结构，心里不禁喟然叹曰："贤哉……"隔壁班是大学生和几位老教师，他们已然是"社会"成员，穿戴成熟，几位男生看起来虽有些"乌烟瘴气"，但走近一看，他们画画倒十分投入。本想感受一下集训生活，开始只报了十天的课程，没想到越学越有味了。

　　一个月不回家有些煎熬，想念睡在我床上的小恐龙玩偶，想念我养在洗手间里的屁股花（一种多肉植物），还想念小伙伴。可时间流逝之快，又让我感觉这一个月快得离谱。结束画室生活，已是8月初。回到家，反而有些不习惯了。

学校早早地开学,于是在家不到十天,我又顶着烈日去学校补课。短短一周,就给我晒得黑白相间。休息的几天里,得到噩耗说外婆的身体不行了。想到外婆,又难过了起来。外婆因病化疗,掉了很多头发。她病恹恹地躺在床上,是我见到外婆最后一面时的模样。我从小由外婆拉扯长大,和外婆的感情特别深厚。在为她守夜的四天里,儿时的记忆小泡泡一样不断地冒出来。可是再怎么想,外婆也回不来了。外婆出殡后,我回校上学。谁知没几天,舅舅又将我从学校接回家,说奶奶也不幸去世了。还没从外婆去世的悲痛中走出来,命运又重重地捶了我一击,我在一个星期内竟去了两次殡仪馆。

　　我想,你和爸爸的情绪现在应该好一些了吧?工作那么忙,家务那么多,一定要少想。我学业那么多,任务那么重,也一定要少想。悲痛是一种负面情绪,但也可以化成一种力量。想到去年夏天,我在听力不灵的奶奶耳边信心满满地表示"我要考名牌大学的",奶奶那天笑得特别开心。今后的日子我也一定会为之努力的。

　　一眨眼,三个多月过去了。2017年也到了尾声。想和你说的似乎很多很多,但对着纸张,似乎又卡在喉咙里了。2017年是个讨厌的年份,今年,我和个别同学发生争执而被诽谤,是一件永远也忘不了的心灵创伤;今年,外婆与奶奶双双离世,也是一件刻骨铭心的悲痛。今年似乎是运气很不好的一年,也许是最低谷的一年。明年是否会稍稍反弹呢?明年的太阳会不会比今年的更温暖一些呢?

　　无数个夜晚,我躺在寝室的小床上睡不着。一楼几乎看不到

陆-丁酉记　253

任何事物,不过不远处的灯格外刺眼。我看不见灯柱,却看得见那光射进房间,白白的,冷冷的。某位女生早已开始打呼,邻床的同学也不再翻身,我侧卧在床边,紧紧抱着小熊玩偶,在那束光的引导下,缓缓睡去,梦里的情景历历在目,甚至记得每一处细节。这么久以来,我想梦见的人,一次也没梦到。第二天睁眼时,这些奇怪的小情绪又都不见了。灯已熄灭,只有太阳尚未升起时天边的红光。同学们纷纷起床,各自道一声"早"。

  时间之轨转得一丝不苟,现在的我活得像个机器人。有什么办法不虚度这些光阴,给自己的课余生活添添彩呢?似乎没有。等到三年的机器人时光过完后,我想,我一定,可以收获些什么。

  这封拖欠许久的信总算完成了,我也要继续投入复习了。今天即将结束,要休息了。

女儿:胡梦游

2017 年 12 月 11 日

Chapter 07

柒

戊戌记
（2018年）

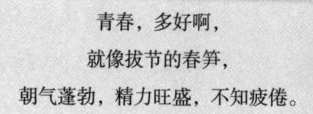

青春，多好啊，
就像拔节的春笋，
朝气蓬勃，精力旺盛，不知疲倦。

悲欣交集的 2017 年

亲爱的小梦：

　　日历终于翻过了 2017 年，我们即将迎来中国传统的新春佳节，明天就过大年了。而今年过年与往年不同，我们少了两位长辈，外婆和奶奶。

　　你在信上说，2017 年是个讨厌的年份，你经历了在一周内失去外婆和奶奶的悲痛，还烙下了被同学诽谤的心灵创伤。这两件事，无论哪一件，对成年人来说都无法接受，而你却都承受了。经历了亲人生离死别的疼痛和成长中的挫折，妈妈相信，你会因此变得更坚强。

　　离你给我写信已过去整整两个月。按理，妈妈早就应该跟你聊聊了，可 2017 年，不说讨厌，也确实是祸不单行的一年，先是外婆去世，接着奶奶突然离世。妈妈的心情跟你一样，悲痛万分，甚至比你还痛，给你的信自然也就搁置了。

　　清明回老家时，外婆还忙里忙外地张罗着做青粿给我们吃，那时的外婆手脚利索，做完青粿还跟我们一起去上坟的。谁能想到，外婆会得不治之症。住院，开刀，化疗，身体被病毒快速地击垮，身心遭受从未有过的折磨。而妈妈只能眼睁睁地看着外婆的身体一天比一天消瘦,眼睁睁看着她在那里受苦,直至被病毒无情地夺走生命。想起外婆生病的那几个月,担心、焦虑、失眠,我们全家因为外婆的病而陷入悲苦的迷雾中。我们总以为外婆会慢慢康复的,谁料想会在这么短的时间内即化成烟和灰,我们再也看不到她和蔼慈祥的笑容,吃不上她做的香喷喷的饭菜了。

外婆走了,你外公的精神突然被击垮,他整天在我面前念叨外婆,时不时地哭诉失去老伴后的孤单。这些日子,我一边上班,一边得面对外公失常的情绪,还不时地想念外婆,她是我的妈,我能不想念她吗?多少次在梦里见到你外婆,我总是问她,"你怎么会得这个病?"我多么不愿意相信!你外婆没了,她再也不会回来了。写到这儿,忍不住哽咽了。

再说你奶奶。你开学前一天我们去看她,还好好的。你向她汇报学习成绩,向她表示将来要考名校的。那时,她的精神多好啊,你们还拥抱了。谁料想,才隔半个月时间,奶奶又突发心梗而别。

你外婆 8 月 24 日出殡,奶奶 8 月 29 日辞世。我在一周之内失去两位母亲,悲哀、悲伤、悲痛,很长一段时间,我发不出声音,走路似踩棉。想到两位母亲,禁不住泪沾巾。

外婆去世三个月后,我的精神才略有起色。哪料 11 月 3 日那天单位开运动会,不小心左脚骨折,至今尚未痊愈。

2017 年,可谓伤和痛一起向我们袭来。

不过事实上,小梦,我们的 2017 年是悲欣交集的一年。除了上面说的悲事外,我们家也是有喜的。最大的喜事,就是我们搬新家了，我们搬到了一幢带院子的房子里。住有院子的房子，是我们全家多年来的心愿。外婆健在时，我常常跟她说，等我们入住新房子，她照旧跟我们一起住，不用爬楼梯，在我们家安心养病，冬天，靠在躺椅上，到院子里晒太阳；夏天，坐在星空下，我们一起数星星。听我说着这一切，外婆很开心。暑假里的一天，我专门将外婆接到新房子。那时，我们新居已经装修好，只等下半年入住。那天，外婆参观新居后，对她的卧室很满意。我给她在客厅打了地铺，她静静地躺了半天。我打扫卫生，她在那陪了我半天。以后，再也没有这种陪伴了。

说完家事，对妈妈个人来说，还有一件大事，那就是妈妈在省委党校参加了鲁迅文学院浙江作家高研班的培训。进鲁院学习，是妈妈今生的梦想之一。在鲁院班，妈妈结识了真正的同类，72位文学爱好者们济济一堂，听文学专家们名正言顺地谈文学创作。在当今这个物欲横流的社会里，谁会谈文学？仿佛提"文学"二字是见不得人的事。鲁院班半个月的学习，值得妈妈用一生的时间去消化和回味。那段时间，妈妈还遇到了两位无话不谈的好朋友。巧得很，你还跟妈妈在那里住了两个晚上。

悲欢离合、喜怒哀乐，小梦，也许这就是生命。悲欣交集，而这，也是生活的常态吧。

你在信中说，明年是否可以稍稍反弹一些呢？明年的太阳是不是可以比今年更温暖一些呢？答案是，肯定会的。因为没有人会永远生活在低谷里，也没有什么事是不能逾越的。有位哲人说，太阳每天都是新的。是的，我们换了新环境，自然会有新气象。我们乔迁新居那天，家里来了很多客人，大家都夸我们的房子是大手笔，我想这是我们共同努力的结果。

你现在是高二学生，有自己的方向和目标。去年暑假，你为了心中的梦，不顾酷热，去画室学习。平时，也能坚持在学校画画，显然，你的付出比一般同学多得多，而你似乎很轻松就对付过去了。小梦，你知道这是为什么吗？因为"青春"。青春，多好啊，就像拔节的春笋，朝气蓬勃，精力旺盛，不知疲倦。希望我的小梦总能保持这份昂扬的精神状态。

明天是大年三十，我们回老家过年。让我们一起为来年共同祈愿：

新的一年平安、健康相伴！新的一年，一切旺旺！

妈妈
2018 年 2 月 14 日

秋分

代沟？还是？

小梦：

　　昨天正月初七，你跟舅舅、阿姨等一起回老家。拖着行李箱，拦也拦不住。我说四月初你要参加技术学科的高考了，时间紧迫，正月初九该去老师那里辅导了，还是安心在家学习吧。你坚决不肯，执意要去分水，说要去看"初一"。"初一"是一条小外婆家失而复得的小狗。拗不过你，每次你出去玩，总是我妥协。但说好住一个晚上就回家的，谁知今天在朋友圈里看到你在家门口巴比松玩的镜头。路过家门竟不回家，又继续回小外婆家找小狗玩。

　　小梦，我们约定好了的事，你怎么不信守呢？也许你有充分的理由说，车小人多，行李箱放不下，你得今天再度返回，明天才能将箱子带回家。但我总是觉得你不够自律，玩心太重，对时间缺少规划，也不珍惜，甚至任性挥霍。

　　人与人之间最大的差别是什么？那天在你们教室看到一句标语"比你优秀的人，比你更勤奋"。我想，这，就是差别！世上没有不付出辛劳就可以坐享其成的人，除了空想家。

　　自寒假开始，你每天晨昏颠倒，白天睡觉，半夜做作业，这种违背自然规律的作息安排科学吗？这样的学习会有效率吗？你不觉得自己的行为太散漫了？

过完2017年，我们的生命年轮又增加了一圈。而你，是18岁的女孩了。18岁，意味着什么？意味着你是成人，该对自己负责了，可为什么你的学习总要妈妈不厌其烦地提醒和督促呢？也许，你会说，现在是寒假，等开学了，你自然会抽紧自己的。学习，是随时随地的事，为什么非要去学校才肯进入状态呢？每次开学的回头考，你总是"裸考"，并单方面地认为其他同学也是如此，而事实上并非如你所想。

人，总是要在比较中才能看到差距。不知你有无关注到艺考生，他们大年初一就在学校挑灯奋战了。想想那些同学，不知你的神经是否有所触动，你还会为了去找一条小狗而失信吗？你不觉得自己做事的格局太偏狭了？

没错，过年，是走亲访友的节日。可是，你走亲了吗？你去看望长辈了吗？没有！扪心自问，你每天除了睡觉和手机，做了多少有意义的事？难道这就是"00后"？"00后"就是懒散、懈怠、自我的代名词？真不敢认同！

写到这里，我的情绪有些激动。我在反思，这到底是怎么回事？是我们之间有代沟，我的话你根本不愿听？还是家教的缺失？

代沟是必然的。我们的生活和思维方式肯定有差异，但是作为"人"该有的优秀品质，诸如勤勉、自律、坚韧、坚持、克己，等等，请你自我观照，你具备哪一条？

再说家教。我们家也算书香浸润。妈妈的日常是，只要有时间，尽可能与书相伴，从不敢不懈怠自己。难道这些年来对你没有产生过一丁点儿影响？儿时的你不是这样的。那时的你，尽管有些微的不情愿，但还是能坚持每天练钢琴。练完钢琴，也总能自觉地坐在沙发上安静地看书。弹琴、阅读、写故事，规划的小目标一个个实现。真怀念那样的时光！

现在呢？钢琴摆在客厅里，落寞地成了家里最贵重的家具。你说爱好画画，所有的画具都给你买齐了，可整个寒假，没见你拿过一次画笔。曲不离口，笔不离手。你立志将来从事设计行业，可你每天除了将大把大把的时间浪费在睡懒觉和玩手机外，付出多少时间在学习上？令人失望。若不对你提出严厉的批评，那才是真正的对你不负责。

回想你的成长痕迹，总是感觉对你太宠溺了。事事顺着你，满足你，呵护有加，以致养成你这种懒散的生活习惯。

严有格，爱有度，寒假的余额已不多。希望你看了这封信，有所醒悟，有所改变。

妈妈
2018 年 2 月 23 日

做一次先行者

亲爱的妈妈：

今天上午，我完成了本次学考中的最后一门科目，随着铃声响起，我紧绷了三个多月的心总算略有放松。三天的考试中，最让我担忧、紧张的是第一天，4月7日下午的技术选考，我为此艰辛地准备了三个多月，这90分钟对我来说是一决雌雄的时刻。由于考试时间与学校的作息时间稍有偏差，我的同学纷纷回寝室午睡了，整个教室只有我一个人在看书。

预备铃想起，我重重地合上书本，带上满腔的"竹子"毅然迈向考场，然而，接下来遇见的情景让我哑然了。没想到我是第一个到的。闲来无事，我确认身份后找到自己的座位，趴在桌上发呆，这么久以来，我没日没夜地上课刷题，不就是为了这一次吗？胜利就在此举，那火红的锦旗和班主任开怀大笑的模样似乎就在眼前！

开考铃声打响，我开始疯狂答题——技术选考，考的是时间！万幸，我只花了半小时便答完了信息部分，不一会儿学考结束铃声打响，意味着只剩30分钟了，考场里大约20人突然站了起来，甩甩头发笑嘻嘻地出去了，大概是做不出来放弃了吧。我定定神，继续做题。

30分钟争分夺秒，总算让我答完了。几分钟后选考结束铃声响起，我放下笔松了口气，环顾四周，教室里早已空荡荡的不见人群，整个考场只剩下三人！我不禁笑了出来，若是与之前那些学生竞争，我至于复习得这么认真吗？

回到教室，老师和同学都关切地问我情况，我十分自信地回答他们。我想，这90分钟是我18年人生中最刺激的一次经历了！我以高二的学习经历跟高三的同学同台竞争。接下来，我只需要静静等待成绩公布。

第一天就这样匆忙地过去了，接下来两天的考试，我也大都胸有成竹，想来不会很差。

回想起之前三个月对技术学科的课外学习。每到周六中午放学后，我总是匆忙应付几口中饭，然后直奔辅导老师的办公室开小灶。技术课分为通用技术与信息技术两门，我的整个下午都会用来学习新知，有时是一门课，有时是两门课交替上。上新课时间十分紧张，有时一下午就将一整个章节的内容讲完了，剩下的则靠我自己消化。结束后已经夜幕降临，我踏着昏黄的路灯光回家，开始恶补巩固下午刚学的全新知识。这种高强度的方式无疑像把一个压缩文件包，塞进我的脑子里突然解开，我有些措手不及。不知道刷了多少试卷后，我心里才算有了底。

我选择了一条与众不同的路，因此也要付出更多的努力。这次是我的第一个突破性的尝试，三个月内速成一门学科，实属不易。我只希望，有个理想的结果，我感觉自己越来越靠近设计的梦想了，但也感到背负的压力越来越重。

一个月后,我要暂别学校,去一个新的环境进行美术集训。前面的路已规划好,只是尚未开垦。我手持一柄锄头,每一步都必须用心开垦,只希望这一路下来没有偏差,可顺利抵达理想的终点。我想沿途的风景也许不错,说不定闲暇时可以享受清酒与飞鸟。

　　既然已经起航,便不再后悔。高中三年不吃苦,什么时候吃苦?

女儿:胡梦漪

2018年4月9日

开弓没有回头箭

亲爱的小梦：

你一定在心里纳闷，以往都是妈妈主动给你写信，而这次你主动给妈妈写信，竟然没有得到妈妈的及时回复，心里是不是有点失落？

看完你考试后即兴书写的信，妈妈非常感动，为你的成长，为你的主见。

18年来，你做了人生中一次大胆的尝试，本应在高三上学期进行选考科目考试的，你提前到高二参加了技术学科的高考。这意味着你必须在三个月内快速学完技术学科的所有内容，而这部分内容完全得靠你课余和假期时间自主学习，换言之，你得放弃休息，与高三"二考"的同学同台竞争。

令人赞赏的是，你顶住了压力。这三个月中，妈妈见证了你的努力。每次周六放学回家，你都是匆匆走路，匆匆吃饭，甚至饭还没落胃，妈妈已催你上车，将你按约定时间送到老师那里辅导，这样的辅导一直坚持到大年三十前一天。而每次从老师那里回来后，你又带回大量的练习卷。对技术学科的备考，你自我感觉胸有成竹。

从你的描述中，我看到一位青春少女，她有思想，有目标，她的身上洋溢着青春的朝气，并充溢着满满的正能量。我还看到这位戴眼镜的女孩，穿着校服，扎着长长的马尾辫，饱含热情，自信地走进考场，她不顾周边同学另类的表现，在考场上快速而从容地答题。她的做法自然得到老师和同学的关注。妈妈很欣慰，这位女孩是你。

小梦，你的人生规划早在高一时已经做出。你爱好画画，希望将来能从事设计和艺术类行业。美国一位早期政治家 J. 亚当斯曾经说过"我们这一代不得不从事军事和政治，为的是让我们儿子一代能从事科学和哲学，让我们孙子一代能从事音乐和舞蹈"，这体现了上上代人对艺术的憧憬和向往，但时代不允许他们从事艺术。

妈妈看着你长大，了解你的性情和志趣，所以支持你的选择。但妈妈也提醒你，走艺术之路，并非你想象的那么简单，它需要一定的天赋，且必须比同龄人付出成倍的努力，换言之，你不仅要学好专业技能课，还要学好文化课。你毅然地点点头，说爱好画画，对自己的选择绝不后悔。

好，开弓没有回头箭，既然已决定，那就不放弃、不抱怨。人最可怕的不是贫穷，不是衣着朴素，而是没有目标，像没头的苍蝇，盲目乱撞，最终一事无成。你既然已经确定了航向，那就义无反顾地走下去吧，沿途也许不可能一帆风顺，但正如你自己说的，也有风景，闲暇时可以偶尔享受清酒与飞鸟。

妈妈迟复你的书信不是没有理由的，只想等考试结果出来后再与你交流。现在成绩揭晓了，你在电话那头哭着告诉妈妈，技术赋分没有达到理想的满分。说心里话,得知成绩时,妈妈心里也咯噔了一下,我们本打算这次技术学科一次性过关后,全力以赴其他学科的,看来你还需再努力一次。不过,这次经历恰恰验证了一个道理:"沿途不可能一帆风顺"。幸运的是,你还有一次机会,权当这是经验积累吧。心如向阳,何惧忧伤?据说,今年技术学科裸分94才能赋满分,要求不低。

过几天,你将暂离学校,告别老师和同学,到Q画室接受高强度的技能训练。你曾问妈妈,离开老师和同学,他们会不会忘了你?妈妈可以肯定地告诉你,老师和同学不但不会忘记你,反而会牵挂你,甚至有的同学会羡慕你,羡慕你有多种选择。你在内心流露出不舍得朝夕相处的老师和同学的情感。小梦,这次的外出学习,只是暂时的告别,考完美术,你依然会回到这个你热爱的大家庭。

借此机会,妈妈想跟你聊聊新环境的生活和学习。每个人都是在适应一次次不断变化的新环境中磨炼和成长起来的,对环境的适应力体现了一个人的格局。去Q画室,你会遇见来自全国各地的同学,彼此的学习、生活、风俗习惯各不相同,到时有矛盾也在所难免。"与人相处,以和为贵""求同存异"是人与人之间的相处之道,这不是妈妈的软弱。

去Q画室,妈妈要送你三句话:

"努力了才叫理想,放弃了只是妄想。"

"将来的你一定会感谢现在奋斗的你。"

"时间,抓住了就是黄金,虚度了就是流水。"

希望你细细品味这三句话的意味。到画室后,要想明白自己此行的目的，你自己已说，选择了一条与众不同的路。你本可以在文化课领域与同学"一决雌雄"，但你选择了两手出击，你欲到艺术的海洋里熏陶、遨游，那么，去吧！

青春女孩，没有不爱美的，可能有的艺术生会狭隘地理解美，描眉画眼，花枝招展，穿奇装着异服，但妈妈不希望你这样，因为青春本身就是美，美在创作中，美在奋斗中。

5月是充满希望的，5月的英文单词是"May"，这是一种可能，更是一种期待。亲爱的小梦，趁着5月的风，手把锄头，用心开垦吧。

预祝你带着沉甸甸的收获归来。

妈妈
2018 年 5 月 3 日

寒露

新奇的体验

亲爱的妈妈：

见字如面。自从来到画室，我们有一周多没见面了，我猜你一定想我了。

Q画室是我和同学一起选择的画室。这是一个今年新成立的工作室，学生不多，我明显感觉到这儿的教学体系还没有系统化，要说亮点，唯一的好处，就是我来得早，所以老师们可以有针对性地教学。

一年前的暑假，我在S画室学习了一个月的基础素描。曾经我只会基础的几何石膏临摹和写生，到S画室集训一个月以后，我学会了精细的素描临摹和不少石膏头像的临摹。这一次，我正式开始学习色彩、速写，多彩的颜料和漆黑的炭笔都让我感到异常新奇。

我猜你一定很好奇我的美术课程是什么样的吧！那就跟你聊聊我的一天。

这儿的作息和学校的明显不同，我们是8点开始上课，因此早上再也不用天未亮就起床赶时间了，我们可以睡到7：30缓缓起床，因为穿过一条二十米长的走廊就是教室。第一天上午，我和同学去老师办公室领了颜料、画笔、水桶等工具，就这样，我们开始了一天的课程。

上午的课程是素描，是我三科中最熟悉的一科。我们五人水平各不相同，有的已经可以写生石膏头像了，有的则还在临摹最基础的正方体。我介于二者中间。为了统一教学进度，大家统一从正方体的临摹开始。

色彩课上，老师给我们示范的第一个静物是苹果。他用一支大小适中的扇形笔蘸取了厚厚的中黄色颜料，在雪白的画纸上描绘了基础的苹果外轮廓，随后又点蘸了一些别的颜色，搅和几下后，重重刷到了轮廓内。如此，一个苹果的基本形状就出来了。接下来要根据明暗关系给苹果的亮面、暗面、反光面、高光等进行着色。亮面需要柠檬黄加上些许白色，暗面则是加一些春日青、橘色、赭石和其他颜色，反光就是淡淡的灰橘色，透出些许蓝绿色。不一会儿，一颗栩栩如生的苹果在一支扇形笔的左右摆动下完成了。最后，老师蘸取极少量的纯白色点在了亮面处，为这颗苹果附上了鲜活的灵魂。我和同学看得津津有味，还想再看一会儿时，老师就收笔停止演示了。

接下来是我们的实操时间。我学老师的样子，在一大堆形状各异的画笔中挑选了一支大小适中的扇形笔，在白纸上画了个"轮廓"，其实就是个咕噜圆。先是黄色铺底，然后……然后……我充满自信地根据刚才的步骤画了个苹果，颇为满意地请来老师为我点评一二。老师看到后问："请问这是个黄色实心球吗？"原来我还没能控制颜料。对于颜料盒中五花八门的颜色，我总是想不好蘸取哪一个颜色最合适。

　　第一节速写课则有些枯燥。老师从厚厚的课本中摘出部分衣褶的图样，让我们在接下来的三个小时内不间断临摹，且必须百分之百还原课本上的大小尺寸。速写课上需要用到的材料是炭笔或者炭棒，我并不精通炭棒，便老老实实使用比较简单的炭笔。可谁知我买的炭笔是"硬炭"，着墨程度远远小于"中炭"和"软炭"，画出来的衣褶也不如其他同学的生动灵活。我硬着头皮坚持了三小时，等时间一到就撒手跑向了画材店。作为回报，老师"奖励"我额外两小时的临摹作业。那晚，当室友们都在看剧、听音乐时，我在教室里埋头苦画。

　　在我们刚来的一周时间里，画室只有五个学生，大家早早下了课就回宿舍休息了。我的室友分别来自金华和丽水，还有一个则是和我一同来的好朋友。我们的课后时间十分自由，老师没有没收我们的电子产品，大家有的捧着手机看剧，有的玩单机游戏。这种生活和我见过的美术生活完全不同，还记得一年前在 S 画室遇见的学长们总是步履匆忙、蓬头垢面，身上的衣服也没有一件是干净的，总是沾满了五颜六色的颜料。

　　我喜欢这儿的作息时间，你总说我是"夜猫子"，那这儿可太适合夜猫子生活了。我终于可以慵懒地睡到太阳升起，上完一天的课程后和同学们叫一些外卖、零食，一起聚在教室聊天、画作业，直到月上眉梢，零点后才纷纷回到各自的宿舍洗漱睡觉。不知为何，大家聚在一起画作业的时间里，我总是精力充沛，更不用说会觉得疲乏了。

　　课余时间，我和同学探索了画室附近的超市、饭店、公园。

我们的教室和宿舍位于二楼，教室原先是一家酒店的休息室，宿舍则由酒店房间改造而成。楼下有一间空旷的大房间，大房间的旁边是一间健身房，室外则是一个泳池。

在这个宽松的氛围里学习，我们的美术考试压力荡然无存。我没有多想，和大家一样沉浸在休闲娱乐中缓缓睡去。

不知道你看了我的画室生活记录后，会有什么样的感想呢？

小梦
2018 年 5 月 13 日

霜降

绘就青春画卷

亲爱的小梦：

现在是初夏，窗外天蓝云白，花树在风中摇曳，我家院子里的茄子、辣椒、黄瓜、西红柿、四季豆等都相继开花了。四季豆已采摘，最近每天能摘一碗。紫色的茄子花和白色的辣椒花在珊瑚树的映衬下显得特别娇俏。土豆叶子渐渐由茂盛转黄了，你外公说，等叶子更黄的时候便挖土豆。院子里的月季红的，黄的，粉的，开了谢，谢了开，它们似乎不怕累。葱兰也开花了，粉粉的，阳光下，像小女孩的笑脸。

每天起床或下班回家，妈妈都会在院子里逗留半天，仔细观察这些花和果的色彩和造型。我总在想，假如你在家里就好了，我们可以一起观察它们，然后研究怎样画好它们。当然，这个想法是不现实的。接下来的几个月是你最紧张的集训时间，你必须在短时间内通过美术专业的联考甚至校考。

因你的学画，最近妈妈从书架上翻出你从学校带回的美术专业书，速写、色彩和素描，厚厚的，三大本。看得出，这些书你都没看过。我觉得学画跟学琴一样，肯定有其内在的基本规律和原理。你学了七年钢琴,应该有体会,背谱时若跟着音乐的旋律和节奏走,弹起来就会轻松,反之死记硬背单个的音符,弹琴就容易出差错。按理学画也这样,把握画画的透视原理和明暗规律,将理论与实践结合起来,你的学习才会进步更快。因而,妈妈建议你一定要抽时间学习美术理论,尽可能减少摸索时间,以达到事半功倍的效果。

有人说,画山水要将山水存在心中,我想,画色彩,画素描,则应将各色花果、各类人物和瓶瓶罐罐等生活细节存在心中。有的考试作品要求作者默写一幅生活中的场景,若平时不观察生活细节,不积累创作素材,作画时必定会出现"巧妇难为无米之炊"的尴尬!鉴于此,妈妈打算不时拍一些院子里的花果照给你,供你休息时研读,可好?同时,也希望你做生活的有心人,平时多观察身边的人与物,花与草,慢慢练就一双会发现和欣赏的慧眼。"问渠那得清如许,为有源头活水来",生活是一切创作的源泉,音乐、文学、绘画、舞蹈等等艺术都源于丰富多彩的生活。

今早醒来,打开手机,微信上收到你发过来的一张素描作品,一看时间,是凌晨1:15,你留言这幅作品是晚上12点多完成的。这个点,妈妈早已熟睡了。

你画到这么晚,妈妈忍不住心疼起来,这太辛苦了!然而转念一想,这说明你最近的学习状态很好。那天你跟妈妈说,你现在很努力,虽然有点小累。毕竟在画画方面,跟那些从小就学习或从美术班出来的同学比,你是零起步,而你得与他们同场竞争,可想而知压力山大。不过,小梦,你跟普通美术生不同,你有明显的文化课优势,你有自己的梦,有明确的目标,你知道自己要去哪里,所以你会投入地做自己愿意和喜爱的事情,这是幸福的。

当代作家柳青说:"人生的道路虽然漫长,但紧要处常常只有几步,特别是当人年轻的时候。"德国哲学家叔本华曾说:"无论何时,每个人都确实需要有一定的焦虑,或担心,或困苦,正如一艘船需要一定的压舱物,才能走出一条笔直和稳定的航线一样。"

小梦,你现在这个阶段正处于人生中紧要处的这几步,走好这几步,你将来便可少走弯路。自然,你现在面临的学习压力,也是你航行时必需的压舱物。这份辛苦和压力,妈妈相信你有心理和能力承受。

在平昌奥运会短道速滑 500 决赛中,中国选手武大靖夺得冠军,这是中国队收获的首枚且唯一一枚金牌。在重重压力之下,武大靖以完美的表现,登上了奥运之巅。可就在七年前,他还只是队伍的陪练。他付出了比常人多一倍甚至几倍的努力,最终让自己强大起来。

青春,是人一生中最美好的年华,它充满了激情和梦想。你这时所有的付出和努力,跟武大靖一样,是在为强大自己做准备,而且这些努力会在潜移默化中化作你生命中的宝贵财富。事实上,你已经尝到了儿时七年的学琴带给你的自信。现在你立志学画,妈妈可以肯定地告诉你,将来它一定会带给你与众不同的生活品质和自信。

亲爱的小梦,生命是不可逆的,岁月不会从头再来。该奋斗的年纪,我们绝不选择安逸。妈妈祝福你在最美好的青春年华绘就一幅美丽的青春画卷。

为我亲爱的小梦加油!爱你!

妈妈
2018 年 5 月 25 日

月灰之美

妈妈：

　　最近一个月来，我都在画室学习，有时会为了完成作业得熬到凌晨两点，有时是休息日，我会报复性地将手机刷到凌晨两点。总之，最近这段时间我总是睡眠不足。

　　想到第一周来画室时，大家都慵懒自在，每天会自主留在教室复习、预习，更不用说按时交作业了。最近随着学习强度的增加，我感到有点力不从心。速写老师布置的作业通常是大量机械的静态人物临摹，素描老师布置的则是单一石膏头像或局部五官临摹，色彩作业比较有趣：把颜料保养好。

　　你知道要怎么保养颜料吗？通常需要两个步骤：挑颜色和补水。在画色彩作业时，扇形笔在不同的颜料之间点蘸，过程中会给原本纯净的颜料带来一些杂质颜色，所以我们需要用刮刀把杂质颜色挑出。颜料分为高纯度的颜色和低纯度的颜色，当高纯度的颜色（比如纯白色、柠檬黄）掺到低纯度的颜色（比如浅灰蓝、那坡里黄）中时，我们可以顺势把颜色搅和均匀，反之则不行。不仅如此，深色掺到浅色中也需要用刮刀挑出，否则浅色的颜料很容易被污染。可是颜料盒共有 42 格，如果每一格都要经过思考后再选择一格颜料搅匀，会浪费不少时间。于是我和同学一起研究出了一个有趣的方法。

事实上，颜料盒也分型号，我们使用的是42色的，除此之外还有24色的和48色的。48色的颜料盒中就有一种叫作"月灰"色，该颜色和它的名字一样，就是月亮灰蒙蒙时的颜色。我们将每一格颜料中被污染的颜色挑出，找到一个空的颜料盒子，将这些颜色统统放在一起并搅匀，不一会儿，自制的"月灰"色就完成了。这个颜色平时可以用来画物体的灰面，也可以和纯色搅匀，来降低颜色的纯度。

另一个同学又有了奇思妙想：她将颜料盘上剩余的所有颜色刮下，装进空盒子中搅匀，一款比较深的"月灰"色也做好了。至于这个颜色可以用在什么地方，想必在画画的过程中，自然而然就有数了。

至于补水，我们买来小按压瓶，只需在颜料上喷一层水保证颜料的湿润即可。但是过度喷水，会降低颜料的黏性和稠度，所以补水也要适度。

几天前，速写老师布置了一个疯狂的作业。他为我们选择了一整页的人物五官图，要求我们临摹，我们不以为然。谁知他另加了一个要求，要求我们在速写纸上将临摹的五官整齐排好，且每一个五官必须临摹十遍。而他为我们挑选的眼睛、鼻子、嘴巴、耳朵临本大大小小各不相同，全部加起来有近一百个！那天晚上，大家在寝室桌上画到第二天太阳几近升起才完成。有位同学没有坚持住先睡了，结果第二天遭到了一顿批评。

在高强度的训练下，我的手臂、掌侧不知不觉蹭满了铅笔灰，衣服上也不可避免地沾上了颜料。平时为了完成作业而通宵达旦，已累得没有多余的力气洗头洗澡，不知不觉中我们成为大家眼中"脏兮兮的美术生"了。我的大拇指常被当作餐巾纸来揉素描纸面上的铅笔排线痕迹，久而久之，当我试图用大拇指给手机指纹解锁时，手机已经无法识别我的指纹，因为我的指纹消失了！

不过我并不会因为区区磨平一个指纹而伤感，相信它以后还会长出来的。我担心的是我频繁的耳鸣会影响我的正常听力。我的双耳在初中时被一位男生恶作剧过，他将两包膨化包装的零食在我两侧耳边捏爆，爆破声顿时刺痛了我的耳膜，我的听力从此开始下降。到了现在，我每每劳累时，就会耳鸣、酸痛。每当耳鸣时，我就很难听到外界的声音，也无法集中注意力，只觉得天旋地转，万物倾倒。最近的耳鸣应该是不规律的作息导致的，可是如果不熬夜画到足够的量，我又怎能学好呢？

写到这里，我抬头望了望远处的月亮。月亮被乌云遮蔽时灰蒙蒙的，此时的颜色果然像极了白天自制的"月灰"色颜料。我们从自然中攫取灵感，并用优美的中国文字将颜料取了各不相同的名字，一如"月灰"，当我们听到"春日青""香水百合""马尔代夫""蔷薇"这些名字时，脑海中也逐渐浮现出"春江水暖鸭先知"的江绿色和"粉着蜂须腻，光凝蝶翅明"的蔷薇粉。相信同沐在月光下的你，也会被月灰色打动吧。

小梦
2018 年 6 月 10 日

学会爱自己

亲爱的小梦：

　　窗外梅雨阵阵，又到了期末考试阶段。妈妈在学校组织老师们期末阅卷。盯着电脑屏幕上密密麻麻的方块字，眼睛一会儿就酸涩了。最近妈妈总是感到很容易疲劳，这正应了一句话"活着活着就老了"。

　　时间在不经意的一撇一捺间飞逝，你在 Q 画室学习一个半月了。这一个半月的学画强度丝毫不亚于你在学校里文化课的学习。素描、速写、色彩，这些图与影的组合，笔与墨的交响，你每天晚上要操练到 11：00 多方能休息。所幸的是，这是你喜欢的事。做自己喜欢的事，即使再苦再累，内心也是充实和快乐的，这正是人们常说的"苦中作乐"。

　　因为喜欢，所以你会静心投入；因为喜欢，所以你的学习也开始初见效果。与很多从小就学画的美术生比，你的美术基础近乎零。基于这样的底子，通过一个多月的赶超，老师们都觉得你的进步很大，妈妈虽不懂得画画的规律，但看你发回来的画作也都像模像样了。值得祝贺！

　　在潜心学画的同时，妈妈有必要提醒你，学习重要，但身体是革命的本钱，一定要好好爱护。前几天，你告诉妈妈耳朵痛且有懵住的感觉，妈妈当时的第一反应是你睡眠太少以致劳累引起的。小梦，你的睡眠时间真的太少了，很多次，妈妈在手机上发现你凌晨还没睡觉，哪怕铁人也受不了。身体跟机器一样，需要休息，需要加油，若得不到休息，就容易破损、老化。人也一样，良好的睡眠是健康的保证。睡眠充足，你才有充沛的精力投入学习，学习效率也才会提高。假如你身体不好，妈妈自然也不能安心工作。

这次接你回家赴省城看医生，来去奔波，浪费时间、落下功课不说，你自己内心也产生了焦虑感，这对身体和学习都是不利的，易引起恶性循环。

可能其他同学下课回宿舍后，总会拖延时间，影响你睡觉。妈妈的想法是，下课后，你要学会不受他人影响，及时上床休息，即使不能马上入睡，躺在床上闭目养神，对身体也是有益的。日出而作，日落而息，人体这架生物钟，跟大自然的昼夜循环规律是紧紧相连的。休息时休息，吃饭时吃饭，务必顺时而为。每个人的体质不同，而你的体质似乎不如其他同学强壮，因此，妈妈建议你每天晚上 11：00 前必须强迫自己休息。

小梦，妈妈之所以跟你唠叨这些话，是因为耳闻目睹了身边太多的事例，很多人因为睡眠不足，造成身体免疫力下降，以致严重地影响身体健康。你外婆就是因为长期睡眠不足而引发病症的。

爱护身体，除了要保证充足的睡眠外，你还要注意饮食的合理。画室的高强度学习，需消耗大量的脑力和体力，而外面的用餐不可能像家里这般如意。因而妈妈建议你饮食上要做到不挑食，鱼、肉、虾补脑，蔬菜、水果补充维生素。饭店打给你的饭菜要尽量吃完，因为这是身体和脑力的需要，它们需要及时补充营养和能量，你千万不能因为不合口味而拒绝不爱吃的食物。

高三阶段的学习，是你生命中体力和脑力消耗相当大的时期。越是消耗大，越要加强锻炼，爱护身体，保持充足的能量。

小梦：妈妈爱你，希望你也能好好爱自己。爱自己，就是好好吃饭，好好睡觉。你爱护好自己的身体，就是爱妈妈。对吗？

妈妈
2018 年 6 月 22 日

立冬

忙碌中的小插曲

亲爱的妈妈：

又一个月没有跟你通信了，最近实在忙得焦头烂额，不过我善解人意的妈妈一定会理解我的。想到两个月前初来画室的状态，那时的我们有用不完的力气和没有下限的精力，能够支撑我们每天到深夜还在做作业、聊天。两个月下来，我明显感受到大家日渐疲惫，我的身体也在发出危险信号。

最近画室陆陆续续来了许多同学，他们来自浙江、安徽、河南、江苏，不过最多的还是来自安徽，可能是校长回老家招生的缘故。随新同学的到来，画室也热闹了起来。

不过，热闹伴随着矛盾。其实在最开始的寝室里，我们已有了矛盾的端倪。还记得我和你提起过的宿舍里的那位女同学吗？我习惯了自己学校对寝室内务的要求，因此来到这儿，我依然每天扫地、擦桌子，保持寝室的干净。FYQ 和金华同学都同我一样，我们将自己的内务整理得井井有条，也按时将脏衣服洗干净。最近几天，我发现我洗内衣用的肥皂盒里总是淌着水，肥皂也变小了一圈，为此我有些摸不着头脑。趁周末时间，我和 FYQ 将寝室卫生仔细地搞了一遍。然而当我们拖地时，发现那位女生床底深处放着一个脸盆，脸盆里的东西似乎散发着臭味。我将脸盆从床底下拿了出来，这才发现我的肥皂被她丢在脸盆里，用水泡着她攒了一周的袜子！

我和FYQ面面相觑，一时间竟不知道该怎么办。想到我们一起相处的两个月时间里，这位女生总是将垃圾囤到发臭、生虫才舍得扔掉，更不参与寝室卫生活动，我犹豫再三还是告诉了生活老师，希望由老师出面提醒她注意个人卫生。这件事情没过多久，她与金华同学也爆发了矛盾，于是我们三个集体搬到了另一个寝室。新来的安徽同学成了我们的室友，她为人正直，没有不良生活习惯，我们相处得十分愉快。此后，我们常常四人同行，上课、吃饭总是坐在一起。

事实上不仅女生之间产生了矛盾，师生之间也发生了不愉快。有一位河南同学在课上无故消失了很久，老师觉得奇怪，询问周围的同学后得知他在厕所。谁知等老师进厕所找他时，他在厕所里吸烟，气得老师对着他大吼。我们在教室里听得胆战心惊，不知道里面发生了什么，两个人在里面吵了许久才出来，男生灰头土脸回了寝室，之后就再也没有看到他了，可能是转学了吧。

最近的作业量越来越多，尽管下课时间并不晚，但我们往往要花一节多课的时间来完成白天的作业。楼上的空间已经挤得容不下所有学生，因此我们都搬到楼下的空房间里。这个房间朝外是一个泳池，隔着玻璃墙，里外看得一清二楚。有时我们在教室里上课，外面的泳池在开派对，几个黑人姑娘和小伙一边喝着啤酒，一边放着动感音乐在岸边跳舞。下课后，我们顺着烧烤的香味来到泳池边，问老板买了些夜宵，在教室里一边吃一边画画。

到了大约晚上12点，派对结束。泳池又变得安静起来，在教室的我们终于可以聚精会神地画画了，此时的空间里安静得只能听到铅笔"沙沙"在素描纸上排线的声音。

时间在"沙沙"声中流走。最近的考试中，有一位同学脱颖而出，他画的色彩静物试卷就像是教科书上的范本，瞬间我泄气了。如果我的对手都是这样的水平，那我这儿童画般的作业，能让我考上什么好学校呢？如此，我们每天坚持到凌晨的意义又是什么？我小小地失落了一下，不过很快又调整好了状态，继续坚持练习。想到这里，我有些咬牙切齿，真后悔没能早点学画！这样就不会在大考中变成陪衬别人的花瓶了。

不过速写课还是很轻松的。现在的课程是动态人物写生，同学们按照顺序轮番站到中间做模特，每一次写生时间在15—20分钟之间。轮到的同学可以在课堂中偷休息一下，找一个舒服的姿势坐上20分钟。不仅如此，速写老师还将他养的小猫带来教室，我们看得目不转睛，都想偷偷上前逗小猫。小猫在教室里走来走去，我们的心也跟着小猫的步伐在教室里走来走去。

或许是我的速写作业有了一定量的积累，老师说我的进步飞快，从一开始的衣褶临摹、五官临摹，到现在动态人物写生，我可以捕捉到标准的人物比例、神情动态。比起画一张色彩、素描需要三个小时，我更喜欢画速写了。下次回来，我也要帮你画一张速写。

小梦

2018年7月28日

策马扬鞭

亲爱的小梦：

受副热带高气压和强对流天气影响，最近每天午后都有一场超强雷阵雨，雷雨来时，妖风肆虐，树根拔起，大雨如注，人躲鸟藏，我家依梦园的蔬菜、花树等全被吹倒在地上，一片狼藉。到第二天白天，则又天蓝云白，蝉鸣高树，一派祥和景象，大自然平静得仿佛什么也没发生过。风雨雷电、阴晴霜雪，对大自然来说，属正常现象。其实，人的情绪跟大自然一样。喜、怒、哀、惧，就是人的阴晴雨雪。

你到 Q 画室学习即将三个月，经历了初始阶段的好奇、兴奋和激情后，妈妈发现你渐渐地对日复一日、近乎没有变化的单一的学习节奏感到了疲惫。每天从早画到晚，凌晨一两点睡，素描、色彩、速写；速写、色彩、素描，没有吉他，没有娱乐，没有电影，似乎窗外的莲花什么时候开放也不知道。当初觉得学文化课乏味，没日没夜地做题、刷题，也许学画可以调节学文化课的枯燥，没想到学画也不轻松，于是你感到迷茫，陷入了一种人为的负面情绪中：患得患失，觉得苦海无边，似乎看不到未来和进步，担忧、孤独、焦虑、烦躁，有时出现一点点小挫折和小事情,也会被放大到无法忍受。其实,这些情绪,不单单你有,所有的高三学生和美术生都存在。

小梦,妈妈始终认为学习是一场马拉松赛跑,你要跟当初初升高时一样,克服畏难情绪,要相信设定的目标一定会实现。当然整个过程,靠的是你坚定的信念,靠的是不懈的坚持、坚忍的耐力和不屈的毅力。有位北大生颇有感触地说:"高三学习是个竞技场,你是个运动员。一切的借口,一切的伤痛,一切的眼泪,一切的软弱都无人喝彩。如果你没有退路,不能退到国外的大学、父母的摊点、复读学校……那么,来到这条起跑线上,就尽快打消幻想吧。没有奇迹,所有的奇迹都是一步一步发生的,只是最后那一步引起世人关注而已。"

这段话说得非常实在。你在画室里画的每一根线条、每一个色块,每一个造型,甚至每一天的熬夜,都不是没有意义的,它们都在为你几个月后的冲刺和起飞做准备。自然界中的蚕就是这样,它们在似乎漫长而无边的黑暗中慢慢地化茧成蝶,然后翩翩起舞在花丛中。

那天,你告诉妈妈,一位新来的安徽同学在一次色彩测试中得了第一名,这匹突然冒出来的黑马令你们感到惊讶和压力。小梦,这是一件好事,你可以放心Q画室老师对教学方向的把握。虽然这是一个新组建的画室,但他们都是从其他画室出来的有经验的老师,有的还在其他画室兼课,这说明他们的教学水平在业内是认可的。还有你的同伴FYQ,她爸爸是画家,她很安心于Q画室的学习。你可以将她当作一面镜子,抛开一切杂念和担忧,按照老师的教学要求和节奏走,想着自己的目标,不比基础比进步,不跟别人比,只跟自己比,克服羞怯心理,多向老师请教,多观察同学画画,想办法将心中的疑惑解决。你学的是精品小班,老师和同学都乐于帮助你的。

妈妈也经历过你这样的年龄。第一年高考因几分之差与大学无缘,第二年走上复读之路。复读的日子是煎熬的。那时候,妈妈曾经也听不见汽笛的远航声,看不见窗外花开花落,感受不到青春的雨滴。内心也迷茫,每天晚上十一点多睡,清早五点多起床,第一个到教室,最后一个离开,还担心万一复读一年仍考不上怎么办,压力很大,直到一次在新华书店邂逅一本书《海伦·凯勒——与拿破仑齐名的女人》,海伦·凯勒,你知道的,她既聋又盲且哑,但她凭着顽强的毅力和信念,克服了常人无法想象的种种困难,成为美国历史上著名的女作家、教育家、慈善家和社会活动家。那时妈妈便以海伦鞭策自己,把她当太阳一样供奉在心里,不去想自己能不能考取大学,也不关心周围的同学是否专心学习,一门心思在两点一线的空间里和没有变化的节奏中学习,最终心想事成了。

妈妈觉得你也要学会给自己做心理按摩,每天给自己积极的自我暗示,相信黑暗不是永久的,温暖的阳光、万家的灯火同样属于你。当你的情绪稳定了,信念坚定了,你的学习效率会更高。

写到这里,妈妈打开手机,翻看你从画室发回来的一张张作品,从第一张到最近的,妈妈虽然不是行家,但看着看着就觉得既羡慕又佩服,那种忧郁的表情、传神的线条、逼真的造型,是怎么画出来的呢?前几次去画室,跟老师交流,都说你进步大,悟性好，有潜力。一旦有问题，经老师指点，马上便能改过来。妈妈听了心里美滋滋的。不过，老师说你有时有点情绪化，我想，处于你这个年龄的学生，出现情绪波动很正常，即使成年人，也有情绪起伏呢。其实，这也是我今天给你写这封信的初衷。

上周妈妈接你回家，刘孟瑶表姐即将去美国留学，你们结伴去超市，妈妈以为你会买些零食带到画室去，结果你买了两件印着"坚持"的文化衫，这使大家都很赏识。对，坚持！不仅要把"坚持"写在衣服上，还要把它印在心里。坚持到底，你一定会收获掌声！

小梦，"鲲鹏展翅凌万里，策马扬鞭自奋蹄"。相信自己的优秀，记住你的优势，放下不必要的顾虑和包袱，暂时锁上心门，关掉手机，像禅师闭关修行一样，与世隔绝，不要让任何事、任何人来打扰。离八月底的返校学习还有四个星期，这段时间，你要安心专业课学习，毕竟专业课的含金量更高，等返校后再用心规划文化课。把 Q 画室每个日日夜夜里的一点一滴，当作一朵一朵姹紫嫣红的小花，开在心里。也许外面毒日当头，但你的心里仍旧一片阴凉。

祝我的小梦不断进步！
爱你！

妈妈
2018 年 7 月 31 日

一路雨花

亲爱的小梦：

去 Q 画室参加集训前，妈妈反复问你：

"小梦，你确定想好了？参加美术考试，你既要学好专业课，又要学好文化课，可能会更辛苦。你绝不后悔？你现在放弃学画，回 F 中学跟同学一起读文化课，高考仍旧可以取得好成绩的。"

"我想好了，不会后悔的。即使读普通类高校，我将来还是要选择设计行业的。"你非常坚定地回答。

"好，学一门专业技能，或许比通识类的文化课有更好的发展前景。只要你不反悔，妈妈支持你。"

近几年，家里因买房、装修，经济上并不宽裕。不过，前几年，妈妈留着一笔多年积攒起来的稿费，一直没用到家庭建设上，那是专门为你的教育投入准备的，妈妈觉得世界上没有一种投入比教育更重要了。

主意既定，妈妈开始与其他艺考生家长一起选择画室。

在富春硅谷一带，汇聚了杭城各大画室，这里早已形成了艺术培训产业群。来自全国各地的艺考生们带着各自的梦想，希望通过艺考之路实现人生的转折。可以说，在你决定当艺考生之前,妈妈包括社会上的很多人,对艺考生是有偏见的,认为只有文化课学得吃力的同学才会选择考美术。你作为一级重高的学生,选择走这条路令很多同学不解,包括班主任。不过,妈妈觉得你的选择是明智的,因为你有自己的兴趣和方向,你立志将来在美学设计行业活出自己的精彩,那必须有美术基础。事实上,现在有越来越多像你这样的同学加入了美术高考。

5月,江南的天气开始渐渐变热。我们辗转在老鹰、白塔岭、三台山、Q画室、央美等各画室间,最终锁定在S画室和Q画室,两家中择一家。2017年暑假,你和同伴FYQ在S画室学过一个月,已适应和熟悉那里的环境。Q画室是新组建的小画室,大部分老师来自其他画室,他们计划招收的人数不多。

大画室和小画室各有利弊。一般来说,大画室人多,管理规范,但人太多,容易惹是非,而且老师不一定会全面关注每一位同学。新的小画室人少,管理未必像大画室那么规范和有体系,但老师会全力以赴关注每一位同学,而且相对来说会少些是非。决定权交给你和FYQ,由你们商量决定。你内心希望少些同学间的矛盾和是非,可以安心学习。最终,你们选择了人少的新建画室——Q,但愿你们的学习像常青藤一样,虽外表柔弱,但有着蓬勃向上、坚韧不拔以及刚毅顽强的品质。

5月第一周的周末,你暂别老师和同学,带着瑰丽的梦想和种种美好的期待,走进Q画室。然而,正如一位诗人写的那样:"有人的地方一定有是非,有树的地方一定有阴影,有山的地方一定有杂草。"3个月下来,你还是在Q画室遇到了大大小小各种事先没有想到的挫折和矛盾。

先说生活上的。你来自几千人的大学校,学校里有大、小不同的食堂,菜品多样,伙食丰富,选择余地大,从来不用为吃而发愁。而Q画室因为刚刚组建,没有自己的食堂,相对单一的快餐可能不合你的口味。于是,你有了抱怨。

然后说人际上的。你们学校的宿舍管理严格有序,值日制度健全,寝室环境整洁美观,室友关系和谐。而Q画室的同学,来自浙江的多个地区和外省市。因个性差异,追求完美的你,无法忍受宿舍的杂乱,于是产生了同学矛盾。还有因误会、偏激、管理等原因产生了师生矛盾、浙江生与外省同学的矛盾。

再说作息上的。学校的作息制度基本上是早睡早起。而Q画室刚好相反。老师们的课每天晚上10:30结束,然后你们才开始画当天的作业,直至凌晨一两点才能睡觉。长时间的睡眠不足和疲劳,造成你身体的不适。于是只得请假去看医生,上课内容被迫落下。据很多过来人说,美术生都是夜猫子,没有一位美术生在集训阶段不熬夜的。虽说学画是你自己选择的,学习是自己的事,但你显然对这样的作息有点不适应,也没有料到学画的艰辛。

还有其他的小挫折和矛盾,不一一列举。这些矛盾和挫折或多或少影响了你的情绪,情绪的变化和起伏又在一定程度上影响了你的学习态度。加上,画室新来的同学中,有的从小学画,有的本身是美术生,后来同学的测试成绩反而居上了,这让你看到了差距,一种无形的竞争压力令你对前景感到迷茫和不安,于是你一度产生了转学的念头。但妈妈想,不论你转到哪里,类似的矛盾依然会有,我们不妨将这些挫折和矛盾当作生命之旅中的陪伴,与矛盾相处,你才能更好地解决矛盾,强大自己。

小梦，时间在节气的更替中悄悄地溜走了，现在离12月中下旬的统考时间刚好过去一半，我们有必要对过去的三个月做一个客观的回顾和盘点，然后规划下一步怎样才能走得更扎实稳妥。

妈妈不想说教，但妈妈从事教学研究工作近二十年，每年与高三老师和学生打交道，故梳理几点想法与你共勉。

保持心灵的宁静。宁静方可致远。抛开不必要的顾虑，把焦躁的心安下来，你才能集中时间和精力对付学习。就算画室冒出黑马也很正常，你只要跟着老师的节奏走，多观察同伴的学习，将基础打好，一切自然会水到渠成，这一点，妈妈深信不疑。

遵循考试的规律。任何一门学科，都有其内在的规律和特点，遵循规律学习，可以事半功倍，美术也一样。妈妈已将美术高考考纲和近几年的美术联考题发给你，你可从中感受联考考试的特点，从而避免学习的盲目性。

认识自己的优势。尺有所短，寸有所长。你有良好的文化课基础，这意味着你有很强的学习能力，尽管你有时爱慵懒一下。虽然你学美术时间不长，但你的提升空间比一般同学大。看到自己的优势，你就没理由对前景迷茫了。

听说8月中旬你们要外出写生一周，多余的话不说了，安全永远第一，愿你用画室学到的原理，用艺术和审美的眼睛去发现和感知自然，并用你的双手和心灵去表现自然的神奇和独特。

好了，我们对学习的探讨已经够多了，今天就此打住吧。

妈妈

2018年8月2日

"警察来了"

亲爱的小梦：

没想到事情的发展会出现如此戏剧性的变化，妈妈刚给你写完两封信，鼓励你要安心在 Q 画室学习，其中一封信还没发出，结果第二天你发来了微信：

"刚才警察来我们教室了，说这里无证营业被举报了。警察说校长一直不肯接电话。"

完了！看到这则信息，我知道你内心刚平息的波澜肯定又掀起波涛了。以妈妈对你的了解，你肯定会在心里担忧画室的前景和命运，一旦画室被封，你们的学习怎么办？心病不除，你永远不可能安心学习。

妈妈估计来画室的不是警察，应该是穿制服的工商行政管理执法人员，你错将执法者当成警察了，哈哈！看把你吓的。曾经有多次你跟妈妈说起 Q 好像没有营业执照，妈妈很欣赏你的观察能力，其实爸妈也注意到了，只是心里一直在祈祷平安，希望不会出现什么意外。

凑巧前两天 G 画室的负责人给妈妈来电话，说他们那边 8 月 1 日开始上人体写生课，由中国美院的 C 教授和他的研究生亲自授课，他建议我们抓紧过去，人体课对提升素描水平有着关键性的作用，而素描底子扎实了，学速写和色彩就轻松了。前段时间，你一直跟妈妈说对色彩比较迷茫，不太有信心，能否换个地方学习。但妈妈一直在纠结，要不要换画室，经商量还是劝你安心在 Q 画室，希望 Q 画室的老师对你多加关注和辅导。

没想到 Q 画室爆出了这样的事。经过一夜反复的权衡和比较，两个因素促使妈妈快速做出决断，转移画室！现在离统考还有一半多时间，换环境还不算晚，若联考结束后再转移，那就迟了。

主意既定，说转就转。8 月 4 日星期六下午听完 G 画室老师对美术考试的现状分析后，我们在老舅的帮助下，将你所有的学习和生活用品转到 G 画室。在 Q 画室学习三个月，感情上对这里的老师和同学难免不舍，你含着眼泪离别 Q 画室，甚至没来得及跟自己喜欢的老师说声感谢，与朝夕相处的同学道声再见。小梦，这是没有办法的，提高自己的学业水平就是对老师最好的回报。时间金贵，容不得你多愁善感。

G 画室是一座五层高的独栋楼房，整幢楼的外墙爬满了青绿的爬山虎和凌霄花，这是一幢颇有诗意的小楼。

走近小楼，见第一层正大门锁着，隔着玻璃门可看到里面陈列着学生的色彩作品及大师的素描作品。我们从侧门进，侧门也锁着。后来才知道，这儿只有少数管理者有钥匙，学生平时整天在画室画画，除了休息天不得外出。这是严格的全封闭式管理。

我们乘电梯到二楼。相比 Q 画室那边的别墅园区，这里的空间显得略微局促。二楼布置着公共区域、教师办公室、学生宿舍和教室。公共区域张贴着中心简介和 2018 年学生的高考光荣榜，其中有一位女生被清华美院录取，这是他们的光荣和骄傲。今年他们招了 50 多位学生，其中浙江生有 30 多位。学生多，学习氛围相对浓厚。在相关老师的带领下，我们参观了食堂、宿舍和教室。8 人间的宿舍比较拥挤，里面有些凌乱，已住着三位温州来的女生。教室空调已关，有点闷热，中间放着一张模特坐卧的席子，学生已下课，但从学生们摆放的座椅中看得出，他们不久前正以模特为中心围成一圈画画。估计人体写生是这儿的特色教学。小梦，上好人体课，你的基础就扎实了。

当我们将所有物品放置妥当后，已是晚上 8：00 多。妈妈看了寝室门后的作息时间表，这里的教学节奏比 Q 画室紧张，晚上 12：00 熄灯，早上 7：00—8：00 上文化课。手机和平板电脑一律由老师统一保管。小梦，初来乍到，人生地不熟，妈妈看你对这里全封闭的管理和早起的作息时间似乎有些不适应。

"这里好封闭，我很难受，你什么时候来看我？你早点来看我嗷！"

"我这里没一个人认识，也不知道跟谁说话。"

"我今天晚上肯定要失眠了。"

"好的，妈妈会来看你的。今天听完 G 画室老师的介绍，你应该有比较了，哪里的环境更利于学习。晚上不上课，你会感到无聊，等明天上课进入学习状态，注意力转移了，你就不会胡思乱想了。晚上好好休息吧，一切向前看，这里有你的小学同学，你很快就会适应的。"

时间不早了，我和老舅准备回家，却见你坐在床上泪眼汪汪地发呆。小梦，换学习环境是你乐意的，只是感情上对原来的老师和同学会有些不舍，这是人之常情，但这种情绪是暂时的。凭你的适应能力，你会很快融入新的学习氛围和节奏，也会找到新的学习伙伴。

　　果然，两天后，当妈妈通过微信问你那边情况如何时，你说还可以，感觉进步挺大，而且还找到了伙伴。这太棒了，才两天半时间，你就感觉有收获，也不再感到孤单了，看来我们的决策是正确的。不过你说睡眠时间很少，凌晨2点睡，早上6：40起。哎，真没办法，你们晚上不能动作快点，抓紧时间睡吗？只有睡眠充足，学习效率才会高嘛！

　　一天后，妈妈去画室看你，遇见素描老师，老师说你很安静，学习态度很好。看来，老师们在关注你，你是名校出来的高中生，自然引人关注了，是吧？这下，妈妈终于放心了。小梦，你安心了，妈妈才能放心哦。

　　妈妈相信，只要你稳扎稳打，静心学习，你一定会走出迷茫，突破学习瓶颈，一切都会往好的方向发展的。

　　祝你天天进步！

妈妈
2018年8月10日

重回校园

妈妈：

　　短暂告别美术集训生活，我又回到学校，端端正正坐在教室上课，准备第一次选考。记得四个月前，我是多么渴望能够离开这四四方方的教室，去一个没有语文、数学、英语的世界啊！可是在画室，我又时不时地怀念校园生活。尽管学校里每天都有繁重的课业压力和数不尽的试卷，但我不用吊着"一口仙气"成宿成宿地熬夜了。

　　从 Q 画室转到 G 画室，体会了一个月的新画室生活后，我才知道 Q 画室是多么自由放松。G 画室是一栋独立的楼房，一共五层高，每层面积大约只有一百平方米。一楼通常用来展示作品，就像是一个可供参观的小画廊，我们从一楼进入，坐电梯抵达上面楼层；二楼是男生宿舍和老师办公室；二楼和三楼中间，隔出了一层"二楼半空间"：因为每一层的层高都有五米左右，所以二楼半空间并不压抑。我们就在二楼半上课。女生宿舍就在二楼半教室的正对面，与其说是正对面，不如说是教室里隔出了几间宿舍。打开宿舍门，就是教室了。大约 30 个学生挤在这不足五十平方米的空间里挨着学习。再往上一层是三楼，也就是我们的色彩教室。三楼和四楼之间又隔出一层"三楼半空间",是另一个班级的教室。再往上的楼层结构我就不清楚了,或许是老师的工作室吧。

顶楼是一个半露天食堂,站在阳台上可以看到不远处的动物园,这也是唯一一处我们可以自由呼吸空气、感受阳光的地方。

整个8月份,我们学习了半个月的人体写生。经过每天6小时不间断的训练后,我已经可以把肌肉、骨骼名字记得七七八八,也能默写出一个大致轮廓,如果这时候让我学医,想来我已经赢在起跑线上了。之后便是循环往复的素描人头写生、速写训练和色彩写生。

我们每天7:30起床,开始一天的学习生活,直至凌晨一点下课后,同学们才有时间闲聊、收拾绘画用品和打理自己。我们的晚餐时间是下午5:30,熬到凌晨时大家都已经饥肠辘辘,有的同学带来了成箱的泡面,结束了一天的高强度学习,在睡前吃上一碗热乎乎的面条,这让大家羡慕不已。不过我没有饿肚子,你给我买了许多零食水果,我和室友们一起享受这难能可贵的"粮食包"来恢复耗尽的体力。

在G画室这一个月来,我们没有周末。对我们来说,每天都是"精神振奋的星期一"。每一个任课老师都会布置科目作业,我们只得在下课后利用睡觉时间来完成。长期如此,大家都习惯了3点睡、7点起的生活规律。

在这里,最让我不能理解的是,我们没有下楼的权利,甚至连快递数量也有明确的规定。每位学生每个月只能接收三个快递,因此大家都绞尽脑汁互相合作,统一购买需要的日用品,生怕浪费了这难能可贵的机会。楼下的大门需要指纹验证，无法出入，我们在这狭窄的小楼里生活了一个月，这也让我避免了夏日阳光的暴晒，皮肤倒是白了不少。

一个照常的周日下午，我从衣柜中找出蒙尘的校服，利索地穿上后，背着书包踏进了原来的学校大门，准备选考科目的首考。

回到教室，我满足地摸着书桌——在画室，我必须双腿弯曲，用小腿抵住画板写字、画画，我已经太久没有舒服地在平整的书桌上写字了。一张张试卷在我眼里就像只需要刻画几个小小细节的画纸，再也不需要用尽力气把整一张纸画满了。同学们的欢笑声不绝于耳，教室氛围异常轻快。我和先前要好的同学一见如故，仿佛我从没离开过这个团体。那一刻，我鼻子一酸，可是碍于情面，没在教室里流露情感。

回学校的一周里，我每天早上6：20起床，步行到不远处的教学楼上课、写作业、自修，晚上9：30回到宿舍，结束充实而自由的一天。30分钟的洗漱时间里，大家在寝室里说说笑笑，排着队洗澡，我也趁着休息时间跟大家分享我在画室集训的日常和八卦。一切都回到了最初的模样，我无比享受这平凡的学习和生活。

回到学校后，我充满了斗志，紧跟大家的教学进度预习我落下的知识，复习我已经遗忘的内容。幸运的是，我并没有和大家拉开太多差距，经过一周的适应，我已经可以跟上老师的节奏，也调整了作息时间。课后的时间，我会积极向老师请教不懂的知识，老师也耐心地帮我解答，甚至给我开起了小灶。

亲爱的梦……

  人真是一个奇怪的动物，处在舒适圈时，会对周遭百般挑剔，总想跳出这个矩阵。而当他真正跳出舒适圈时，又会无比怀念圈内的生活，最终渴望回到里面去。尽管我并没有十分渴望回到文化战线中来，我只是将接下来的两个月当作集训生活的调味剂，不过这段时间我依旧要全身心投入到第一次选考的备战中，争取考到目标分数，这样我的美术联考压力就可以减轻许多。

  不用担心我哟，我已经适应校园生活啦！

你的小梦
2018 年 9 月 16 日

小雪

成人礼物

亲爱的小梦：

　　今天是公历 10 月 18 日，阳光很好，秋阳静静地照进窗内，很温暖，我刚忙完一场杭州市的优质课大赛，身心有点疲惫。

　　此时坐在书桌前，想起 18 年前的今天，伴着依江楼悠扬的钟声，你带着响亮的哇哇哇的哭声来到这个世界，从此走进妈妈的生活，走进我们这个家。

　　你出生时的模样依旧清晰，简直是一个粉嘟嘟的小肉团。你湿湿的头发粘在头上，红红的小脸，红红的小嘴，挺拔的鼻子，眼睛紧紧闭着，手和脚也是小小的，小嘴巴一张一合，头转来转去，像小鸟一样本能地找奶吃。因为你来得艰难，看到你在医生的帮助下终于顺利降生，妈妈无法控制内心的激动，百感交集的眼泪止不住地外流。

　　外婆和阿姨乐得合不拢嘴，忙着给你洗澡，穿衣服，喝黄连，泡糖水。据说，人来世间是要吃苦的，所以要先给你吃点苦，然后喝甜的，寓意为先苦后甜。

　　我们在医院住了一个星期。这个星期里，外婆每天回家给我们做饭，然后乘公交车送到医院，再将你换下的尿布带回去洗，烘干后又送来，最辛苦的人是外婆了。而妈妈因为伤口的疼痛，每天卧在床上打吊针，经历了生产的剧痛后，打吊针似乎只是被蚂蚁咬了一口，感觉不到疼痛了。

出院后，外婆将你裹在一个棉质的蜡烛包里，躺在我身边。那时，你每天的任务是吃、睡、拉，我的工作则是每天喂你吃，看你睡，把你便便。除了睡觉，我的视线几乎没有离开过你。这份工作是辛苦的，更是幸福的，因为看着你每天的变化，看着你幼苗一样慢慢地成长，而这个过程是独一无二的。

你第一声开口叫妈妈，你长出的第一颗乳牙，你摇摇晃晃迈出的第一步，你开始换乳牙，会溜滑板车，你哭着去上幼儿园，会自己穿衣服、扎辫子，你开始弹钢琴，自己独自走路去上小学，你月经来潮，小学毕业后去外地求学，高中时去画室学画，这一切的一切，妈妈都看在眼里，你每一个节点性的变化都让妈妈欣喜。慢慢地，慢慢地，在时间的河床里，你渐渐地离开妈妈的怀抱，走向丰富的校园生活，开始独自面对学习的压力，学会独立处理同学矛盾和师生关系。

亲爱的小梦，妈妈似乎还沉醉在你嗲声嗲气的童音里，还陶醉在你幼儿时嫩白肌肤的触觉中，转眼你就18岁了，长成了一位有主见的亭亭玉立的大姑娘了。

18岁，意味着什么呢？意味着你从少儿时代迈向成人阶段了。成人，就是俗话说的能够一人做事一人当了，从政治上说，你有选举权和被选举权了。当然，目前你不可能完全独立，尤其在物质生活上，不过精神上你会越来越自立。

那天回家，你跟妈妈说，有位同学爸爸为他的成人礼开了一个隆重的生日party，有位同学妈妈送她一颗钻石。然后你问妈妈会送你什么成人礼物。

小梦，我们是知识分子家庭，经济上谈不上大富大贵，但也衣食无忧。从你出生到现在，妈妈没有给你买过任何贵重的东西，但妈妈对你的教育投入是毫不吝啬的。妈妈今生最值得自豪的一件事是，用自己辛苦赚来的稿费支持你学钢琴和绘画，而钢琴和绘画在旧社会基本上是贵族的特权。

一路走来，跟物质生活富裕的同学比，你也许没有什么值得炫耀的东西，但你不缺母爱。妈妈虽不会像别的妈妈那样做一手美味可口的饭菜，但妈妈对你最无愧的就是始终陪伴在你身边。少儿时，陪你弹了七年钢琴；初中时，通过书信帮你解开一个个心结；高中后，又帮你一起科学选课，规划人生。

小梦，妈妈不羡慕别人住别墅、开豪车、穿名牌，但羡慕他人培养的孩子懂礼仪、有学养、会感恩，妈妈希望你也是一位知书、达礼、懂感恩的好姑娘。在你18岁生日之际，妈妈想对你说几句话：

一要记住爱你、帮助过你的人，比如外婆、亲人和老师们，是他们教会你做人要善良，要学会付出。

二要感恩跟你"过不去"的人，是他们让你认识到人世的复杂，是他们照见了你的另一面，并不是所有人会像亲人一样容忍你的缺点和不足。

三要学会对自己，也要对家庭和社会负责，你已经从雏鸟长成羽毛丰满的成鸟了，所以要慢慢地学会担当。

四要不负年华。18岁，一生中最美好的青春年华，这个年龄段，精力充沛，记忆力强，对未来有无限美好的憧憬，是求知的黄金阶段，这是你梦想起航的阶段，妈妈希望你珍惜年华、不负光阴。

18岁，成长的关键节点，送你什么礼物呢，我考虑了很久。你学过哲学，物质的具体形态是会变化的，而精神的东西是永恒的可以传承的，因此我绝不会在物质上跟别的同学家长攀比。最终，我决定以自己的方式，在你的18岁生日之际，给你写一封信，希望这封信，包括之前写的50几封信成为连接我们母女亲情的纽带，也希望你珍视妈妈写给你的这些信，因为它们以文字的方式记录了你成长过程的点点滴滴，你的快乐、彷徨、矛盾、挣扎等情绪都可以在这些文字里找到痕迹，而这是金钱买不到的。

　　小梦，过13天你就要参加人生的第一次选考了，现在是你学习最紧张的时候，这是每一位毕业生都得面对的经历。别害怕，也别紧张，高考，是你走向成人世界的考验，是对你十二年求学经历的检验。相信自己，你的每一步都是脚踏实地走来的，高考，对你来说，跟农民秋收一样，意味着你收获的季节到了，像当初小学升初中，初中升高中都能心想事成一样，我相信你也一定会有预料中的收获。

　　我打算周末去学校看你，顺便带上秋衣和美味的生日蛋糕。

　　祝你进入成年后的第一场考试顺利、如意。当然，假如考试失利了，也别焦虑，还有时间和机会弥补。

　　以后你上大学了，成家了，不管我们是浮萍飘离还是恒长厮守，妈妈永远爱你！

妈妈
2018年10月18日

又一个冲刺

亲爱的小梦：

　　一个半月前，经历了 11 月份第一次文化课的选考冲刺后，你来不及调整身心的疲惫，第二天便回画室，跟画友们一起开始了术科的攻坚。

　　整整两个月没动画笔，一考完文化课，画室就组织你们去安徽屏山写生了。写生的十天时间，恐怕是你一生中最难忘的艰苦日子吧。那几天，天公不作美，秋雨连连，你们只能穿着雨衣写生。听你说，每天天没亮就出门，天黑才回住处，十天中，加起来只有 40 小时左右的睡眠时间，妈妈听了既心疼又为你骄傲，这样的学习强度一般的成年人都吃不消，你竟然挺过来了，真让人敬佩呢！

　　写生期间，据老师反映，因两个月没练笔，你的手势完全生疏了，似乎一切得从头开始。可以想象，面对一个半月后即将到来的美术联考，你当时的情绪该有多么焦虑，而妈妈除了干着急、对你喊一些空洞的口号外，也没有别的法子来缓解你的紧张。这一切只能靠你自己坚强地扛起来。

　　前天（12 月 16 日），经过一个半月高强度的联考集训后，你迎来了浙江省美术联考的冲刺。这次的美术联考,对文化课有优势的你来说,颇为关键,若联考成绩好,你便可返校参加文化课的追赶,若不理想的话,你还得继续留在画室,准备下一阶段的校考冲刺。不然,你就上不了心仪的大学。

考前一天下午,等你在家练完素描、色彩和几张速写后,我们备好考试用的画材,42色的颜料盒、画架、画凳、画笔、画桶、画纸等,将收纳功能齐全的画袋装得满满的,在白茫茫的雨雾中向萧山十中考场进发。

到考场,校门口早已车满为患,大巴车、小轿车,载着来看考场的家长、老师和学生们。正对学校大门的牌子上写着"2019年浙江省普通高校招生美术类专业统一考试",牌子上贴着试场安排、考试时间与科目表以及考试提醒。看到这些安排和提醒,我感到这是动真格的美术高考,内心不由得一阵阵紧张,仿佛上考场的人是我,不是你。

妈妈很好奇美术高考的试场布置。我们快速找到你的109试场,只见教室里背靠背放着4排共30张学生凳子,再无别的东西了。教室里空空的,静静的,这里即将产生你的考试成绩,而这个成绩密切地关系着你的大学选择。

回到宾馆吃过晚餐后,妈妈便催你练画了。没办法呀,这可是最后100米的冲刺,希望你多练练,以保证第二天的正常发挥。

第二天,离考试还有一小时,我们顾不上熟悉山庄环境,便出发去考场了。到校门口,这哪像学校,简直是培训机构的集市。各种培训招生广告充斥眼球,什么"名师执教,小班教学,在这里,收获你的设计师梦想""一流管理,一流师资,助你艺考路上'一览众山小'""成绩，非凡用数据说话"，看他们的广告，似乎进了他们的画室，你便能圆自己的梦想。站了不到一刻钟，一位位年轻的画室工作人员已往你手上递来了沉甸甸的宣传资料。

我们拿着广告材料和你的画具，见一辆辆车子不断地将考生送来。考生们一手拖小推车，一手拿画桶，肩背大画袋，脖子上挂着准考证和身份证，向验证的工作人员走去。这场景颇为壮观，看他们的神情，都很洒脱似的。

见证了你的学艺过程，妈妈对眼前走过的一位位艺考生们充满了敬意。以前，妈妈对艺考生总有一种偏见，认为他们都是文化课学不好才选择艺考的。事实上，艺考生们的付出比文化生不知多几倍，他们其实是更有梦想并为梦想付诸实践的人。没日没夜地画画，青春、飞鸟、阳光似乎与他们完全隔绝了。他们的心中只有梦想和远方，手中只有画笔和水墨，眼中只有线条和色彩，妈妈很欣慰你也是他们中的一员。我想，不管最终考试结果如何，你所经历的学艺过程，其中的付出和辛劳必将是你一生的财富，你所学到的东西定会让你终身受益。

整个杭州地区经历了一场突如其来的大雪后，气温一直在低度徘徊，冷冷的风刮在脸上。考生们一个个进场了，他们似乎并没有因为天气不好而情绪低落。我们忘了带小推车，妈妈只能看着你背着沉重的画袋，捧着沉重的颜料盒消失在视线。小梦，大胆发挥，妈妈在考场外为你助跑。

从上午8：30一直考到下午5：00，天彻底黑了。从考场出来，妈妈见你有些疲惫，但精神还好。三个考题中，女青年画像、阳光下的古镇老街，平时都练过，只有残奥会的速写颇为复杂。

亲爱的小梦，祝贺你，又完成了生命中一次重要冲刺。也许这就是人生，我们总是在一个个或大或小的冲刺中，一步步地实现或达到自己的心愿。

愿我的小梦稍做调整后，重新鼓起梦想的风帆，用画笔描绘心灵的天空，为生命中的下一个冲刺积聚充足的能量。相信你一定行！

妈妈

2018 年 12 月 18 日

大雪

魔鬼训练

亲爱的妈妈：

苦苦等待一月余，终于迎来了一个休息日！我攒了一肚子的话想要跟你说，只是最近忙着集训没有时间休息，平时也没有机会可以拿到手机跟你通话，才耽搁到现在。

刚结束学校的选考科目首考，当晚回到家，我便着急忙慌地去快递站搬回来 24 个大大小小的画材快递，在房间里马不停蹄地整理画材包、削铅笔、调颜料，一口大气也不敢喘。第二天一早，我又回到画室进入集训状态。在画室短暂歇了一晚，天没亮，我和同学们便坐着大巴一路向西，去了安徽省黟县。大家熟识的西递、宏村风景如画，两地是典型的江南水乡，其实黟县也不失为绘画写生的好去处。

大巴颠簸了整整一个上午，直到下午 3 点我们才到达目的地。黟县的小村落内早已发展形成了专为美术生写生的后勤保障体系，有的农舍被改成学生宿舍，十床一间，倒是有些像学校的寝室。农舍的客厅平时用作餐厅，供我们用餐，到了晚上就会搬空家具桌椅，变成我们的教室。村里有画材店，售卖颜料、素描纸、铅笔等画材，还能租借水桶、画包、小推车等工具。

在老师的催促下，我们迅速分配好宿舍床位，安置完行李后便拆开打包好的画材包准备外出写生。走出农舍大门，放眼望去是黄绿相间的山峦，那时已经快要入冬，想不到还能看到如此美丽的自然景观。山峦远处的分界线不再清晰，云层轻飘飘包裹住山顶，倾泻下少量轻盈的云烟，顺着山谷淌进大山深处的褶皱里。那时已经是下午5点，冷风骤起，太阳也快要掉下地平线，但还是慷慨地透过厚厚的云朵留下一束金灿灿的余晖打在山峦上。我已经一个多月没画色彩了，加之这次使用的是丙烯颜料，手感和水粉颜料有很大区别，一时之间我竟然没能将这好看的一幕画下来，情急之下只能先用手机拍摄一张照片，等以后有机会按照片临摹。现在回想起来，我也是满满的后悔：都怪我没能好好复习色彩，居然错过了这样的机会！

第一天节奏并不是很紧张，下午大家短暂练习了笔触后，就到了晚饭时间。大家围着圆桌你说我笑地用完餐，便四处闲逛。天黑尽，我们被召回农舍客厅，40位学生整齐排坐好，开始了晚上的速写课。第一晚的速写课我们学习了勾线笔写生，来为接下来几日的速写写生做准备。四小时过得飞快，不知不觉已经到了凌晨一点，老师逐一检查完作业，我们得到允许才回宿舍休息。

可让我们意想不到的是厕所竟然没有热水！农舍主人说过了晚上11点，便不再提供热水，大家只好忍着寒冷用冷水冲洗擦拭。第一晚熄灯后，我们尚且在寝室里闲聊，谁能想到这竟是我们写生之旅中第一个也是最后一个完整的睡眠。

第二天清晨5点整，C老师一身热血正气地敲响了每一个宿舍的大门，告诉我们半小时后将要在指定地点集合，迟到者后果自负。C老师的脾气我们是知晓的,他喜怒无常,谁也不敢惹他。大伙在灰蒙蒙的冷天中"强制开机",迅速更衣洗漱、下楼用餐,总算准时到达了集合地点。

我拖着沉重的小推车,车上装着凳子、对开大画板、四开小画板、铅笔盒、颜料盒、水桶等所有画材。步行大约十分钟后,我们到达了第一处写生点。清晨的两小时是我们的速写写生时间,我拿出一本两个巴掌大的速写本,回忆着前一晚的绘画技巧,开始对着一处房屋写生。11月的风渐冷,吹过我的双手,没过多久就失去知觉了。等到速写时间结束,太阳终于缓缓升起,我也总算感受到了一丝暖意。这时,带队老师前来指挥,我们迅速收好板凳、纸笔,拉着小推车前往另一处写生点。

色彩写生十分有趣,首先我们需要观察周围的风景,定好将要收进画面的景色、主体,然后考虑光线的变化和角度选择合适的位置,摆放好画架。与临摹不同的是,写生时我们的视角并不是局限在一个平面内,我们可以看到近处、远处,物体的大小比例会受到透视的影响,因此有时细微的位置变动都会导致物体位置的前后排列顺序或是正侧视角。定点完毕后,就是铺纸、打草稿了。画面的色调主要依托主体,如果我选择房子作为主体,那我的色调就要和墙面、砖瓦有呼应,色调主要会倾向黄色;如果我选择溪流作为主体,我的色调又会和溪水有所呼应,色调主要倾向蓝灰色或是灰绿色。

丙烯颜料的笔触与水粉颜料大有不同,丙烯颜料在纸上的延展性更佳,在铺色时画笔十分流畅,不会因为水少而无法着色。只是丙烯颜料干透后无法清洗,这也导致在接下来的训练中我的外套、鞋子都因为沾满颜料而报废了。

整个白天我们都在室外画画,只有中午可以回到农舍用餐。等太阳落山,我们又一次整理好画材,沿着村里的小河摸黑回去。

晚餐后,我们开始素描训练。素描课结束后已经是 23 点,就在我以为终于可以休息时,速写老师风风火火地走来,命令大家围坐成一圈。我心里一凉:要开始动态写生了。不知过了多久,我实在困得抬不起眼皮,手里的炭笔一次又一次滑落到地上,断成好几截。不仅如此,我似乎还做起了梦,梦里看到太阳初升,已经是新的一天,忽而又惊醒,仔细一看是我困得仰起了脖子,梦里的太阳是天花板上的电灯。

大约凌晨两点,速写老师满意离去,我火速收拾好画材装车,直奔宿舍。和颜料亲密接触了一天后,我的双手甚至头发上都沾上了丙烯颜料,无奈之下只能洗头。冰冷的凉水瞬时把我的困意消去不少,我咬着牙把头发泡进冷水里仔细揉搓,等到彻底干净后才起身吹头。等到宿舍十人都洗漱完毕时已经接近 3 点,谁也没有力气说话,纷纷倒头大睡。

第三天的凌晨 5 点,C 老师依旧准时出现在了宿舍门口。只睡了两个小时的我们艰难地睁开眼睛,在互相鼓励下起床。接下来的几天,我们都按照两点睡、五点起的作息写生。白天在村里画画时,我听到前来旅游的游客轻声议论说好像没看到我们睡过觉——确实,我们一直在画。

天渐冷,我的衣服没有带够,尤其是天黑以后我只能穿着单薄的校服瑟瑟发抖,我向老师申请希望允许外出 20 分钟买一件厚衣服，老师却严词拒绝，认为我在偷懒耍滑。忍了几天，我实在快要冻成冰雕了，于是向你求助，希望由你出面和老师申请给我一些时间外出购买衣物。第四晚，我终于得到了允许外出，如愿穿上了厚衣服，再也不用冻得瑟瑟发抖了。

我们跟着队伍画遍了整个小村落，所到之处，总有村民前来推销零食水果。事实上，我们也离不开他们。早上 5 点吃完早饭后，我们要等到中午 11 点才能回到农舍吃午饭，这漫长的 6 个小时里，我总是会肚子饿得直打鼓。这时候，有骑着电瓶车前来推销自制发糕的大叔、挑着扁担前来售卖桂花饼的大姨，还有拎着小篮子售卖新鲜黑加仑的老婆婆。我本以为写生时可以用手机支付买单，所以在临行前只带了 200 元现金，没想到我们的手机还是被没收统一保管，这意味着我每天只能精打细算，不能超支。10 元一袋的黑加仑、3 元一个的桂花饼听起来并不夸张，但是我需要留一些补充画材的预算，如此一来，我每天只能吃半袋黑加仑，或是两个桂花饼，至于店铺里动辄两位数的奶茶、零食，我想都不敢想。

大家得不到充足的睡眠，在写生一周后纷纷萎靡不振，甚至有的同学白天出现了畏光症状。我们每天凌晨 3 点睡、5 点起，白天更是高强度的绘画训练，这无疑是在消耗健康。同学们敢怒不敢言，所幸有心软的老师看不下去，和 C 老师商议过后，在最后的三天里总算允许我们 7 点起床了。没想到 4 个小时的睡眠时间竟也能让我感到前所未有的幸福和满足！

第十天上午，我和同学像往常一样四处寻景，突然看见了一家名为"徽州慢递"的店铺，店铺建在小溪旁，店门口的门脊上挂满了一串串透明的小玻璃瓶，有风吹过时玻璃瓶互相碰撞发出清脆的"叮咚"声，我选定了这间房子作为上午的绘画目标。

临近中午，我结束了上午的作业时间，好奇心驱使我们踏进店铺内。原来这是一家信笺店！老板娘介绍说，我们可以在这儿写一封给未来的信，时间可以是一年、两年，等到了约定的时间后，她会将我们现在写的信寄出。好有趣的玩法！虽然不知道一年后她是否会如约将信件寄出，我还是从紧张的预算中抽出一点钱，买下一封空白信：

"今天是写生的最后一天。画了徽州慢递的景色，进来写下一封信。今天是2018年11月14日，望明年中国美院见。"

写完之后，我将收件时间定在2019年11月14日。本想将收信地址填上中国美术学院，后来生怕自己无法和国美结缘，还是保守地填了家里的地址，那一天我在心里埋下了一粒小种子，不知道一年后我能否如愿收到果实。寄完信件以后，我和同学收拾好画材，沿着小溪回到农舍用餐。

晚上，我们纷纷整理好行李，把全部画材重新堆叠到小推车上，沿着来时的路坐上了返程的大巴。黟县的风景令人印象深刻，我想如果有机会的话，我还会再一次来到这里，两手空空地四处闲逛，进店买一杯热热的奶茶。

经历了10天的"魔鬼训练"后，我的色感得到极大程度的提升，但是比起同学，我还是有很大的差距。她们早已可以自如地驾驭颜料，而我还在苦恼怎么将颜色两两叠加才能得到另一种颜色。

从那以后，我再也不觉得坐在画室的教室里是一件痛苦的事情了，尽管没有黟县的美景在侧，但是我能够吹着温暖的空调风，不受风雨的拍打，每天还能睡上 5 个小时，这就是我现下最大的乐趣了！

你的小梦
2018 年 12 月 22 日

熬一下，很多惊喜在等你

亲爱的小梦：

　　2018年的最后一天，在一场令人欢喜的大雪中迎来了你们高三第一学期的家长会。我们南方人向来喜欢雪，认为雪是天降的甘露，下雪，是丰年之兆，故有瑞雪之称。从昨天傍晚开始下雪，到今天早上推门一看，呀，已是一个银装素裹的世界。我们在欢呼声中迎接瑞雪的到来！这两天，朋友圈里被各种雪景和雪诗刷屏了。

　　前一天晚上，确切说应该是今天凌晨，你微信告诉妈妈已很久没去学校了，想去学校转转，看看老师和同学。其实妈妈知道你并非真的想去学校，而是想逃离画室，到外面来透透气，呼吸一点新鲜空气罢了。妈妈理解你的心情，也心疼你目前的处境，整天封闭在拥挤的画室，睁眼便是学画，素描、色彩、速写，现在又加了设计，没有休闲、没有娱乐，单一的高强度的学习节奏，已令你感到压抑和憋闷。小梦，这种状态是暂时的，快了，咬咬牙，再坚持一个月，完成校考，你就可以回到学校学习文化课了。

　　走艺考之路是你自己选择的，只是当初没想到会这么艰难吧。妈妈一开始就提醒过你"开弓没有回头箭"，选择了这条路，只有义无反顾地走下去了，更何况现在到了即将校考的关键阶段，除了坚持，没有别的捷径。从今年5月初学画，你已坚持了整整半年，你应该祝贺自己，祝贺自己从零基础学画，走过了联考。接下去的最后一个月，宝贝，无论如何不能放弃哦。妈妈建议你不妨换个角度去面对你目前的学艺生涯，你正用多彩的画笔描绘自己的梦想，描绘自己将来的生命画卷。妈妈相信，你的画卷一定会比文化生得更绚烂。

今天一早，妈妈迎着瑞雪去学校开家长会，班主任很关心你，一见到妈妈就问你的情况。班主任的开场白也从2018年最后一天的大雪开始，说这是好兆头，2019年的你们定会有大丰收。

这次家长会的主题是"淡定、坚定、超越"，班主任分析了你们11月的首考成绩，对明年4月的二考选考充满了信心。班主任鼓励同学们："熬一下，很多惊喜在等你。""蝶变，是美丽的，也是痛苦的。""怒放吧！少年们！"

班主任的话很简洁，但充满了哲理。妈妈非常欣赏他说的这三句话，所以引用老师的话做今天这封信的标题。

亲爱的小梦，有别于部分同学，你有明确的方向和目标。学习好比登山，你目前已走出低谷、平原和半山腰，离顶峰已不远了，无限风光在那里等你去欣赏。学习是一个化茧成蝶的过程，最黑暗的那段日子即将过去，当你从茧壳中奋力挣出来时，你便会翩翩起舞在欣繁的百花园中。这是自然的法则，也是生活和学习的法则。行前，班主任特意为你写下了三句话：淡定地面对，坚定自己的目标，勇敢地超越！加油啊，小梦，坚持就是胜利!

　　今天的家长会很有收获,除了收获班主任的哲理外,妈妈还欣喜地了解了你的文化成绩在班级里的排位。没想到,才复习短短两个月时间,你的文化成绩依然维持在优秀,在班里居中等。成绩是容不得半点虚假的,你的成绩证明了你的实力,你是有潜力和冲劲的女孩,妈妈相信,2019年的你一定会心想事成的,只要你愿意。

　　小梦:熬一下,很多惊喜在等你哦!

妈妈
2018 年 12 月 31 日

冬至

Chapter 08

捌

己亥记
（2019年）

这个天地有丰富的线条、
多样的色彩、奇特的思维，
也有普通人无法体会的辛酸和梦想被击碎的打击。

辛苦的代名词

亲爱的小梦：

  昨天中午妈妈在学校监考老师们的素质测试，下课后接到你从考场的来电：

  "妈妈，妈妈，今天考试我睡着了！是考试结束铃声把我惊醒的。"

  "怎么回事？昨晚很迟睡吗？"

  "凌晨3：00多睡的，早上5：30起床的。睡了不到三个小时。学军中学、杭二中的学生也来参加中国美院工业设计专业'三位一体'的考试了。学军中学、杭二中都是浙江名校，他们是学校大巴车整车送来的。"

  接到你的电话，妈妈的心顿时一阵痉挛，想到你睡眠如此少还强打精神去参加中国美院"三位一体"考试，一定是累坏了。想到你站在寒风中给妈妈打电话的疲惫神情，心都痛了。果然，傍晚时，你的情绪急转直下，你在微信里说要回学校冲刺文化课，不想在画室继续学下去了，太煎熬了。

  小梦，你的学艺生涯已经走到了最后的关键阶段，若现在退却不参加校考，无疑是冒险行为。这不是妈妈"逼"你学习，而是对前景的分析和形势的判断。由于你的联考成绩没有达到理想目标，无形中增加了你学习文化课的压力，特别是那些承认联考成绩的名校，你可能会擦肩而过。但若你参加美术校考，凭你的文化课基础，只要拿到合格证，则你心仪的大学就能稳坐钓鱼台了。

面对这样的节骨眼，我们的态度必须是一颗红心两种准备，既往最好的方向努力，也做最坏的打算，换言之，我们要有冲高目标，也要有保底学校，这样，最后填报志愿时你就有回旋的余地和选择的空间了。

这几天画室里闹哄哄的，很多报考纯艺院校的同学因校考报名路径不畅，辛辛苦苦学了这么久，竟连考试机会也难以得到，他们才是最焦虑的。很多家长从凌晨开始候在电脑和手机边，至今还没进入系统，美术校考报名简直比抢春运火车票还难，我看群里很多家长急哭了，他们在极度紧张的报名中煎熬着，有的纷纷向省教育考试院反映情况。相比他们，你是幸运的，不需要经历纯艺生们的纠结，你只要调整好状态，安心学专业，将校考顺利进行到底，你的学艺之路便可暂时画句号了。

据有的过来人说，考证就是"临场发挥+运气"，艺考生本身就比文化生艰难。辛苦的代名词是"机会"，机会总是留给有准备的、留给努力付出的人。所以，你千万不能泄气，哪怕其他艺术生都比你画得好，也别灰心，因为他们跟你不在一个竞争平台，他们大多会选择文化课要求低而专业要求高的纯艺学校，而你不是这样的，你文化基础好，专业只要拿到合格证，便可选择你想进的学校。可以说你的选择空间比他们大多了。

捌-己亥记

你说事情没有妈妈想得那么简单，坚持也不是那么容易的。小梦，妈妈并没有将事情想简单，相反妈妈的考虑更周全。妈妈征求了周围很多老师和朋友的意见，他们都觉得你应该淡定地面对联考成绩，咬定自己的目标，参加校考，学文化课也不在乎这两三个星期了。但若错过了校考机会，那确实有风险了。再说坚持，的确不容易，但想想你去安徽写生的那段经历，早出晚归，披星戴月，更辛苦，再看看周围的同学，大家都憋着一口气在坚持，你也没理由放弃，是吗？

　　昨晚躺在床上，妈妈回忆你的成长经历，越想越为你感到骄傲。你从幼儿开始学钢琴到现在学画，可以说每一步都是在与自己的抗争中挣扎过来的，其间你有过退缩，也闹情绪，但最后都克服了，妈妈相信你这次也一定能坚持到最后的。

　　小梦，艺考之路的确艰难，但你一定要坚强，我们一起努力挺过去。当有一天，你回首自己的成长经历，你定会为自己的这段经历点赞和自豪的，因为你在该奋斗的年龄没有选择安逸。

妈妈
2019 年 1 月 6 日

走进另一片天地

亲爱的小梦：

  那天去画室看你，遇见几位从江苏、绍兴、湖州等地来看孩子的妈妈，无意中跟她们一起走进了男生宿舍。天啊，我从来没见过这么乱的宿舍，一个大通间里摆着十几张狭小的单身床，挂着透明的蚊帐，床上摊满了换下来的衣物，所有的棉被窝着一个可容一人钻的洞，仅有的公共空间里摆着一张四方桌，桌上摊满了吃剩的泡面盒、花花绿绿的零食袋等，有的已开封有的未开封，床底下的鞋子也是横七竖八散乱得没有方向，感觉没地方落脚，整个宿舍一片狼藉。起初我以为你们宿舍已经够乱了，棉被不叠，东西不理，哪像女生宿舍，谁知男生的更乱。

  曾听你说艺术生是最邋遢的，有的女生几天不洗头，所有的同学衣服上都是刮不下来的油彩，脸上因为画素描也是猫胡子一把。因长期熬夜起早，艺术生们的生活是最简单的，早上钻出被窝画画，凌晨画完画再钻进被窝，根本没有多余的时间来消遣和娱乐。因高强度的画画，很多同学的指甲磨损了，指纹磨平了。

  妈妈在你们画室的电脑屏幕上看到一句标语："我们是艺术生，我们是不睡觉的。"

见证了你的学艺生涯后,我发现这是一句一点都不夸张的话,妈妈经常在睡梦中被你凌晨发来的短信惊醒。听学校里教美术特色班的老师说,集训时期的艺术生就像铁打的人,熬夜通宵是家常便饭,有的同学因完成不了老师布置的作业,连续作战,几天没觉睡,白天精神萎靡,晚上状态也不佳,形成恶性循环,听得妈妈心里一阵阵发颤。你说你们画室也有这样的现象,若不是眼见为实,真不敢相信。

在你学艺之前,妈妈对艺术生的学习和生活可谓一片空白。自你学艺后的半年来,见证了你的学习和生活后,从挑灯熬夜,到雨中背着画袋去考试,感觉走进了另外一个完全不同的时空,从你的紧张、焦虑、不适到面对、接受和坦然处之,妈妈的情绪也经历了跟你一样的过程。换个角度看问题,这是你人生的历练,也是你人生的一笔宝贵财富,你们班的文化生压根不可能有你这种丰富的经历。

妈妈不光对艺术生的学习和生活有了全新的认识,还对今年艺术生激烈的校考报名产生从未有过的感慨。由于很多院校报名必须通过艺术升 APP 这个网络平台,造成了全国 70 多万考生挤在狭窄的通道不能报名的现象。艺考生和家长们凌晨候在电脑和手机旁,只待报名时间一到便点击报名菜单,谁知从凌晨 3 点开始点击一直到下午平台关闭,显示的页面都是清一色的"?",由于院校的报名有时间限制,如果错过,那就错过了,你什么都做不了了。有的考生从小学开始学画,辛辛苦苦学了十多年,竟然连考试资格都没有,可怜的妈妈们能不急哭吗?有的好不容易报到名,报名界面显示已满,一个人的梦还没开始就被现实世界砸粉碎了；有的考生开玩笑说自己已经对"?"过敏了。报到名的家长则感觉中了头彩，甚至比中彩还激动，似乎报到了这个大学的名就妥妥地被录取了。以往艺术生都为考试内容而发愁，现在却为考试名额而发愁。这是从未有过的现象，微信朋友圈里一片骂声、哭声和吐槽声。

画室报名那两天，你见证了同学报名艰难的惨烈，情绪也受到极大的影响，眼见马上要校考了，你竟然产生了要回家的念头。当然这一切，现在都已过去。

虽然你没经历纯艺生的紧张和焦虑，但东华大学的报名也让妈妈手心出了汗。朋友告诉我，只有交了报名费才算报名成功，杭州只有300个名额，要抓紧抢。幸亏及时得到消息，你顺利地交了报名费，东华大学的报名总算有惊无险。报完名后，妈妈也是长长地吁了一口气。小梦，这就是竞争，白热化的竞争，你还没走进社会，已经初步领略了竞争的残酷。

为什么会这样？抛开艺生升APP软件垄断市场这一因素，有一个重要的原因是今年的"龙宝宝"特别多。今年的考生都是2000年出生的龙宝宝，当年的人口出生率比往年高很多，导致求学以至几年后的就业压力都会压力山大。还有一个原因，就是像你这样来自重点高中，选择艺考的也比以往多，美术生的生源质量在不断提高。

小梦，妈妈之所以给你写下这些文字，只想告诉你要好好珍惜这段虽不长但会影响你一生的经历。世间万象，人生百味，若不走艺考之路，你根本不知道文化生学习圈外的另一个天地，这个天地有丰富的线条、多样的色彩、奇特的思维，也有普通人无法体会的辛酸和梦想被击碎的打击。

　　现在离校考还有十来天时间，感受新奇、接受挑战是你最乐意做的事了，在学艺生涯即将结束时，也是你收获成果的时候，要记得"手中有粮，心中不慌"这句古话。同时希望你不忘初心，回头想想当初的生涯规划和职业选择，当你知道自己为什么而学，你就能忍受一切。你要相信峰回路转，柳暗花明，争取不给自己留下遗憾，不枉此次的艺考之行。

　　另外你要与画室老师和同学友好相处，安心学艺，以最好的精神面貌去迎接生命中的另一种测验，无论最终结果如何，妈妈都会为你喝彩，因为这个过程是独一无二的。

　　祝福并祝愿我的小梦风雨过后见彩虹！

妈妈

2019 年 1 月 9 日

小寒

重获新生

妈妈：

  在家狠狠睡了三天三夜后，我总算有些缓过来了。不知不觉距离我上次给你写信又过去了一个月。在这一个月里，我的状态从斗志昂扬急转直下，变得无精打采，我实在疲乏得坚持不住了。

  自上次写生回来后，大家纷纷进入了最后的校考集训阶段，除了三门老科目（素描、速写、色彩）以外，还增加了一门设计课，这让我们本就紧张的课程变得像紧绷的弦一样，我的意志也像这紧绷的弦，快到极点了。早上 8 点到中午 12 点是素描课，中间有一个小时左右的吃饭和休息时间，我有时实在困得睁不开眼，就利用这一小时的吃饭时间睡一个短暂的回笼觉。下午 1 点左右，我们立刻进入状态上色彩课，直到晚饭时间。等到晚上的速写、设计课结束后，时间已悄然地来到了后半夜，有时是凌晨 1 点多，有时是凌晨 3 点多。经历了一整天枯燥、高强度的绘画训练后，我饿得饥肠辘辘，这时候一碗热腾腾的泡面或是自热火锅就成了美食，大家围坐在一起，你一口我一口地分着吃，最后结束这一天。这个阶段，每个人都像是没有生命的机器人，日复一日地操练技术,我们在这种灰色的氛围里被麻痹了神经。

设计课上,通过老师的介绍,我了解到东华大学的服装设计专业、上海大学的美术学院都是非常优秀的艺术院校,只是考试难度可想而知。我对自己没有很大的信心,只想在接下来的上海戏剧学院校考中体验一下校考的感觉。

可是没能等到考试,报名系统就出了问题。不知是因为本届考生人数激增还是软件维护失误,校考报名的 APP 竟然在最重要的关头崩溃了!我们每个人紧张地捏着手机,不厌其烦地刷新报名界面,只希望能够尽快进入报名端口。幸运的是,我成功报上了中国美术学院工业设计的三位一体考试和上海戏剧学院、东华大学的校考。

中国美术学院是绝大部分美术生都想上的院校,当然也包括我。我自知我的绘画水平没有优势,很难通过绘画测试进入中国美院,幸运的是老师告诉我中国美院有一个针对浙江考生的三位一体招生项目,只要文化课中有两门及以上达到"A"就可以参与考试,浙江考生中只有我和一位丽水同学达到了该要求,老师们也齐心协力帮我们预习美术常识,还允许我回校拿课本复习文化课。经过两天的短暂复习后,我和同学就踏上了三位一体考试之路。

考试那天,天气格外寒冷,由于前一晚我还在挑灯画画,加上对考试的恐惧,我几乎一夜未眠。考场在学校北面的一栋教学楼,我和同学站在校门口保安亭漫无目的地候考时,只见大门旁浩浩荡荡停下三五辆大巴车,瞬间下来了许多人,定睛一看,他们身着来自杭州最优秀高中的校服。我和同学面面相觑,一时间慌乱了阵脚。早知道参加三位一体考试的是他们，我们就不该自不量力地报名，但是箭在弦上不得不发，我们只得硬着头皮进入考场。

考卷上的题主要分为语文、数学、英语三科，这些题目若是换作以前，我连公式都不需要列出，就能在脑海中给出答案，可现在我却束手无策。不知过了多久，我将这张试卷极为艰难地嚼完、搁笔，精神也在此刻放松了下来。不一会儿，困意袭来，我竟在沙沙的写字声中进入了梦乡……不瞒你说，这是我最近一个月以来睡得最舒适的一次。考试结束后，我们随着大流交卷、走出考场。我和同学回望了一眼这美丽的校园，我想这应该是我最后一次踏入这儿了吧。我们失落地坐上回程的车。不等成绩出来，我们自动默认没有考上，将精力又重新投入到了专业课上，为下一场上海戏剧学院的校考做准备。

几天前一个照常的下午，我和往常一样安静地坐在座位上临摹色彩，隔壁座的男生戴着耳机听着音乐，嘴里轻声念着歌词，没想到竟被台上的老师误会是我们在聊天。他严厉指责我们在如此紧要关头还有心思闲聊，被冤枉的我与老师对质几句后，停下手中的画笔，气愤地起身甩笔走人。我穿过层层叠叠的画板，路过一排排仍在注视我的同学，眼里的泪水直打转，却没能在大家面前掉下来。等我走回寝室，我迅速将门关上，那一刻我再也没能忍住，一个人号啕大哭，仿佛要把这几个月来受过的所有委屈都倾泻出来。

不知过了多久，我哭得没有力气了，就愣坐在床上，放空大脑，任凭外面的教室如何嘈杂，我听不见一句话。下课后，室友陆续回来，因我们不在一个班，她们并不知道发生了什么，见状只得静悄悄取走碗筷，去楼上吃晚饭。有同学把下午的情况反映给了主管老师，只是我不知道他是如何处理这件事情的。我想，我再也不会踏进那个教室，看见那个冤枉我的老师了。我一面这样想着，但是马上要面临上海戏剧学院的校考，我又不得不提起精神做好准备，权衡之下我又理智地回到教室，将自己色彩课的座位拖到一旁，独自练习。

上海戏剧学院的校考是1月19号，我们于18号从画室出发，乘坐大巴到达上海，大家做短暂休息。

考试当天，一行人浩浩荡荡背着画包，排队进场，我的考场被分配在一栋红色的教学楼里，据说这是上海戏剧学院标志性的楼房——红楼。教室里开着舒适的暖气，上午的考试项目是素描，充足的阳光毫不吝啬地安抚着教室内一颗颗躁动的心。我坐在第一排，享受着这难能可贵的光照，在舒适的环境里提前完成了考试。落下最后一笔后，我安心地合上铅笔盒，手握一块橡皮和一张纸巾，对画面做最后的调整。不一会儿，整个世界开始天旋地转，我的视线也渐渐模糊起来。温暖的阳光渐渐变成朦胧的金色，温润的空气就像一床厚厚的棉被盖在身上，继三位一体考试后，我又在考场睡着了！一旁的监考老师没有忍心叫醒我，只轻轻坐在我身旁空着的座椅上，但我还是被她坐下的动作惊醒了。考试持续了一整个白天，等到下午的色彩考试结束后，我们匆匆应付了一口晚饭，就坐上大巴赶回画室。

上海戏剧学院的考试分为初试和复试，初试结果很快出来了，考试情况很不理想，老师们看起来垂头丧气，画室的氛围降到冰点。原本我还顾忌即将到来的东华大学校考，没想到阴差阳错我没能及时确认考试信息，从而没能顺利打印准考证，东华大学的校考也因此泡汤。在情绪崩溃、考试失利等种种因素下，我再也没有信心继续留在那里学习了。

第二天，我联系你，苦苦请求你把我带回家。万幸的是，你也觉察了我的情绪有些问题，于是在三天前，我如愿踏上了回家之路。

走出小楼，双脚踏上大地时，我顿时感觉自己轻飘飘的，直到吹来的寒风灌进袖口，我才意识到，我终于逃出了小楼，重获了自由。似乎过去四个月所有的痛苦都烟消云散，只是那位老师怒目圆睁质问我的场景仍历历在目，不知要过多久我才能彻底忘记这个伤痛。

8个月的学艺生涯告一段落，尽管已经过去三天，但我根本不能从那段阴暗的时光里走出来。回到家的这三天里，我没日没夜地睡觉，企图将过去缺失的睡眠全部补回来，却无济于事。白天，我畏惧外面的光线和嘈杂的声音；晚上，我畏惧无边的漆黑和绝对的宁静。我心中的平衡似乎被彻底扰乱，双脚也无法坚定地站立在地面上，只想躲在被子深处，沉浸在一个接一个的梦境中。

妈妈，不知还要过多久我才能重新适应并融入这个正常运转的世界。

小梦

2019年1月25日

又一场赶考

亲爱的小梦：

  冽风冷雨，这是一波考验人的情绪的天气，自从日历翻到2019年后，太阳一直怠工不露脸。正月十一，大街上、店铺里，到处高挂着喜庆的红灯笼，尽管空中风雨乱舞，街上仍洋溢着中国年的热闹。在这样的氛围中，你似乎还未从慵懒的年味中走出来，便迎来了新年第一考——中国美院美术史论专业的校考。

  据报道，今年报考中国美院的考生有7.9万，录取比例高达45：1，国美的招生跟往年一样持续火爆。而随着艺考越来越热，近年来重点高中生源明显增加，艺考生生源变得越来越多、越来越优质，这也意味着竞争更激烈了。虽说它的录取比例是45：1，事实上很多考生因为文化课的弱势自动放弃了国美，因此国美的招生可以说是千里挑一。你因为文化课的相对优势，选报了艺术史论专业。在国美所有的校考专业中，建筑设计和史论系的录取规则一样，只要校考合格，最终以文化成绩的高低择优录取。

  自从联考成绩出来后，你对备考专业校考越来越没有信心，学习状态每况愈下，甚至出现了情绪化的现象，竟与老师发生了口角。不过你还是硬着头皮参加了1月19日上海戏剧学院的校考，这是全国第一场校考，报考人数超过往年的30倍，你们画室全军覆没，没有一个进入面试，竞争之惨烈可见一斑。之后，你本打算参加上海东华大学校考，谁知因报名时没进行现场确认，错过了考试机会。其他大学的校考诸如南京师大、上海大学，你表示都不想参加了。经过商量与权衡，你放弃了专业校考，决定参加中国美院史论专业角逐。

史论专业校考内容是语数英和作品鉴赏与写作，比的是文化成绩和写作能力，并且没有取得联考成绩的文化生也能考，这对七个月没学文化的你来说，又是挑战。到处是竞争，处处面临着碰壁的风险。

既已放弃专业，再留画室已无意义。1月22日东华大学校考那天，妈妈去画室接你回家。见到你的那刻，只见你脸颊瘦小，脸色苍白，头发枯黄，眼神却放光，感觉将你从难民营里解放出来一样。你说想到要回家了，激动得一夜没合眼。画室依然凌乱，到处是画具和画材。留在画室的同学都在专心人物写生，他们仍在坚持，这些同学是值得敬佩的。

我们告别老师，告别那幢你日日夜夜学习了四个月的小楼，也告别了你的学艺生涯，一段永生难忘的学习历程。

在这个时间节点，你就读的高中正在进行紧张的期末考试，此时回校学习意义不大，对你来说，意味着提前进入寒假。

回家了。家是安乐窝，在家里备考，学习氛围没法跟学校和画室比，完全得靠信念和自觉。在家里的前段时间，你的作息彻底颠倒，白天昏睡，晚上跟神仙一样兴奋。妈妈必须强迫你白天醒着，晚上睡觉，唯一的办法是赶你去图书馆看书。努力了近半个月，期间经历了过年和春节，你的作息规律才慢慢调回正常。收起颜料，放下画笔，你开始做久违的数学和英语习题，阅读史论资料，为再一次的校考发起冲刺。

2月15日，正月十一，中国美院校考。为赶这场考试，我们半个月前便在学校附近预订了宾馆，商家自然不放过这次涨价的机会，房价比平时提增一倍多。我们提前一天到宾馆，没想到，房间小得不能再小，而且这样的房价若迟一步也已售空。顾不了这么多，将就着住吧。

顶着风和雨，我们前往中国美院象山校区熟悉考场。一路上，遇见的都是从全国各地赶来熟悉考场的家长和考生。国美，艺术生们热切向往的高等学府，听说有的考生为了进国美，不惜一次次走上复读之路，不达目的誓不罢休，他们执着地把青春耗在求学路上。象山校区很大，我们从一号门主入口进入。学校为此次考试做了充分准备，醒目的建筑物和围墙上挂着"欢迎广大考生报考中国美术学院"的横幅。一场没有硝烟的战争即将在这里打响。

冬天的雨依旧很大，我们早早步行来到考场。大部分考生也已抵达。跟去年12月16日全省联考看到的情景一样，一拨拨考生披着雨衣，背着沉重的肩包，拉着小推车，有序地向考点涌去，场面甚为壮观，中国的高考走到哪儿都是人。这些2000后的孩子们，都在为自己的梦想而战。每一场考试，都是一次实力的检验。小梦，你作为其中的一员，妈妈希望你能经受检验，梦想成真。

中午的雨越下越大，你站在临时搭建的雨棚下，吃了简单的快餐后就进去候考了。其他同学也一样，在迎面而来的风雨中，站着匆匆吃完饭，在老师的催促下立马回考点，抓住有限的时间练笔。而文化生不需要经历这番风雨。

你们在场内考试，家长们则在场外交流。通过交流，妈妈发现考史论的同学有很多来自全国各重点高中，他们的情况跟你非常类似，大多数是联考成绩不理想，但文化成绩有优势的。我发现当中很多同学的文化成绩比你强，心里隐隐有些担忧。另外，也有的考生只为增加人生历练来参加考试，现在的孩子真是越来越有主见了。是的，过程和经历本身就是一种积累，一种财富。

下午3：30考试结束，考场外，挤满了翘首以待的家长。考场内坐的是学生，考的何尝不是老师和家长？小梦，又一场关乎前途的考试结束了，不论结果如何，在你的成长档案袋里又增添了一页跋涉后的书页。

今天这封信，权当记录。愿你的成长档案袋越来越丰富，越来越精彩。

妈妈
2019年2月17日

背水一战

亲爱的妈妈：

　　就在前天，我终于卸下了积压了近三年的包袱，正式告别了艺考生活。还记得高一时，在一个普通的周末，我鼓起勇气告诉你，我想当一名艺考生。那时候的我，充满了对艺考生活的期待，甚至想要立刻离开学校前往画室学习。现在看来，这个决定是略显鲁莽的，不过轻舟已过万重山，再艰难的日子，都已经过去了。

　　2月15日是我第二次参加中国美院考试。第一次我参加的是工业设计的三位一体招生，竞争对手很多是名校的文化生，没能如愿。第二次我报考的是艺术理论校考，这是我最后一次进入中国美院的机会了。只是我已长时间没有学习文化课了，而校考迫在眉睫。因为学艺，我的作息规律跟常人的不同，我现在的生物钟颠倒紊乱，每天昏昏沉沉毫无生气，对着课本除了发呆就是出神。而这些都不是我的本意，过去两个月高强度的美术训练，导致我最近半个月来嗜睡如命，几乎沾到枕头就起不来。

　　回到家的一周内，你默许我任性大睡。有时我晚上9点早早入睡，直到第二天的下午才能自然醒来；有时则彻夜难眠，看到太阳升起才睡意袭来。经过一周的休养后，我勉强能够按照正常的作息生活，只是白天还是很容易犯困。

第二周起，你开始督促我看书、背词条，为半个月后中国美院的校考做准备。我白天艰难地醒来，坐在书桌前尽最大的努力，将淡忘的知识重新捡起来，塞进脑子。正午时分，暖暖的阳光从玻璃窗外照进来，我的双眼不知不觉又合上了，头深深地埋进书堆里，做起了"白日梦"。这样的学习坚持几天后，我放弃了按时起床的目标，顺着生物钟继续沉沉睡去。

而你，白天总要来到我的房间，时而拉开我的窗帘，时而掀开我的被子，让我觉得很困扰，索性晚上睡前将房门反锁扣上，心想这样你就不能打扰我了。

那天，我睡得正香，隐约中听到你急促的敲门声，心想又是来打扰我睡觉的，便翻过身又沉沉睡去。没一会儿，我的阳台外响起了窸窸窣窣的声音，随后窗户被打开了，从外面的花园里爬进来一个人！该人潜入我的房间后，立刻将我反锁的房门打开，候在门外的另一个人则迅速冲进房间，打开灯，二人合力将我摇醒。爬窗户的人是外公，候在门口的人是你。你们担心我昏睡过去，硬是把我拖了起来。不仅如此，你还隔三岔五地问我，是不是生病了。我这哪是生病，我只是在把以前没有睡够的觉给补回来罢了。

好吧！既然不让我睡觉，那我只好起床复习。可是家里的环境太过温馨，我一坐在书桌前就会沉沉睡去，于是我约上好朋友，陪我一起去图书馆复习。可是，到了图书馆，我仍会被周围

捌-己亥记　339

过于安静的环境催眠，坐在图书馆内的四小时里，我只有两小时在认真看书，剩下的时间一定在犯困。你见此状，决定陪我一起去图书馆督促我。奈何我实在提不起精神，就算是你坐在我正对面，我也困得上下点头，拜起了佛。看样子不睡够是没法正常生活了！

那天，你带我离开图书馆，将车开到花圃，让我陪你挑花，迎接过年。花圃纵深有十多米。走进大棚，各式各样的花草树木都绿油油的，枝干笔挺地撑着形状各异的树叶，大棚里是另一个温暖的春天。你在花圃里东瞧瞧西看看，过了许久都没能决定买什么，我索性又钻回你的车上，在舒服的后座睡起了觉。

过年了，我暂停复习计划，抛开心事回到老家和表姐、表弟们一起放烟花、烤年糕，看着一旁的你为我着急的模样，我视若无睹。多年来，每当我面临重大考试时，总是身轻如燕，没有丝毫负担，这时我就知道是我的身体在暗示我，我可以顺利渡过难关。这一次，我依旧产生了这种感觉，所以复习的积极性并不高。

混混沌沌过完年后，就是中国美院的校考了。考前一天，我们从桐庐出发，乘坐大巴到省城汽车西站，再打车到中国美术学院附近的酒店。这是一家全国连锁酒店，照理应该干净整洁，服务到位。可是我们入住时，看到狭小的房间、脏乱的环境，忍不住皱起了眉头。国美周边的酒店平时无人问津，价格也相对优惠，然而每到校考季就会疯涨，一间普普通通的单人间竟然需要四位数才能预定，并且快要售罄，看来只能咬咬牙将就一晚了。

第二天，天下起了很大的雨，四处交通堵塞，幸亏我们选择了步行。我们住在学校南面，考场在北面。我们二人撑着伞，沿着学校的围墙从南走到东北门，你止步在校门口，目送我进去。

校门口处处是人，加上恶劣的天气，考生和家长乱作一团，我费了好大的劲才从人群中挤进去。校园里，考生们纷纷拉着一辆小推车，我低头看了看自己的行囊，只有一支钢笔。

从东北门走到考场的路并不远，我撑着伞慢慢地踱步，看着一个个考生从我身边急匆匆而过，她们一手撑伞、一手推车，焦急的汗水混合着雨水从脸上滑下，眼镜上也沾满了雾气，从鼻梁处滑下，身上的衣服沾满了五彩斑斓的颜料，就连鞋子也没能幸免于难。这一幕幕镜头，让我想起两个月前的自己也和她们一模一样，只不过我没有她们那么坚强，在最后关头我退缩了，没有坚持参加美术校考。刺耳的拖行声把我的思绪拽回现实，我跟着她们一起步行至考试楼。

上午的考试主考语数英，我本以为会出一些有关美术史的题目，没想到竟然一题也没有。中午时分，我走出考场，来到东北门，试图寻找你的身影。在路边张望了许久，突然听到你在后面喊我，回头一看，发现你站在其他画室搭好的雨棚里等我。我出来的时间比较早，雨棚里空荡荡的，给我们留了方寸之地用餐。用罢，我又冒雨回到了考场，潜心准备下午的考试。

细雨沙沙沙地打在考场外的玻璃上，我坐在教室里，透过朦胧的窗口向外看去，已经有不少考生从校外返回，站在教室门口等待下午的考试。这场雨像是上帝施以恩惠的露水，他轻轻用柳条沾上些许，小心翼翼地抖到我们身上，为我们祈福。

　　下午的题目是一篇作文，正是我擅长的领域。顺着雨水的伴奏声，将思绪拉到了欧洲中世纪的文艺复兴、南齐时期的谢赫六法。雨水声像极了图书馆内沙沙的翻书声、家中花园风吹过树叶的摩擦声。在家复习时，我听着翻书声记下了谢赫六法、元明四家，就着树叶摩擦声，背下正面律、西方画派。霎时间，一个个词条就像一本立体书，在我脑海里，任我翻阅。

　　考试结束，天已压黑，我们踏上了回家之路。这次考试，我对国美的轮廓愈发清晰了。中国美院，不知不觉中烙进了我的心头。

　　妈妈，不知你是否相信，我似乎已经预见五个月后收到录取通知书的喜悦了呢！

小梦
2019 年 2 月 18 日

再出发

亲爱的小梦：

过了元宵节，意味中国年过完了，大人上班，小孩上学，一切又恢复到年前的工作和学习状态，每个人又怀揣新春的梦想，开始新的生命旅程。人生像一条河流，拐过一个又一个弯，走过一程又一程，而我们就是在各种不同的旅程中不知不觉地长大。

你也一样，结束了中国美院校考，告别美术专业学习，再度回到学校，重新投入到你熟悉的文化课堂中来。

回顾你8个月的美术集训，可以用"提心吊胆"四个字来形容，因为这是一个我们完全陌生的领域。尽管决定走艺术之路是经过反复权衡的，但真正走进这个领域后会怎么样，我们心中无数。从2018年5月初到2019年1月底，从Q画室到G画室，在半年多的专业学习中，你有过多次的情绪反复。由于你的情绪波动，妈妈的身体也出现了反常，失眠、耳鸣、焦虑等，心疼着你的辛苦。半个月跑一次画室、查阅联考校考资料、咨询方方面面的老师，无非希望你能情绪稳定地、充满信心地专注于画画。至于你，其间的熬夜、写生、临摹、考试，每一种经历都是你不曾接触过的。

这些日子，你认识了很多美术生和美术老师，他们是不同于文化生的另一个群体。以前妈妈对美术生总有一种偏见，认为他们是文化课学不好才去学美术的，事实上这样的同学确实很多，但通过你的美术集训，妈妈对美术生的看法改变了，我觉得美术生虽然文化课薄弱，但他们更能吃苦，他们有更明确的方向和目标，我觉得这也是你学美术的收获。见证了一种学习方式，体验了一种学习强度，感受了一种学习氛围，更收获了一种学习态度。对这段经历，你说虽然艰难，但绝不后悔。

　　今天一早，妈妈送你去学校报到。尽管雨下得很大，但你们班的同学都比我们早到了。走进校园和寝室，一切都井然有序，整洁的操场和过道，亮堂的宿舍和教室，感觉这里是让人安心学习的场所。环境育人，融入这样的学习环境和氛围，妈妈感到放心。当年你小学毕业离家外出求学，目的就是为了寻找一个理想的学习环境。你通过自己的努力，如愿地找到了。妈妈希望你珍惜自己的付出。

　　开学第一天，学校组织返校回头考试，尽管你几个月没学文化课了，但你决定跟同学们一起参加考试，这是你对自己的挑战，精神可嘉，这份勇气值得点赞。

　　再过四十几天，你将迎来4月份的第二次选考，这次考试意味着你人生的再出发。这一次的出发，也意味着你要比同龄同学付出更多的努力。寒假在家，妈妈总是催你多做题，多看书，每次见你在书桌前做题了，妈妈便安心了；可一看到你玩手机、看电视，心里便不愉快。希望你能理解妈妈，宁愿现在耐住寂寞，收起玩心，以换得将来的不后悔。有人说，人到最后，拼的不是运气和聪明，而是毅力。国学大师钱穆说："古往今来有大成就者，诀窍无他，都是能人肯下笨劲。"胡适说："这个世界聪明人太多，肯下笨功夫的人太少，所以成功者只是少数人。"钱钟书的治学心得是：越是聪明人，越要懂得下笨功夫。所以你不要嫌妈妈唠叨，厚积了才能薄发，大师们都是这么说的。

可喜的是，你对自己学文化颇有信心，你说经历了美术的高强度学习，文化课的学习已算不上强度了，但愿如此。

重回课堂，妈妈希望你尽早适应快节奏的校园生活，不耻下问，多请教老师和同学，争取在短时间内赶超。

新起点，新梦想！再出发！

小梦，加油！

妈妈
2019 年 2 月 20 日

强 大 自 己

亲爱的小梦：

　　自开学初给你写信至今，已经过去近两个月。这两月来，妈妈感觉你已进入学习佳境。你每次回来都会开心地告诉妈妈，说老师表扬你了，表扬你学习很用功又有进步了。每当看到班主任发在家长群里的照片，看到你在教室里心无旁骛的学习神态，妈妈便感到宽慰。

　　这两个月中，你经历了人生中的两件大事。

　　一件是3月3日下午，学校组织的全体高三同学的成人仪式。成人礼是少男少女们在达到成人年龄时举行的仪式，是一个人迈向成人阶段的象征。对这一礼式，你还在画室时就在心里热切向往了。

　　那天，在清风微雨中，妈妈送你去学校，观摩了你们成人礼的整个过程。对这次活动，学校做了精心策划，大操场上铺着大红地毯，竖着"进德修业，诚正博雅"的成人门。仪式开始了，在音乐的伴奏中，有领导讲话、家长寄语，还有学生代表发言。他们的发言有的语重心长，有的谆谆教导，有的意气风发，听了无不令人振奋。然后以班级为单位，24个班的同学跟自己的父母手拉手，并肩喊着口号，一起跨过成人门。整个仪式气势壮观，群体激昂。

小梦，在人生的几个关键节点，是需要仪式感的。经历这次成人礼，你不再是懵懂无知的少女，而应该是有主见有担当的成人了。

另一件大事是你参加了 4 月初历史和地理的"二考"。你们的高考分三个阶段完成，第一次是高三第一学期 11 月的选考首考，第二次是第二学期 4 月的选考"二考"，然后是 6 月份的语数英高考。两次选考的学习时间，对你来说加起来均只有班里同学的一半，比他们少学整整 7 个月，但你每次都能及时调整状态，奋力追赶。妈妈很欣赏你的这股冲劲，也相信功夫定不会负你的。

近两个月来，由于你的安心，妈妈竟然忘记了给你写信。

这次选考结束放假回家，你告诉妈妈一件烦心事，说一位初中时同班的女生时不时会惹你麻烦，影响你的情绪。你还抱怨妈妈处事太低调太佛系，总是任由他人欺负你，不为你出气讨公道。

小梦，关于这件事妈妈想谈谈自己的想法。可能是你天性的敏感，妈妈觉得你有时很容易被某些不影响大局的小事牵着鼻子走，其实有的事并非你想象中那么严重，是你在无意中放大了它的阴影，但在我们大人眼里它们都是不值一提的鸡毛蒜皮之事。我们不是生活在真空里，因而我们的生活世界不可能像矿泉水那样纯净，每个人的生活都难免有不尽人意之事来干扰。若不处理好，定然会影响人的情绪，进而影响你的学习。

那遇到这种情况该怎么办呢？是跟它纠缠不休非争个输赢呢，还是放大心量淡然处之？当然，得先看事情的严重程度，若确实影响了个人声誉，扰得你寝食难安，我们必须告诉班主任，请老师出面调解。若是一般之事，虽然会让人感觉不舒服，但不影响大局的话，我觉得还是放宽心量，强大自己的内心，千万不能让自己的情绪被别人牵着走，人家自然也拿你没办法。若你一味纠结，说不定反而中了别有用心者的圈套，她干扰你、刺激你一下，不让你安心学习，而你果然去跟她较真，岂不上当吃亏？那种自己不爱学习却要影响别人学习的人，属于人品低劣者，不值得你跟她周旋，不值得为她生烦恼丝。这不是妈妈的佛系心理，而是为人处世的基本原则。

昨天中国美院公布了校考成绩，你从强强竞争中脱颖而出，顺利通过了艺术史论专业的校考，可喜可贺。回想寒假那段时间，正值中国的大年春节，你从画室回家，生物钟尚未调整过来，但你还是强忍白天的瞌睡，在大家拜年、娱乐、休闲的氛围中坚持学习。当人们还沉浸在浓浓的年味中时，你和广大美术生一起参加了千军万马过独木桥的国美大考。大雨中，你站在临时搭建的雨棚下吃饭，然后脚步坚定地迈向考场。

在熙熙攘攘的考试大军中，妈妈一次次目送你走进考场。逝去的一幕幕，总在眼前晃动，这些都是你人生的历练，最终它们都会像米酒一样静静地发酵，然后等着你去品味。

校考通过了，意味着你一只脚已经跨进了国美的大门，那是多少美术生心中向往的殿堂啊。想必班里的同学都在羡慕你吧？当大多数同学还陷在将来何去何从的迷茫中时，你已经离目标走过一半路程了。这是艺术生和文化生的最大区别，你已清晰地看到前面的路该怎么走，至于另一只脚能否跨进国美大门，则取决于你的高考文化成绩。

现在离6月6日语数英的高考还剩不到两个月时间，时间紧张，但妈妈相信，只要你一如既往地保持状态，把控好情绪，沉迷于学习，国美包括其他名校的大门一定会向你敞开的。成功必然属于目标坚定者，属于坚持不懈者。

祝我的小梦心想事成。

妈妈
2019年4月12日

大寒

嚼完最后一块蜡

亲爱的妈妈：

当我回复你给我的信时，时间已过去两个月了。现在，我已结束高考，正慵懒地靠在沙发上，听着轻快的音乐给你回信。

寒窗苦读 12 年，我终于迎来了自己人生中最重要的考验之一——高考。回想今年以来的种种考验，看着自己在泥泞的道路上一步一个坚实的脚印，虽然这种学习模式十分辛苦，但想到我即将进入中国美院学习，一切都是值得的。还记得上一次我给你写信时自信满满的状态吗？从我踏出中国美院校考的考场起，我就隐约觉得这场考试我注定会成功并名列前茅。

当校考成绩出来时，班主任特地从办公室跑来教室向我报喜，还在晚自修上公开宣布我的好成绩，同学们都替我开心。谢谢班主任的鼓励！我能取得校考的好成绩，不是空穴来风，也不是守株待兔。经历了种种风雨后，我觉得这是我意料中的收获，是我应得的成果。

2 月下旬，我正式回到学校，和同学们一起进入最后阶段的高考备战，也着手准备即将到来的二次选考。在二次选考的备考过程中，我放弃了其中一门科目，专攻历史、地理二科，希望通过大量刷题、背诵的办法将之前落下的课程补回来。我发现我的历史科目已经落下整整一本书的进度，所幸这些内容并不复杂，只是熟读并背诵需要大量的时间。因此我不放过任何课余时间，午休时、晚自习时、睡前乃至熄灯后，我都会带着一本历史书悄悄地默背。与此同时，我放弃了技术的二次选考，将省下的时间用于复习历史。

功夫不负有心人，我总算在选考前半个月将新知识预习、熟读并背诵完毕，只是对这些词条的熟练程度还远不如其他同学。虽然如此，在选考中平稳发挥应该没有太大问题。我想无论结果如何，我已经尽了最大的努力，即使二考与首考相差无几，也无愧于心。我的地理科目已经在高二时就结束了新课教学，这一次我只需要好好复习知识、高效刷题就行。

只是没想到在这种高度紧张的备考关头，一位初中时与我有矛盾的同学无故寻到我的联系方式，故意与我起口角。我不明白她的意图是什么，她自欺欺人、谎话连篇的模样让人反感不止。只是想到马上要迎来最重要的考试了，我强压着烦躁的心理，认真准备。就像你说的，要"强大自己的内心"，才不会被风吹草动影响。现在回想，不知她是否是因为自己模考成绩不理想，从而想来影响我，意欲害我高考失利呢？这种人太可怕了！

语数英的备考和以往一样。我从小擅长语文和英语，加上寒假在家准备国美校考时也顺便复习了三科知识，很快就跟上了大家的节奏。数学，从小是我的短板，加之经过几个月的"休眠"，完成数学试卷后面的大题显然有些吃力。近四个月来，在每周两次的模考中，我的数学平均分只有大约 80 分，远远低于班级平均分。要知道以往我总能考到三位数，而现在的分数和以前已经拉开了 20 分，这对于高考总分排名的影响将是致命的。当时的我有些着急，但是又觉得应该相信自己，心想或许再训练两个月，我就能回到当初的正常水平了。这种"吊车尾"的状态维持到 5 月初时，我有些坐不住了。想到试卷难度的日趋直上、老师讲课的速度愈发快速，我能做的除了将板书一字不落地抄下来并挪到错题本上反复琢磨外，再也没有别的办法了。老师讲的课程深度超过了我的认知，我不好意思打扰老师，让他花上大量时间为我一个人开小灶、讲基础。

周末回家时，我将担忧告诉你，生怕因为数学的短板导致高考分数偏低，错过理想大学的机会。于是你立刻替我联系了之前为我辅导过的李老师和徐老师。只是周末几小时的学习无疑是杯水车薪。想到数学，我们母女二人都陷入了深深的焦虑中。经过反复思考，我决定向学校请假两周，回家后专攻数学。你思索再三，同意我的想法。

这两周异常关键，你将我安排在我家附近的一所高中，我的作息时间跟学校同步，天一亮就起来到学校自修。等学校里的数学老师上完课后，我拿着自修期间整理出来的数学问题，去办公室向他请教，并做下笔记，然后带回自修室仔细琢磨。徐老师循循善诱，耐心指导我的每一道基础题。在他眼里，我与那些高一高二的同学一样，因此也无需额外备课。

在无人监管的自修室中，我无数次想要松懈下来。看到教室里的同学蜂拥着跑到操场去上体育课时，我多想去楼下的花园散散步；在同学们的午休时间里，我多想去对面的便利店买一根冰激凌。可一看到书桌上堆积如山的数学错题，霎时间我的大脑又清醒了过来，连上厕所的心情都没有了。

今年数学高考的试卷难度显然超过往年，虽然我依旧没能做出最后的大题，但我牢牢把握了前面的基础题，并将本该用来思考大题的时间用来反复检查试卷。尽管不知道最后的结果如何，我很有信心这次的考试成绩一定能超过三位数。对我来说，数学顺利，则高考顺利。我不担心语文和英语，且我的三门选考总分已达到了学校的平均优秀水平，这意味着我的成绩会远远超过中国美院的最终录取分，一切几乎尘埃落定。

高考才过去五天，我已开始期待最终的分数了，相信你也和我一样期待吧！

几天以后，我将要和我的室友一起踏上高考毕业之旅。我们已经预订了嘉兴的温泉酒店和西塘的独栋木屋，我打算过一会儿就收拾行李，将旅行时需要的衣物带上。整理衣物时，我看着刚洗净的校服散落在床尾凳上，心中有一丝落寞。这套陪伴我三年的校服，沾染过我的汗液、泪水和颜料。出行用的行李箱是我初三毕业时你送给我的毕业礼物，我用了整整三年，直到现在还舍不得将它淘汰，它将陪伴我一同旅游、上大学。

这趟旅行是我们几人在高考结束后当天迅速商量定下的，你可不要说我"主次不分"哦。

小梦

2019 年 6 月 12 日

品味高考

妈妈：

搁笔已久，在你的再三催促下，我总算"极不情愿地"打开电脑写一封你期待已久的信，不知道从哪里开始述说。

就从最近开始吧。五个月前，我经历了所有学生都必须经历的高考，痛苦不堪，焦虑得近乎崩溃。要说最无助的日子，无异于那高考前的两个月。刚从画室回来，重新坐回课桌，明明周围的同学照旧，可在我看来，我已经是个异乡人，或许在他们眼里亦是。我的教科书还是离开前的那些，可再也回想不起笔记的内容。也许是不服输的心志，也许是班主任的鼓励和信任，我一改颓废之态，重新捧起书，大不了重来一次！从历史、地理开始，我一遍又一遍地翻看、背诵，从秦始皇到邓小平，从诗经到马克思主义，再从长城到奥斯威辛……

再一次迷茫。看着黑板上的高考倒计时，由六十几天逐渐减少到三十几天。连及格都困难的数学成绩总像带刺的长鞭，在身后毫不吝啬地挥舞着、赶着一头精疲力竭的瘦羊。距高考时间，尽管看起来和同学们一样，可我知道再这样下去已经徒劳。焦灼之下，我提出了一个大胆的想法：回家找老师补习！得到了你的理解和老师的允许后，我简单收拾了书包便回家了。

带着满脑子的疑惑，我翻出了之前的试卷，一遍又一遍地研磨解题过程，总结规律，甚至将这一年来做过的所有题目中相似的题型，全部重新抄写到笔记本上，逐一复习。工程之大，不知用尽了几支笔的墨水，右手中指上的老茧也再次肿胀起来。幸运的是，这一场"赌博"我胜利了。离开学校自主复习的两周内，我合理安排每一天的作息，学习效率急速提高。尽管远离学校战场，可手中的刀剑岂能停下？

最后两周，我回到学校和大家一同复习。尽管跟上进度依然较为吃力，可内心总算平静了不少。回望之前的十二年，步履维艰的十二个春秋，只为了高考一场。从牙牙学语到朗朗上口，究竟耗费了多少个日夜和心血。走马灯式的回忆在滚动，为自己感到焦虑的同时也多了一分底气：午夜里的跌打滚爬，不就为了观赏到破晓时分的光芒万丈吗！如此想来，值得！

记忆犹新的高考前一夜，班主任老师仍和往常一样坐在讲台前，只是在下课铃声停后许久，才缓缓站起，长吁一口气。征战在即，这一夜，注定无眠。

两个月过得该有多快，快到我还没来得及背完书本，没来得及再看一眼划线的重点，我就踏进了考场。坐在座位上等待发卷的那几分钟里，我的思绪大概绕银河系兜了整整一圈才回到考场内。可以断言，我的高考以及今后种种，都会由这场考试一锤定音。谁知道呢。

如今过去五月有余，可那呼之欲出的紧张和焦虑还卡在咽喉，日日品味，那可是中学时代留下的最后一点稚嫩啊，但愿以后的康庄大道上再也没有如此极限的心理挑战了。

　　细数日历上的时间，我也即将迎来大学生涯的第一场期末考试。如此一想，原来时间也可以过得这么快。浑浑噩噩的半个学期过去了，好像学到了些什么，又好像什么都没有学到。每天不必六点起床，也取消了晚自习，大把的课余时间空空浪费，觉得惋惜，却又不知该如何填满它们。阅读、画画、写字，每一项都在坚持做着，还是觉得空虚。或许是还没有习惯完全自主的课后生活，生活中少了老师的监督，给自己偷过了太多的懒。可课外的乐趣也让人精神一振。加入模特社学习舞台妆，也算圆了小时候"化妆师"的梦想；去浙江音乐学院观赏音乐剧，唤起了小时候学琴的记忆；和同学一同骑车远行，为自己的无拘无束感到欣慰。见证了向日葵的生长和枯萎，和宿舍楼下的小橘猫成了好朋友，最后，倚在长长的红墙边聆听艺术的故事。

　　大学可以是美好的，那取决于我如何打理了。回望自己的成长足迹，有的脚印轻描淡写，踩在沙地上，风吹过便消失了；而有的脚印仿佛印在未干的水泥地上，狠狠地、用力地摁在心头。

　　接下来的四年里，所有的喜怒哀乐都会在这里驻足停留。所以我很期盼，未来的第一个冬天。

女儿：胡梦漪
2019 年 11 月 6 日

Chapter

09

玖

壬寅记
（2022年）

去图书馆学习一整天是有意义的，
去火炉边烤一个金黄的红薯是有意义的，
躺在草坪看一天雁去春来也是有意义的。

再回首

亲爱的妈妈：

您好！

我这会儿正在实习上班。做完手头的工作，打算利用休息时间写一些想法，来弥补多年前我欠你的信。这封信，我想用来回应我的整个中学时光。

刚刚，我带着复杂的心情打开你写给我的书信集——装载我稚嫩的中学时代回忆的匣子。透过匣子，我看到自己初入校园时那些懵懂、害羞、兴奋的描写，看到自己在信里伤心、苦恼地诉说被同学"欺负"的经历，看到自己如愿考上心目中的高中如释重负，看到自己因艺考而产生的种种焦虑，还看到自己手持中国美院的录取通知书，禁不住热泪盈眶……种种情绪情感，百感交集。

在我大学四年学习艺术管理的过程中，接触了女性主义艺术这个概念。我喜欢女性主义艺术，因此花了些时间研究。看到中学时遭遇的种种，在女性主义面前，觉得一切都得到了合理的解释。

那时的我不明白为什么会遭到同班一小部分女生莫名的敌

意，现在回看大概就是厌女症吧。厌女症，顾名思义就是对女性身份、女性人格的厌恶。那时，班上常有男生对我暗送秋波：有的偷偷在我的抽屉里放零食饮料，我至今都不知道他是谁；有的则花上十几个晚自修时间给我折了520只千纸鹤；有的在周末回校时总会给我一杯热乎乎的奶茶……而对应的，有些女生气不过她们喜欢的男生对别人示好，我的初中时光可没少被那些人整蛊啊。

在情窦初开的年纪，我认为这些暗恋的小心机是美好的（折千纸鹤不算，太浪费时间了）。那时，许多进入青春期的同学心里都有暗恋的对象，包括我。这些含苞初开的花骨朵儿，没必要刻意去折断、打压，让它们在该发生的年龄发生即可。那时我的老师因为一个男生偷偷翻我的抽屉找我谈话。问起为什么是找我而不是他？老师说，该男生只是想看看我的抽屉里有没有情书罢了。现在想来，老师找我谈话无非是想让我能集中精力专注学习，不要被小男生的行为所动。

记得有一年夏令营，我为了减少打理长头发的时间而剪了短发，没想到引来了男生的起哄。不出意外，我收到了许多女生不友善的眼神。其实她们不是厌恶偷偷翻抽屉、男生起哄这些行为，而是厌恶被男生过度关注、身为女性的我。

好在一切都已过去，我如愿考上了重点高中和艺术名校，我的前途将是光明的。

现在我带着沉淀了大学四年时光的经历，回望中学，回忆我和我身边同学曾经受过的遭遇。曾经我的语言、思想不够成熟，没有办法表达我当初所受的心灵创伤，现在我终于有能力说清楚那些不清不楚的校园现象了。俗话说"恶语伤人六月寒",有时语言伤害比拳脚更刺痛人心。

妈妈,你知道,我初中时被那些恶趣味的男生起了一个不堪入耳的绰号而自卑三年吗?

妈妈,你知道我害怕隔壁班聒噪多事的女生小团体对我的另眼相看吗?

妈妈,你知道我最惧怕周日下午就来接送的校车吗?

……

初中时,我曾屡次想要摆脱令人窒息的学习桎梏,走上一条属于我自己的道路,那时埋下的种子孵化到高中后,我毅然选择了艺考之路以逃避紧张的校园生活,然而事实上这条路只适合少数人,我只是其中幸运的一员。

当然,在漫漫求学途中,我还是遇到了良师益友,他们才学出众,一视同仁,在我这段"黑暗"的时光里鼓励我、救赎我。

我中学时结交了两位好朋友,我们形影不离,一起上厕所、吃饭,甚至就寝熄灯了也会彻夜长谈。初三那年,白天我麻木地上课、做作业,夜里我和同学拿出私藏的零食,一边畅谈未来高中的愿景,一边互相安慰。那时我们的目标十分简单,就是考上F中学。在一次次的模考中,我被划进"双可生"的范畴,即我是一个可上可下的学生。学校对我们的监督加倍严格,期望"双可生"能在中考中一举拿下好成绩。体育中考前,我们的体能训练是其他同学的两倍。每次考试后,我们需要额外纠正许多错题,完成更多的试卷。在望不见天日的教室里,我咬着牙,不断祈祷能够考上F中学,这样我就可以接触到更优秀的老师和同学。

刻苦攻读一年多载，我如愿考上了F中学。我于2016年8月正式入学。在这里，我认识了会弹吉他的同龄外教，以及来自五湖四海的同学。F中学的校园生活于我是初中生活以后的第一道光。尽管学习生活满满当当，但我乐在其中。不仅如此，我还在重点班见到了我初中时暗恋过的男生，他比我高一届，成绩优异，且即将保送重点大学。看到他的身影，我似乎有了无尽的能量。想起自己当年作为值日生站在他的教室门前偷偷观察他的一举一动，心里暗暗发誓要去F中学，成为和他一样优秀的人。而当我真正站在校园内，正视这位学长时，心中却已波澜不惊。

高一时，我欣然参与学校举办的各类活动，结识了音乐社的同学，拿到了摄影比赛的奖状，还试图报名钢琴特长生，独自一人在教室闷头苦练钢琴。

高二时，我将目标定为美术艺考。那时我每周需抽出两个晚自习，去美术老师的画室学习绘画。F中学与普通中学不同，我们需每周六上午上完五节课才能正式放学。于是每个周六的中午，我饿着肚子，和同学一起坐上回家的校车。在校车停靠点匆忙应付两口中饭后，直奔美术老师的画室，一直练到夜幕降临。

我高中时的学习生活充实有趣。没过多久，我离开校园，参加了艺考集训，去体验另一种全新的高强度学习。

高三时，我结束艺考生活回归校园，学校将我们安置到一处安静的校区复习，我和同学日日挑灯夜读，在寝室的卫生间内刷了一套又一套试卷。

我不能用我个人的中学经历代表所有同学的经历，到现在我也只能将多年来埋藏在心中的困惑一一写出，那是我曾经不敢正视、不愿回首的经历。现在，我鼓起勇气向你敞开心扉，不是为了让你为过去的种种决定产生怀疑。毕竟我是幸运的，在每一个重要关口，我总能收到你细雨般的安慰和鼓励，重新沿着我们预设的轨道继续前行。

中学时的叛逆远不止于师生矛盾和小女生之间的细碎故事，更有我对学习的百般抵触。我们总爱给自己"定一个目标"，随后的时间里就用来不断地满足目标、更新目标，如此机械重复直到生命的尽头。

谈到这里，我不禁想要聊聊"意义"这一话题。什么是有意义，什么是没有意义？从世俗角度理解，有意义的事情能给人带来积极的情绪价值、一定的物质酬劳、社会名利的提升。学生上学就是他们当下最有意义的事情。现在，对我来说考上研究生并进修就是最有意义的事情。我则认为，能够让自己感到放松、满足且幸福的事情就是有意义的。去图书馆学习一整天是有意义的，去火炉边烤一个金黄的红薯是有意义的，躺在草坪看一天雁去春来也是有意义的，而绝不是"万般皆下品，唯有读书高"才是有意义的。正因为我从小就有如此出格的思维，我在高中时做出令所有人大跌眼镜的选择——艺考。人的试验向来是多维的，有时此路不通可以试试向左向右。

带着我的"意义"观，因而我的大学四年生活节奏十分悠然自得。在这几年时光里，我似乎彻底放飞自我，虽然你对我有诸多不满，但也没能阻止。你总说我"个性张扬、异于常人"，我也反驳你"我是艺术生，我就是神经病"。我将头发染成白色、耳朵挂满耳饰，我还文身，甚至买了满满一柜子的黑衣服。你总说我的大学没有学到什么实质性的东西，实则不然。我一边释怀中学时所受的委屈，一边寻找"我的意义"，也不忘你的愿景，升学考研。

我果真只是因为艺术生的身份才如此发疯吗？事实上这是我对中学六年来长期压抑心理的报复。初中时我挑衅校规，将发尾染成绿色，希望因此被学校劝退转学。上大学后，我是自由的，我尝试了将头发染成红色、黄色、绿色、蓝色、紫色甚至白色。我在画室集训期间和同学一起打了耳洞，偷偷将透明耳堵塞在耳洞里，躲避了高中教导主任的检查。大学里，我的耳朵上常常挂满了吊坠，我甚至想在脸上打两个钉子，不过怕你发飙还是忍住了。我还和同学相约去酒吧，参观了灯红酒绿的夜生活，曾一度沉迷其中。

现在我摘下了耳饰，将头发染回黑色，变成了曾经最想要摆脱的形象，也不再涉足酒吧。我的"报复"完成了。

事实上，外在形象的改变并没有对我的学业造成太大影响。大一时，我和新结交的朋友一同配合完成小组作业，畅谈未来四年的目标；大二时，我来到了艺术管理专业，正式成为一名"艺管人"，学习了诸多专业知识，也曾到各地探访，开展田野调查；大三时，我坚定了要出国进修的目标，因而苦学英语、撰写论文、学做作品。

现在我已大四，实习期即将结束，毕业论文的撰写也进入了轨道，还收到了心仪院校的研究生录取通知，一切似乎已尘埃落定。

我的人生进度条已经过去近四分之一，大多数同学也将要踏进职场，开启新的人生。一步步走来，我们母女二人争吵、和好、共情的时光始终没有褪色。

　　我曾问你，会不会因为我是女孩儿而对我另眼相看。你将我紧紧地揽在怀中，说每个生命都是平等的，你永远爱我。事实上你不说我也知晓，我深深地感受到，你对我的爱总能在恰当的时候静静地降落在我每一次的情绪波动点上，你的爱在我心中发光指路，经久不息。

　　谢谢我最亲爱的妈妈，永远爱您的女儿。

小梦
2022 年 12 月 20 日

后记

时光印记

　　十年前,小梦考取了县外一所优质民办初中 Y 学校,这所学校每个年级有 800 多名学生,全是当地择优录取的优等生,但只有前 30% 的同学有希望考进当地一所优质的公办 F 高中,竞争压力可想而知。

　　进入 Y 学校的第一次期中考试,小梦的成绩排在后 30%。这对小学时老师眼中的"红人"、同学眼中"明星"的她,不啻是沉重的打击。小学时,她向来把自己当"老虎",把别人当"小猫",轻轻松松,她的学习成绩总能排在年级的前 20%。进入中学后,在异乡的学校,她遇见了一只只比她还厉害的真老虎,突然间竟成了排名靠后的"差生",学习信心顿时全无。

　　初中阶段,正是孩子一生中身心发育快速、情绪多变的青春"叛逆期"。在外地学校,小梦被当成了"异乡人",遭遇了同学交往尤其是小女生之间的矛盾漩涡,她的善心被人"利用",她清秀的长相引起男生关注的同时,也遭到了个别人的"嫉妒"。

　　以上种种,让年仅 13 岁、初次离家过独立生活的小梦感到措手不及。学业压力和同学矛盾,使她产生了强烈的逃避和叛逆心理。她要叛逆学校、叛逆老师、叛逆妈妈,她想转学,回到妈妈身边学习。

作为母亲的我,当过8年中学教师和23年教研员,长期从事教育教学研究工作。身为教研工作者,我接触的是"学为中心"的新课程理念和先进的教育思想,阅读了一些教育教学专著,诸如《学习的革命》《谛听教育的春天》《教育走向生本》等。在我的日常教研工作中,一直向老师们传递"唤醒学生沉睡的潜能、激活学生封存的记忆、开启学生幽闭的心智、放飞学生囚禁的情愫"的教育理念,并极力倡导"关注和尊重孩子的需要;尊重孩子,更多地欣赏和鼓励孩子,将人生的美好前景展示在孩子面前;关注孩子的内心世界……"等民主、平等、和谐的师生交往观。

作为母亲,我还是一名虔诚的文学爱好者,工作之余醉心于阅读和写作。我看过傅雷写给傅聪的《傅雷家书》以及富兰克林、洛克菲勒、爱因斯坦等人著的《美国家书》。看完这些书,我深受书里主人公亲子沟通的启发。父母与孩子之间有时受时空限制,常常不能面对面交流,但作为交流载体的书信,可以穿越时空,达到教育和交流、增进感情的目的。我在学校当班主任时,也曾以书信的形式、朋友的身份跟学生交流,发现教育效果比单独面谈好。从写作的角度看,书信这种文体不受拘束,比较宽松和自由,适宜亲子沟通。

2013年秋的一天,小梦在班主任的要求下给我写了一封信,那是老师布置给每一位学生的作业,内容是针对进入中学阶段的第一次期中考试进行学习反思。这封书信放在课桌上,每位去开家长会的家长都会收到一封这样的信。

读完小梦的信，知道她的成绩排名，我也顿感惊讶，不禁在心里暗暗担忧，在这个强者汇聚的班里，小梦能跟上吗？于是我给她回信，鼓励她不气馁，不服输，我们不做马拉松长跑的领跑者，但只要能跟上强者的步伐，她就是赢家。于是，有了《亲爱的梦》的开篇。

同时，受傅雷等人家书的影响，我和小梦商量，希望我们也将这样的书信交流进行下去，一方面我可以随时了解她的思想、感情、学习等状况，同时也是对她整个中学时光学习、生活和思想的记录。我们约定把这件事贯穿到她的整个中学阶段，至于她在量上要写多少不强求。就这样，小梦对我的信有了断断续续的回应。

写信过程中，小梦时而接受我的观点和建议，时而又反驳我，她的情绪起起落落，常有反复，我们的关系时而为母女，时而为师生，时而为朋友，又时而为"仇敌"。因而在信的称呼上出现了不同的变化，有时是"你的小梦"，有时是"小梦"，有时则连名带姓"胡梦漪"。

这些书信集中在2013年小梦读初一至2019年高考结束的时间里，共87封信，妈妈59封，爸爸1封，小梦27封。话题不仅仅围绕学习娱乐、师生交往、意志品质，还有情绪情感、生命教育和乡土情怀等。

小梦的信，往往是心里怎么想就怎么写，她在中学低段的有些观点常常比较偏激和犀利。我没有做母亲的经验，只是凭借多年的教育工作经验，尽可能蹲下身子和我的小梦谈心，动之以情、晓之以理。从初中低段到中学高段,慢慢地,小梦似乎妥协了,屈服了,或者说是觉悟了。当书信进行到2019年时,我的写信频率明显减少,因为这时的小梦已经过完成人礼,她长大了,尤其在经历了画室的魔鬼训练后,她的学习动力明显提升,她从偏激的懵懂少女成长为懂事的姑娘,她不再牢骚满腹、言辞激烈,而是静下心来,心无旁骛地奋起直追,最后考进了她心目中的大学。

我,作为母亲,六年来,见证并记录了她青春激荡的成长过程,学会理性思考怎样跟青春叛逆期的孩子相处和沟通,这极大地丰富了我的生命体验,使我和小梦在书信交流中一起成长,这是我最大的收获。

写信的初衷仅限于沟通、交流和记录,尽可能帮助小梦走出青春期的迷茫和对高强度学习的厌倦,并没打算结集成书出版。小梦上大学后,我选择了部分书信,在《钱江晚报》小时新闻平台发表,结果引起文友关注:

孟老师,写得真好!真情实感,积极向上,满满的正能量。

孟老师,您真是一位好教育家。

孟老师,如果出一本册子,那是一本活生生的教育学和学生通俗读物啊!这是从心中流出来的,必定感动人。

在文友的鼓励下,我思忖着每个孩子的成长既有共性也有个性,说不定社会上还有第二个、第三个甚至更多的"小梦"也会遇见类似的学习压力和成长烦恼,也有像我一样的家长遇见我一样的"遇见",说不定我们的书信能成为他人的一面"镜子",在自我观照的同时,也可以照见别人。于是我告诉小梦,打算将我们的书信以时间为线贯穿成书，公开出版。

在整理书稿时，我将小梦的某些观点和言辞略做修改。当小梦回看多年前我写给她的这些信时，百感交集，她写道"我是幸运的，在每一个重要关口，总能收到你细雨般的安慰和鼓励，重新沿着我们预设的轨道继续前行""我深深地感受到，你对我的爱总能在恰当的时候静静地降落在我每一次的情绪波动点上，你的爱在我心中发光指路，经久不息。谢谢我最亲爱的妈妈，永远爱您的女儿"。身为母亲，几年后得到了女儿发自肺腑的理性回响，人生足也。

生命是条曲曲折折的河流，在这条长河中，因为这些书信，我和小梦成了照见彼此生命中的那道"光"。

校对书稿时，我们将稿子发给她的一位一起走过中学六年的同学。这位大男孩颇有感慨地说："很遗憾，当时的我没能遇到孟阿姨这般理性又感性的长辈、良友。倒不是说自己父母的不好，只是非教育工作者的他们，在一些教育方式上总是会有遗憾。倘若当时也有一位笔友能这般开导我情绪、指引我成长，或许今天又是另一个我。只可惜，当时的我，没有读到今日的信。"

当捧着这本厚实的书信集，一本承载我们母女整整六年心灵对话的文字稿，轻嗅书里的墨香时，我亲爱的小梦已大学毕业，她已于2023年暑假载着梦想的翅膀，带着蒲公英的种子和一身小伞兵，在她向往的"香格里拉"——英国爱丁堡大学的天空下飞翔或在爱丁堡大学艺术的厚土里耕植了。祝愿我的小梦从此步入美好的生命磁场！

书信中涉及的某些故事对事不对人，它们都是一个人成长中的小插曲，如今一切已随风而逝。若故事引起您的误会，敬请谅解。

　　但愿这本书能成为一面镜子，照见你，照见我，照见他(她)，那么我的唠叨就不是唠叨了！

　　借此机会，感谢我已去世的母亲，在我生命最艰难的日子里，是她给了我最大的支持和母爱。

　　感谢小梦成长过程中，所有关心、爱护、鼓励她的亲友、长辈、老师和同学。

　　感谢兰石斋金石书画家蓝银坤先生再次为本人作品精心篆刻。

癸卯年夏
依梦居